Olivier Bordaçarre

La Disparition d'Hervé Snout

roman

DENOËL
SUEURS FROIDES

À Véronique

À Mine et Alain

« … écrire à la place des animaux qui meurent… »

Gilles Deleuze,
L'Abécédaire, A comme Animal

« Le domaine de la liberté commence là où s'arrête le travail déterminé par la nécessité. »

Karl Marx, *Le Capital*

PROLOGUE

2004

De Gabin, dont on venait de fêter le quatorzième anniversaire, Nadine, sa mère, disait qu'il était un beau-jeune-homme-maintenant, et elle lui resservait une part de pâté à la viande avec des patates rissolées comme il les aimait, et elle lui arrangeait son lit chaque matin après avoir ouvert la fenêtre pour aérer un peu, et elle venait déposer un baiser sur ses cheveux blonds quand il était enfoui dans le gros fauteuil de fourrure synthétique devant un épisode de *Plus belle la vie*, tandis qu'Alain, son père, moins démonstratif, prouvait son amour à son fils en dirigeant des stages réparation de scooter des dimanches entiers ou en lui offrant une vraie canne à pêche professionnelle.

Nadine et Alain Raybert étaient de ces êtres qui ne comptaient rien. Ni l'argent, ni le temps, ni la peine, et encore moins l'affection, dont ils distribuaient les bienfaits sans distinction de sang aux enfants du nid, un fils unique et des gosses placés par l'aide sociale qui se succédaient sous leur toit pour des périodes plus ou moins longues, quelques mois, quelques années.

Mère de substitution, c'était le métier que Nadine exerçait avec abnégation, sans plainte, et sans cette fierté du devoir accompli puisque tout lui paraissait naturel. Alain, lui, assumait ses paternités fluctuantes tout en gérant son garage de quartier. Il passait le plus clair de ses jours le nez dans des moteurs, allongé par-dessous, courbé par-dessus, les sinus branchés sur les échappements, les mains aux ongles perpétuellement noirs, à farfouiller dans les engrenages mystérieux. À cinquante ans, Alain était abîmé. Il souffrait d'une lombalgie chronique et ses poumons encrassés de diesel crachaient parfois des choses suspectes, mais l'homme trouvait encore l'énergie de faire rire les moutards à la table du dîner en s'emplissant la bouche de purée maison pour sourire à pleines dents. Nadine poussait des *oh* d'indignation feinte et gloussait elle aussi aux singeries du mécano de La Générale (c'était le nom du garage d'Alain, La Générale – mécanique auto et carrosserie, à deux rues du foyer).

La vie allait ainsi. La famille Raybert s'augmentait, se diminuait puis se réaugmentait au gré des placements et des départs et chacun semblait y trouver son compte, maison comprise qui diffusait en volutes généreuses ses parfums d'adoucissant, de chocolat chaud et de poulet-frites.

Un jeudi soir de l'été 2004, entre deux copieuses assiettes de gratin de macaronis que Gabin ingérait sans un mot – les pâtes constituant le socle de son alimentation –, Nadine et Alain lui annoncèrent l'imminente arrivée de Gustave (l'adolescent précédent ayant pu rejoindre son foyer d'origine). D'après les informations transmises à Nadine par l'assistante sociale chargée du dossier, Gustave avait subi de multiples maltraitances, humiliations, brutalités et actes de torture, de la part de ses mère et grand-mère, deux furies sadiques incarcérées dans le centre de détention du département depuis la découverte des faits. Le père, un illustre inconnu, s'était évaporé avant la première année de l'enfant, l'abandonnant aux mains expertes des deux femmes qui s'évertuèrent à détruire son existence avec méthode. Le rapport n'indiquait pas qu'à partir de trois ans, Gustave avait été pincé, brûlé, coupé, fracturé, étouffé, plongé tête la première dans un tonneau rempli d'eau croupie, et qu'il avait passé la plupart de ses nuits à même le sol terreux d'une cave glaciale. Il était stipulé que Gustave, douze ans, considéré comme miraculé, était profondément traumatisé, qu'il aurait besoin de beaucoup de temps pour recouvrer quelque confiance envers les adultes en général et les femmes en particulier, et qu'une attention de chaque instant faite de mots réconfortants, de douceur, de lenteur, de gentillesse et, surtout, dénuée de toute autorité, était le régime préconisé dans son cas.

Après le survol des détails de la fiche descriptive et le sentiment d'une peine immense, qui provoqua chez elle une immédiate et entière empathie, Nadine ne s'étendit pas sur le passé tragique de Gustave. Elle dit seulement que l'enfant avait été bien malheureux dans son ancienne famille et invita Gabin à lui réserver le meilleur accueil, comme il l'avait toujours fait, comme un frère, ni plus ni moins. Gabin donna son accord et enchaîna avec la seconde assiette de gratin.

Le lendemain, Gabin passa sa journée de collégien à imaginer le nouveau. Serait-il petit ? Gros ? Tordu ? Bigleux ? Aurait-il des dents en moins ou le cuir luisant d'une brûlure sur une main recroquevillée, comme cela était déjà arrivé ? Combien de jours faudrait-il pour que l'amitié apparaisse ? Du moins, la confiance ? Peut-être, la complicité ? Que partageraient-ils ? Gustave portait-il les traces des mauvais traitements sur son corps ? Était-il timide, agressif, bavard, muet ? Qu'aimait-il dans la vie, si encore il aimait quelque chose, s'il n'avait pas perdu le sens même du verbe aimer ?

Au soir, Gabin s'endormit sur ces interrogations et rêva d'un Gustave-papillon qui entrait par la fenêtre ouverte sur le clair de lune et venait se poser sur sa table de nuit pour lui grappiller un gramme de ses macaronis.

Dans la matinée du samedi, la travailleuse sociale référente accompagna Gustave chez les Raybert, préparés à l'accueil du garçon. Accueil sobre, mais tout de même : Alain s'était brossé les ongles bien à fond et rasé de près ; Nadine, coiffée et vêtue d'un chemisier à petites fleurs bleues, avait passé la lavette sur les carrelages du rez-de-chaussée ; Gabin, raie à gauche et mains dans le dos, s'était planté comme un piquet au milieu du salon.

Gustave apparut sur le seuil, bretelle du sac à l'épaule droite. Ses cheveux châtain clair étaient trop fins pour être peignés. Taillés aux ciseaux au-dessus de ses sourcils, ils tombaient en corolle autour de sa tête. Sa peau était sans teinte précise, diaphane. Son visage, creusé de concavités sombres, où s'étaient logées l'anxiété et la fatigue, possédait des proéminences, pommettes, menton, nez, aux allures cadavériques. Cette singularité impressionna les membres de la famille d'accueil. S'ajoutaient à ce portrait une bouche entrouverte aux lèvres bleuâtres, des yeux gris qui jouaient au billard et des regards inquiétés par l'espace, les objets, les meubles, les murs et leurs occupants. Petit, maigre, Gustave flottait dans des vêtements d'emprunt comme un gamin sauvé in extremis du naufrage.

Il y eut un court silence lors duquel Nadine fut confirmée dans ses craintes. Gustave était en mille morceaux. Alain prit conscience de l'ampleur de la tâche qui les attendait et Gabin sut qu'il allait devoir mettre la main à la pâte davantage que d'habitude.

Madame Berger procéda aux présentations, énonça quelques recommandations et conclut administrativement en confiant à Nadine la chemise cartonnée sur laquelle était noté : Gustave ROMONDE né le 4 janvier 1992 – Famille RAYBERT. Puis elle s'en alla en souhaitant bonne chance à tout le monde.

Afin de détendre l'atmosphère et de démontrer à Gustave que l'on était à son entière disposition, on démarra la visite. Nadine l'invita à déposer son sac à dos et lui dit qu'ici, eh bien, c'était le salon avec l'écran de télévision, le canapé en tissu à fleurs beiges, la table basse en mélaminé façon marbre, où reposaient pêle-mêle télécommande, quotidien local, paires de lunettes, magazine de décoration, son fauteuil à elle et celui d'Alain pour les siestes du dimanche, le buffet avec partie vitrine et ses bibelots parmi lesquels la reproduction miniature d'une DS 21 M Pallas gris Palladium de 1969, le petit guéridon ici pour poser des trucs et, là, la petite table de bois blanc pour faire les papiers.

Gustave suivit des yeux l'énumération et finit par glisser ses mains dans la poche kangourou de son survêtement outremer à capuche.

Après un passage rapide dans la chambre des parents meublée avec modération d'un lit, de deux tables de chevet et d'une armoire, l'on se dirigea par un bref couloir vers la cuisine, suffisamment spacieuse pour servir de salle à manger. Alain jugea bon de lancer sur le ton de la plaisanterie que c'était là qu'on reprenait soit des forces soit du poids. Gabin sourit à l'ironie de son père en la majorant d'un *soit les deux* blagueur et Nadine confirma par un *tout à fait* destiné à l'abdomen d'Alain et en sous-entendant que c'était surtout sur elle que les estomacs pouvaient compter. Gustave put constater que l'harmonie régnait dans ce foyer et la visite se poursuivit par la salle d'eau, les toilettes, le cagibi puis l'étage, où l'on commença par la chambre de Gabin, son lit au carré, son bureau, son fouillis et ses posters de voitures.

Pour la chambre de Gustave, on avait fait les choses comme il le fallait afin que le rituel portât les fruits espérés. Nadine fit entrer l'enfant, lui décrivit l'ensemble à grands traits et le laissa juger. Un vrai lit, un vrai bureau pour les devoirs, une armoire toute neuve, une chaise à roulettes, un tapis beige imprimé d'empreintes de pieds aux couleurs primaires. Gustave paraissait stupéfait, mais l'on apprit vite que la stupéfaction était l'unique expression de son visage, du moins dans les premiers temps de son installation.

Puis, à midi, ce fut l'heure du premier déjeuner en famille et à 7 heures du soir, celle du premier dîner. Il y a, comme ça, au hasard des circonstances, des choses que l'on vit pour la première fois, et ces choses, une fois vécues, se répètent et, une à une, se déversent dans le bain des habitudes, se mélangent au reste et mijotent doucement sur le petit feu du quotidien. Ainsi, Gustave était entré, pour la première fois, dans une chambre à lui. Il avait punaisé une photographie de son chien Jerry au-dessus de sa tête de lit. Il était allé aux toilettes, pour la première fois, s'était lavé les mains au lavabo de la salle d'eau, avait mis sa brosse à dents à côté des trois autres, était allé faire ses premiers pas dans le jardin avec Gabin qui lui avait montré son scooter, sa cabane et ses outils.

L'après-midi, Gabin proposa à Gustave de, au choix : regarder un film jusqu'au goûter puis bricoler dans le jardin ; prendre les vélos et monter au château fort ; aller pêcher dans l'étang des Lieux ou dans le ruisseau du Désir, qui coulait derrière le garage paternel. Gustave choisit la pêche. Il suivit Gabin dans la cour, où le matériel était entreposé sous un auvent de planches. Gabin saisit sa canne à pêche et la tendit à Gustave. « Tiens, je te la donne. Moi, je prends celle de mon père. » Et il ajouta en désignant sa canne : « C'est une professionnelle. » Le niveau de stupéfaction augmenta de plusieurs crans sur le visage de Gustave et les deux gosses s'en allèrent pêcher dans le Désir duquel Gustave sortit son premier poisson. Au travers du voile figé de son visage, Gabin crut deviner un sourire minuscule.

Après le premier dîner à quatre et la première promenade le long du canal, chacun gagna sa chambre respective. Alain et Nadine s'estimèrent satisfaits de cette journée et Gabin, partageant ce sentiment, souhaita une bonne nuit à Gustave en toquant trois coups sur la cloison. Gustave, assis au bord de son lit, ne répondit pas. Une angoisse était montée en lui sous la forme d'images de cave humide, de bruits de clés dans des serrures, de rires gras, d'odeurs de moisi, et il se demanda comment il pourrait trouver le sommeil, seul dans cette chambre inconnue, dans le silence de cette maison qui aurait, au demeurant, apaisé n'importe quel enfant, mais avait paradoxalement sur lui l'effet d'un coussin écrasé sur sa figure et c'est haletant qu'il quitta la pièce, alla frapper à la porte de Gabin et pria ce dernier de l'autoriser à dormir à côté de lui, là, par terre, sur le tapis de laine épaisse, au pied du lit, comme un chien. Autorisation évidemment accordée. Et ce fut ainsi pendant plusieurs semaines. Toutefois, dès le deuxième soir, Nadine vint glisser sous Gustave un petit matelas d'appoint et un oreiller moelleux.

Un soir, Gabin s'empara du matelas et de l'oreiller et s'alla coucher chez Gustave. Gustave en fut étonné, mais tout irait bien puisqu'il n'était pas seul. Progressivement, Gabin aida Gustave à passer ses nuits dans son lit. D'abord, il s'endormait et, à l'aube, s'en allait sur la pointe des pieds sans refermer les portes. Puis il se mit à quitter la chambre de Gustave de plus en plus tôt. Un soir, il attendit que Gustave s'endormît pour s'éclipser. S'éveillant aux lueurs du jour naissant et surpris par l'absence de Gabin, le petit alla vérifier si celui-ci n'avait pas réellement disparu en jetant un œil par l'entrebâillement de la porte. Rassuré et plus confiant que la veille, il regagna son lit.

Nadine et Alain ne virent aucun inconvénient à cette méthode, comme ils ne voyaient d'ailleurs jamais aucun inconvénient à pratiquement tout ce que les enfants décidaient sous leur toit. Gustave et Gabin finirent par s'endormir chacun dans leur lit. On rangea le matelas, on rangea l'oreiller, accessibles cependant à tout moment en cas de baisse de régime.

Le premier soir où Gabin laissa Gustave s'endormir seul, il lui souhaita une bonne nuit et ajouta : « T'inquiète. Je te protégerai toujours. Promis. »

PREMIÈRE PARTIE

1

Cuisine des Snout

Mardi 16 avril 2024
20 h 04
(Dix heures et trente-quatre minutes après la disparition)

Oui, cela pourrait commencer ainsi, ici, comme ça, d'une façon un peu banale, à la manière d'un roman de famille, dans cette pièce chaude et claire où se chevauchent les odeurs comme nulle part ailleurs, ce lieu de réunion où convergent quotidiennement les appétits, où bruissent les conversations et les silences, les cliquetis des couverts et les rumeurs des appareils électriques.

Au centre, faites d'un dialogue bois-métal très contemporain, la table et ses quatre chaises assorties sont cernées par un judicieux agencement de placards à portes coulissantes, de buffets à tiroirs munis de ralentisseurs, d'un réfrigérateur américain encastré à double porte, d'un four autonettoyant à touches thermosensibles, d'un quintet vitrocéramique avec sécurisation enfant, d'une hotte aspirante à quatre vitesses et triple niveau d'éclairage, d'un lave-vaisselle programmable et connecté, de deux éviers attenants avec robinet classique et douche de rinçage, et de plusieurs alcôves où glisser robot multifonction, tourniquet à épices, ustensiles divers, micro-ondes, cuit-vapeur, cafetière branchée sur l'appli Express du smartphone, petit écran de télévision.

Un plan récapitulatif des circulations sur vingt-quatre heures indiquerait avec évidence que la cuisine constitue le centre de gravité de la maison. C'est là que passent et repassent l'ensemble des occupants du logis. On vient s'y désaltérer, on s'y installe pour se restaurer, on y prend un en-cas sur le pouce, on s'y arrête pour papoter un instant, regarder la chaîne d'informations en continu, y prendre parfois l'apéritif, y déballer les courses et y préparer les repas de chaque jour de l'année. La cuisine est à la fois cabine de pilotage, salle des machines et pièce de vie collective. Théâtre des amours et des conflits familiaux, elle est au cœur des existences, elle les jalonne, elle façonne l'architecture des journées, leur début, leur milieu, leur fin et, par ses fonctions élémentaires, l'alimentaire et le social, elle inscrit ses utilisateurs dans une norme rassurante parce que universelle.

Donc, ça commence ici, dans la confortable cuisine d'un pavillon cossu avec colonnades à l'entrée situé dans un quartier résidentiel d'une ville de province. Odile Snout s'apprête à servir le bœuf bourguignon qu'elle a laissé mijoter la veille et qu'elle a repassé au feu ce jour.

Odile Snout est une femme de trente-huit ans, blonde aux cheveux épais, volumineux et légèrement ondulés, souvent détachés, parfois retenus par des élastiques, des pinces, des foulards (comme à présent). Ses yeux sont d'un bleu de lagune, ses cils longs et fins, son nez droit, son cou allongé donne à sa tête un port altier, les rondeurs harmonieuses de son corps ne sont pas sans générer de franches convoitises, tant de la part des hommes que des femmes. Odile est l'épouse d'Hervé Snout et la mère de leurs deux enfants, Eddy et Tara, des jumeaux dizygotes âgés de quatorze ans.

Depuis seize ans, elle est employée par la mairie de sa commune au poste de secrétaire de l'adjoint à la culture. Le dimanche ou pendant ses vacances ou même certains soirs, quand le programme télévisé ne lui dit pas trop, Odile s'adonne à la peinture sur toile, activité qui lui permet de se poser, de se concentrer sur autre chose, d'être un peu tranquille avec elle-même. Elle tente – en toute modestie – de marcher sur les traces des impressionnistes, d'entrer dans la couleur, de créer de la lumière. Elle reproduit des jardins de Giverny, des bords de Marne, des nymphéas, et ça, ça lui fait du bien, peu importe le résultat. Elle occupe pour cela une pièce chauffée dans une dépendance derrière la maison. Là-bas, elle est chez elle, dans son univers, avec ses peintres préférés, ses tubes d'acrylique et son chevalet.

Hervé devrait être rentré depuis plus d'une heure. Aujourd'hui, c'est son anniversaire. Odile a acheté un gâteau à la pâtisserie du centre-ville et deux bougies en forme de chiffre, un quatre et un cinq. De temps à autre, Hervé revient du travail un peu plus tard que d'habitude, une réunion imprévue, un retard de livraison, c'est le lot de tous les responsables, chefs, entrepreneurs, directeurs, que d'être soumis aux vicissitudes de la hiérarchie – lorsque l'on dirige, on dirige de A à Z –, mais, tout de même, dans ces cas-là, Hervé prévient du contretemps.

Odile prononce cela à haute voix – elle insiste sur le *tout de même* – en retournant une dernière fois à la cuiller de bois les morceaux de bœuf bien tendres dans la sauce veloutée aux effluves de thym et de vin cuit. Elle n'imagine pas que son époux (elle dit « époux » pour se distinguer de la prolétaire moyenne qui préférera le terme de mari) ait pu oublier ce dîner commémoratif.

Les enfants ont faim, la bouteille de médoc est débouchée, le plat est chaud, le bavarois aux fruits rouges attend dans le réfrigérateur, qu'est-ce qu'on fait ?

Eddy, dont l'estomac possède de faibles capacités de résistance au vide, propose de commencer doucement, papa ne devrait plus tarder maintenant. Tara, elle, n'émet aucun avis, la viande, elle n'y tient pas plus que ça, elle n'exprime aucune impatience, triture des boulettes de mie de pain sur la toile cirée à motifs géométriques, la tête penchée sur le côté et posée dans la vasque de sa main gauche.

Pourquoi pas, oui, mais, enfin, c'est dommage, réplique Odile à la suggestion de son fils. Il pourrait *quand même* prévenir, maintient-elle, et elle éteint le feu sous la marmite. Elle saisit l'écumoire, tend sa main vers Eddy pour qu'il lui donne son assiette, la remplit de deux beaux morceaux de bœuf accompagnés de carottes, de pommes de terre, de champignons, et nappe le tout d'une louche de sauce fuligineuse qui fait venir l'eau dans la bouche de l'adolescent. Elle réitère l'opération avec l'assiette de Tara, qui a préalablement stipulé qu'elle n'en voulait qu'un tout petit peu. Mais c'est de la viande d'ici, de chez nous, du vrai local, elle est très bonne, alors on mange et puis c'est tout.

La télévision est allumée. Un jeune homme exécute d'impressionnantes figures aériennes en skateboard. Le journaliste commente. En juillet prochain, lors des Jeux olympiques de Paris 2024, la France inaugurera les premières épreuves de cette discipline. Elles se dérouleront sur la place de la Concorde transformée pour l'occasion en gigantesque terrain de sport urbain. Le sportif dit qu'il vient s'entraîner ici tous les jours pour s'imprégner des lieux, être dans l'esprit JO. Son objectif : une médaille. Skateboard, breaking, BMX, Paris 2024 fera la part belle à la jeunesse urbaine. « Les jeux, c'est du sport, mais c'est tellement plus encore… », conclut le journaliste.

Odile fixe l'écran sans y prêter grande attention. Il sera bientôt 20 h 30 et toujours pas d'Hervé Snout à l'horizon. Odile effiloche un morceau de bœuf avec les dents de sa fourchette. Elle envoie un message écrit à son époux, qui ne répond pas.

Tara dit qu'elle n'en veut plus. « Finis ton assiette », rétorque sa mère. Tara insiste, elle n'a vraiment plus faim. « Eh bien, laisse », capitule Odile.

Au-dessus de la porte qui mène au salon, la pendule NYC indique 20 h 38. Les enfants sont montés dans leur chambre, on n'a pas sorti le gâteau, Odile est seule dans sa cuisine. Son regard frôle le réfrigérateur, où sont coincées sous des aimants fantaisie – une banane, un verre de cocktail avec paille – des images de ses enfants à tous les âges, photos-souvenirs qui démontrent qu'une famille existe bel et bien sous ce toit, qu'elle a son histoire, ses anecdotes, ses rigolades, ses vacances au bord de la mer. Puis ses yeux s'arrêtent sur le tableau blanc où elle a coutume d'écrire ses listes de courses, jour après jour augmentées de ce qui manque à la maison. Elle jette un œil à la plaque publicitaire rétro pour Coca-Cola, à la carte postale de Barcelone, à la boîte de galettes bretonnes qui contient des cure-dents, des fourchettes à escargots, les fiches cuisine de sa mère et tout un tas de petits déchets, dont on ne parvient pas à se séparer parce que ça peut toujours servir : un bout de ficelle, un bouchon de liège, un élastique, une soupape de cocotte-minute. Odile est à deux doigts de se demander ce qu'elle fait là toute seule à attendre le retour de son conjoint au lieu d'aller fignoler son *Impression, soleil levant*. À une époque, elle l'aurait déjà appelé vingt fois. Elle s'inquiète, oui, mais raisonnablement, car sa propension à développer des angoisses irraisonnées, à imaginer des accidents sanguinolents, des crimes odieux, des enterrements lugubres, s'amenuise et cela est certainement le signe qu'Odile va mieux, qu'elle ne se laisse plus dévorer par l'anxiété, oh non, cela fait longtemps que c'est terminé, ça. Odile et Hervé Snout s'aiment-ils moins qu'avant ? Non, bien sûr, mais le temps passe sur les couples et les use plus rapidement qu'un galet de granit. Le galet, lui, s'érode, s'arrondit, se polit, embellit, tandis que le couple se creuse, perd ses rondeurs au profit d'angles et d'arêtes tranchantes, gagne en rugosité, se ride, vieillit. C'est normal, se dit Odile, oui, c'est normal. Hervé va rentrer, il a peut-être oublié son repas d'anniversaire, a dû filer à la chambre de commerce pour régler un détail, n'a pas pensé à téléphoner, car il ne pense plus qu'Odile peut encore s'inquiéter. C'est dommage, oui, l'on peut trouver cela dommage, mais en rien exceptionnel. Cependant, à bien y réfléchir, il n'a pu se rendre à la chambre de commerce à vélo à quarante kilomètres d'ici ; il serait d'abord repassé par la maison et aurait pris sa voiture, une Mercedes GLB 200 Business Line noire. Alors, il est peut-être allé à une réception à la mairie ou au pot de départ d'un client ou elle ne sait quoi encore, Odile, qui est toujours assise sur une chaise dans sa cuisine.

Eddy a dévoré son assiette de bœuf bourguignon, il adore ça, c'est un vrai plaisir de le voir manger, ce gamin ; en revanche, Tara a trouvé que la viande n'était pas assez tendre. Ils sont vraiment différents, ces deux-là.

Odile se lève, tourne en rond, débarrasse la table et remplit le lave-vaisselle, gestes mille fois répétés depuis bientôt quinze ans, gestes qu'elle pourrait effectuer les yeux fermés. Voilà ce que produit le temps aussi : une sorte de cécité.

Hervé pourrait au moins passer un coup de fil, juste un coup de fil, ce n'est pas trop demander, si ? Ne serait-ce que pour la forme.

La télévision diffuse maintenant un épisode d'une série policière avec des véhicules qui roulent vite, des agents en civil, airs graves et faces de truands, au volant de bolides ou dans un bureau de la PJ en nocturne ou dans un ascenseur froid, et de vrais truands dans des voitures plus puissantes que celles des fonctionnaires. On devine dans les attitudes des agents de police une véritable fascination pour les gangsters ; leurs attitudes mimétiques expriment un devenir-voyou constitutif de la fonction autant qu'une frustration infantile issue de la cour d'école, où la distribution des rôles, voleurs et gendarmes, générait toujours quelques bouderies de la part de ceux qui devaient faire respecter la loi. En général, ils couraient moins vite que les autres. Les truands ne connaissent pas cette fascination et peu d'entre eux échangeraient leur emploi. Cependant, la structure hiérarchique du milieu truand rappelle par bien de ses aspects celle de la police. Boss, patrons, chefs, lieutenants, cerveaux, gros bonnets, seconds couteaux…

Odile observe l'écran comme s'il s'agissait d'un aquarium. Il est bientôt 21 h 30. Elle appelle Hervé, qui ne décroche pas. Elle ne laisse pas de message. Elle appelle sa mère.

Nicole Élisée, veuve de Félix Élisée, qui vit dans un appartement du quartier de l'hôpital, suggère à sa fille de ne pas s'inquiéter, Hervé va rentrer, Odile le connaît, elle sait qu'il est comme ça, il fait ce que bon lui semble, il va, il vient, et les autres, voilà, ils attendent. Odile n'est ni surprise ni idiote, inutile que Nicole lui rebatte les oreilles avec ce qu'elle pense de son gendre. Elle cherchait juste un peu de réconfort. Mais, visiblement, elle n'a pas composé le bon numéro. Nicole l'arrête. Elle ne dit pas cela pour être méchante, mais par lucidité, faut quand même avoir les yeux en face des, bon. « Est-ce que tu veux que je vienne ? » prononce-t-elle sur un ton qui marie l'empathie à une espèce de lassitude à peine dissimulée. Non, ce n'est pas la peine, Odile va patienter, Nicole a raison, il ne faut pas dramatiser et puis il sera bientôt 22 heures, sa mère ne va pas traverser la ville pour venir occuper un fauteuil du salon et attendre avec sa fille le retour d'Hervé.

Plus tard, Odile monte à l'étage, entrebâille la porte de la chambre de Tara et remarque que l'enfant dort profondément. Un léger parfum de lavande plane dans la pièce. Elle referme la porte sans bruit et ouvre celle de la chambre d'Eddy, sur laquelle est autocollée une affichette représentant un sens interdit, dont la barre blanche horizontale est remplacée par un bandeau jaune et noir où l'on peut lire : CRIME SCENE DO NOT CROSS.

« Tu pourrais frapper ! » assène le garçon occupé à pianoter sur sa tablette. Odile s'excuse. Eddy demande si son père est rentré. « Pas encore », répond-elle. Mais il ne faut pas se tracasser, la réunion s'éternise certainement. Il est tard, il faut dormir pour être en forme au collège demain.

Odile redescend l'escalier, gagne la salle de bains, retire son foulard et entreprend de se démaquiller. Sans fard, son visage de nuit réapparaît, ni triste, ni serein, ni anxieux, simplement maussade, la gaieté l'ayant déserté depuis longtemps. Ses enfants, elle les a désirés, oui, enfin, il est plus juste d'affirmer qu'elle en désirait un, mais deux cœurs sont venus battre dans son ventre. Alors il a fallu faire face, s'organiser, supporter le double de fatigue. Pourtant, Odile ne regrette rien, oh non, jamais elle n'oserait exprimer le moindre regret. Il y eut deux enfants, voilà tout.

Elle enfile un legging bleu et une veste fine en polaire violine dont elle monte la fermeture Éclair. Un silence lourd règne dans la maison. Un silence qui dit l'anormalité de l'absence. Quelque chose cloche, elle le sent. D'autant qu'à minuit passé, Hervé n'est toujours pas là.

2

Chambre de Tara

Mardi 16 avril 2024
21 h 32
(Douze heures et deux minutes après la disparition)

Le volet électrique télécommandé du Velux grand format est fermé. La pièce n'est que chichement éclairée par le halo de la lampe de chevet, une sphère translucide, dont la luminosité est réglée au minimum.

Tara est assise en travers de son lit, dos au mur, et échange des messages avec Leïla, sa meilleure amie, son alter ego, celle avec qui elle partage tout, la seule à la comprendre vraiment.

Tara est une adolescente discrète au regard fuyant. Elle paraît fragile, timide, soumise, mais il n'en est rien. Elle est déterminée à atteindre l'autonomie le plus rapidement possible. Elle ne saurait verbaliser aujourd'hui son désir de fuite, mais il existe pourtant dans son esprit. D'ailleurs, elle reste souvent immobile, allongée des heures durant, le regard évadé vers le ciel, vers les nuages du jour ou le noir des nuits de grandes étoiles.

Intellectuellement, Tara n'a rien à envier aux adultes, ni chez elle ni au collège, qu'elle fréquente à regret, où elle s'ennuie ferme et d'où elle rapporte des notes médiocres. Elle n'est jamais parvenue à s'adapter au milieu scolaire, régi par des lois dont elle ne reconnaît pas la validité, mais cela est peut-être un signe de bonne santé. Elle estime qu'elle a autre chose à faire dans sa vie que d'ingurgiter des sommes faramineuses de connaissances inutiles parce que non choisies. Au lieu d'apprendre par cœur, elle souhaiterait penser. Mais, les obligations ne pouvant être contournées, Tara se résigne. Elle lance des poids, absorbe des identités remarquables, dissèque des souris, ânonne des combinaisons de mots allemands, et tout ce qu'elle n'a pas choisi entre par une oreille et ressort par l'autre.

Tara est de taille moyenne, plutôt maigre, ses cheveux sont trop blonds, trop fins, trop lisses, la peau de ses paupières semble transparente autour de ses yeux petits et vert clair. La puberté transforme son corps doucement, sans à-coups, et l'on dirait que, par le dessin de ce corps, la jeune fille préfère passer inaperçue. Les regards de ses condisciples ne s'accrochent d'ailleurs pas sur elle et ses professeurs l'appellent tantôt Sarah, tantôt Mara. Tara ne les corrige pas. Cela ne servirait à rien, les profs ont définitivement renoncé à l'éducation, pense-t-elle.

Elle sait que sa mère, Odile, a choisi ce prénom en référence à un lieu du roman de Margaret Mitchell, *Autant en emporte le vent*. Elle a lu ce roman et l'a trouvé pas mal.

Sur les murs crème de sa chambre mansardée sont fixés des pans de tissus aux motifs abstraits et trois affiches : au-dessus de son bureau encombré de cahiers, de carnets, de stylos, d'objets épars, le paysage accidenté d'un rivage battu par d'énormes vagues (Tara affectionne les déserts et les mers, les montagnes escarpées, les jungles impénétrables) ; en face du lit, une photographie de la chèvre des neiges, prise par Jérémie Rorschash lors de son voyage dans le Yukon, animal rare dont les yeux noirs et le pelage blanc émergent de l'immensité sans fin de ce pays glacé, comme une apparition magique au centre d'une étendue de lait brumeux ; punaisé sur la porte, un portrait de la chanteuse Cerise, dont Tara adore la voix cristalline et les mélodies aux influences ibériques et orientales. D'autres décorations sont suspendues à des crochets : un attrape-rêves (Tara les note tous dans un cahier qu'elle appelle sa boutique obscure), un mobile de cailloux, une peluche de fête foraine, trois tirages papier de photographies d'elle avec sa copine Leïla retenus par des minipinces à linge le long d'un bout de ficelle.

Tara écrit à Leïla que demain elle essaiera de battre son record d'endurance pendant le cours de sport : courir autour du stade deux heures sans s'arrêter. Tara est une adepte de la course de fond. Elle s'entraîne régulièrement et parvient à couvrir des distances phénoménales malgré son jeune âge. Son ambition n'est pas de participer à des compétitions, de remporter des victoires ou d'épater son professeur (épaté cependant), mais de courir longtemps, seule, à son rythme, en pensant à mille choses, en cherchant des solutions à des problèmes, en écrivant des poèmes dans sa tête. Tara aime courir. Elle aime cette répétition infinie du geste, le son de ses chaussures frappant le sol, celui de sa respiration, la vibration de ses muscles, la fatigue apprivoisée. Elle aime cette remise en question du sens même de ce qu'elle est en train de faire, la foulée subissant un traitement similaire à celui d'un mot lavé de toute signification à force d'être répété. Courir, courir, courir… pour quoi faire ?

Elle a remarqué que, malgré cette sensation de perte, ses pas demeurent tous différents. Ils varient selon la vitesse, la matière du sol et ses accidents, sa concentration, les infimes variations de rythme, et Tara en conclut que, sous les apparences de l'immuable, tout est toujours différent. Donc, le sens ne se perd point, il perdure.

Le samedi, le dimanche, certains soirs en rentrant du collège, Tara s'en va courir au stade municipal, autour de son quartier ou dans la ville. Seule, elle court, elle pense, et ses pensées adoptent le mouvement de la course, elles avancent.

Elle écrit aussi à Leïla que son père n'est pas rentré, ce soir. Leïla, qui a perdu le sien à l'âge de dix ans, estime, en son for intérieur, que Tara a de la chance de pouvoir attendre son père, mais elle ne dit rien de ses états d'âme et préfère exprimer de l'empathie. « Ah bon ? » écrit-elle dans un texto accompagné d'un émoji triste avec larme à l'œil. Tara répond que ce n'est pas la première fois, qu'elle n'est pas très inquiète, que sa mère surtout est déçue parce qu'elle avait préparé un repas d'anniversaire.

Quel âge ?

Quarante-cinq.

Au moins, le repas s'est déroulé dans le calme. Il n'y a eu aucun conflit, aucune remarque. Eddy a bouffé sa bidoche ; Odile n'a pas insisté quand Tara a rechigné à finir la sienne. D'ailleurs, elle a décidé d'être végétarienne à partir de maintenant. Elle ne supporte plus d'imaginer toutes ces bêtes confinées des heures durant dans des camions à étages, débarquées dans des hangars, poussées dans des couloirs et tuées à la chaîne, chaque jour, partout. Un véritable carnage. Elle s'est bien renseignée, Tara, avant de prendre cette décision. Elle donne à Leïla le nombre d'animaux abattus tous les jours dans le monde : quatre milliards. Pour Leïla, ce chiffre ne représente rien, il est trop énorme, il est une abstraction. Alors Tara lui envoie le nombre de poulets tués chaque jour de 2003 en France : 2 031 687. Mais Leïla ne comprend pas plus ce chiffre qui lui semble irréel. On ne peut pas tuer deux millions de poulets par jour dans un petit pays comme la France, ce n'est pas possible, il doit y avoir une erreur. Elle répond par des points d'exclamation. Et puis Leïla aime la viande, elle en a tellement l'habitude. Son esprit ne conçoit pas la possibilité de s'en passer. Alors Tara lui dit que cela correspond à vingt-cinq poulets abattus chaque seconde. Elle écrit : cha-que-se-conde. Leïla répond : « Ah quand même… » Oui, c'est-à-dire que depuis qu'elles sont chacune derrière leur écran, comme tous les soirs à cette heure, disons depuis dix minutes, schématiquement, on en est déjà à quinze mille poulets. Leïla réagit : « Grave ! » Et puis Tara ajoute qu'elle ne supporte plus les discours sur les protéines animales considérées comme essentielles dans l'alimentation des humains ; elle évoque aussi les maladies provoquées par la consommation de viande, les élevages intensifs, les virus, la pollution, les zoonoses. Tara a regardé des documentaires, elle a des arguments.

« J'espère que ton père va rentrer », lui écrit Leïla pour revenir au point de départ de leur conversation. Tara partage ce souhait, mais un repas sans dispute ou simplement sans tension, c'est toujours cela de gagné, on digère mieux.

Son père, oui, il reviendra. Elle n'en doute pas un instant. Il embrassera Odile sur la bouche et voilà ; plus par convention que par affection, d'ailleurs, car sur ce plan-là Tara n'est pas naïve, elle a constaté qu'entre ses parents ce n'est plus tout à fait ça. Ils ne rient plus ensemble, l'ambiance est morose la plupart du temps, leur complicité de couple est une histoire ancienne et, depuis sa chambre à l'étage, la jeune fille n'entend plus rien de ce qui se passait, avant, dans la leur, au rez-de-chaussée. Cela ne la regarde pas, elle a d'autres préoccupations : écrire ses rêves, courir, grandir vite, s'en aller.

Tara souhaite une bonne nuit à Leïla. Elles échangent des sourires et des cœurs.

Elle s'interroge avec quelque appréhension sur la manière dont son père va réagir à son végétarisme. Sûrement très mal. Il restera évidemment sourd à toute forme d'argumentation justifiant cette « absurdité ». Il n'écoutera pas. Il n'a jamais rien écouté, on ne peut pas parler avec lui. Alors, Tara va devoir tenir bon, expliquer sans s'illusionner, mais expliquer tout de même un minimum. Elle a bien l'intention de résister.

Elle met une chanson de Cerise, la première de son second album, sa préférée.

Elle se souvient de ce repas d'il y a deux mois environ, lors duquel son père lui intima l'ordre de manger une cervelle d'agneau persillée qu'Odile avait accompagnée de haricots verts et de petits pois frais. Tara avait osé répondre que jamais elle n'introduirait un gramme de cette chose dans sa bouche. Hervé ne l'entendit pas de cette oreille et se lança dans un de ses monologues, auxquels on était accoutumé dans cette maison, ayant pour thème principal les bienfaits diététiques des abats et, pour secondaires, l'origine de la viande, les efforts d'Odile aux fourneaux, les enfants qui ne mangent pas à leur faim et, en dernier recours, le respect dû à un chef de famille et, par ruissellement, à l'autorité, la hiérarchie, l'ordre des choses. Il paracheva sur une note de fermeté qui ne fit pas bouger Tara d'un pouce.

Eddy avait déjà presque terminé son assiette et lorgnait d'un œil gourmand celle de sa sœur.

Tara posa un regard furtif sur son frère, dont le goût pour cette immondice lui souleva le cœur, et le garçon descendit en un instant d'un cran dans son estime, qui n'était déjà pas très folichonne. Odile n'était pas intervenue et n'en avait jamais eu l'intention. De toute façon, elle aurait pris la défense de l'enfant, comme d'habitude, et ça, ça lui tapait sur le système, à Hervé. Mais Odile était fatiguée, elle avait passé sa journée sur un dossier compliqué pour les festivités du 8 Mai, elle manqua de courage, ce soir-là.

Constatant que l'adolescente ne cédait pas, regardait en face d'elle, bouche fermée, bras croisés, le père sortit de ses gonds. Tara allait presto se mettre à manger cette cervelle, cesser ses simagrées de gamine pourrie gâtée tout de suite et filer au lit quand son assiette serait vide, se laver les dents, se coucher, dormir, merde ! Qu'est-ce que ce manège signifiait au juste ? Jusqu'à quand on allait se casser le cul à faire des plats originals pour des gosses qui n'en ont rien à foutre ?! « Vous croyez qu'on va jeter la nourriture à la poubelle ? Pour qui vous vous prenez exactement ? » (Hervé passait au vouvoiement lorsque la colère le submergeait.)

Pour toute réponse, Tara eut la malencontreuse idée de rectifier : « originaux ».

Il y eut un silence pendant lequel chacun se tint immobile : le père, stupéfait ; la mère, lasse ; le fils, impatient ; la fille, tenace.

« Monte dans ta chambre immédiatement. »

Cette phrase, Hervé la répéta deux fois, crescendo. Tara obéit. Elle préférait se coucher le ventre vide plutôt que de goûter à une seule miette de cette horreur.

Ce soir-là, Tara prit conscience qu'elle pouvait tenir tête. Elle se sentit forte, presque invincible. Elle avait visé dans le mille. Désormais, elle ne se laisserait plus faire.

Elle se glisse sous la couette et prend son roman en cours, *L'Auguste de Varsovie*, l'histoire d'un vieil homme qui, en Pologne avant la guerre, fut un célèbre artiste de cirque amoureux d'une certaine Élisabetha (un roman de l'auteur polonais Gargas Parac).

Il est 22 heures passées. Tara sent la fatigue descendre sur elle. Elle s'endormira bientôt. Elle posera le livre sur sa table de chevet, tournera le variateur de sa lampe vers la gauche, aura une pensée pour son père qu'elle n'a toujours pas entendu rentrer, se pelotonnera dans le duvet et trouvera vite le sommeil.

Elle perçoit le faible murmure de la télévision de la cuisine tout en parcourant quelques pages de son roman.

Plus tard, Odile entrouvre la porte et reste quelques instants dans l'entrebâillement pour observer sa fille endormie. Elle ne discerne que la ligne de son profil dans l'obscurité.

Tara est si belle. Elle pourrait l'être encore plus si elle portait davantage attention à son image. Normalement, à cet âge, on commence à se maquiller un peu, on s'habille, on cherche à attirer les garçons. Secrètement, Odile désire que sa fille lui ressemble, mais Tara s'éloigne. Par tous les moyens, elle s'éloigne. Eddy aussi paraît déjà loin. Et Hervé, naturellement, s'en ira avant Odile puisqu'il a sept ans de plus. Elle se retrouvera seule, sans mari, sans enfants, dans cette maison trop grande, où sa solitude résonnera comme dans un container vide, et, avec les années, le papier peint du salon, il se décollera, et les fenêtres se mettront à grincer et les lames des parquets flottants se déjointeront et les enfants ne viendront plus si souvent qu'autrefois. Alors la toiture se couvrira de mousse, des tuiles se fendront sous le gel et il y aura des fuites et l'eau grignotera la charpente et les plafonds et Odile ne pensera plus à Hervé puis ne pensera plus du tout puis disparaîtra de la surface de la terre sans que personne le sache hormis Tara, Eddy et quelques connaissances anciennes. La maison sera vendue à d'autres existences puis un jour, plus tard, beaucoup plus tard, à la place de la maison, il y aura une autoroute ou un lac artificiel en amont d'un gigantesque barrage hydroélectrique qui aura englouti la vallée sous les eaux ou une forêt primaire impénétrable ou un désert hostile, inhabité, radioactif.

Tara est en train de rêver.

Les moutons

Hommes à tête de mouton. Combien ? Avec des tabliers blancs tachés de sang. Peut-être des zombis ?

Je cours. Je m'éloigne d'un hangar (ou bâtiment d'usine).

Un agneau est décapité.

Les visions d'horreur s'éloignent.

Odile referme la porte sans bruit et va coller son oreille à celle d'Eddy.

3

Chambre d'Eddy

Mardi 16 avril 2024
21 h 08
(Onze heures et trente-huit minutes après la disparition)

« Tu seras un tueur, mon fils. »

L'énoncé de cette ambition paternelle avait jeté un froid dans l'âme d'Eddy Snout (son prénom, contrairement à celui de sa sœur jumelle, avait été choisi par Hervé Snout en hommage au cycliste Eddy Simpson). À dix ans, le fils s'était soudain trouvé piégé dans le désir d'un autre, et d'un grand autre puisqu'il s'agissait de son père, auquel il vouait une admiration démesurée. Pour Eddy, ce père avait tracé un avenir à la mesure de ce que son nom signifiait en matière de prestige local. La vie active est une jungle où règnent les lois de la sélection naturelle. Pour Hervé Snout, le tueur (maître, chef, puissant, décideur) est celui qui a su tirer son épingle du jeu. Tueur serait une première étape dans l'ascension sociale d'Eddy. Viendraient ensuite d'autres responsabilités, d'autres challenges, d'autres défis professionnels qui permettraient au garçon de s'imposer en tant que mâle dominant. Eddy avait instantanément conscientisé l'importance de la mission.

Le bras articulé de sa lampe de bureau dirige vers lui un large faisceau blanchâtre. Torse nu, son bout de langue concentré dans une commissure de lèvres, Eddy est en train de solidariser trois petites aiguilles à coudre à l'aide d'un fil de coton.

Eddy est un adolescent de quatorze ans un peu rugueux. Il porte le cheveu court châtain clair et envisage de se raser la tête bientôt. Il affectionne en effet les prouesses : il prévoit, par exemple, une nuit prochaine, de dormir à la belle étoile dans le jardin, équipé comme un vrai trappeur (toile de tente, duvet, gourde, couteau de poche) ; il envisage de se rendre au rayon numérique d'une des grandes surfaces de l'agglomération pour y dérober une console de jeux ; il projette de déféquer sur le bureau de la conseillère principale d'éducation du collège (action ne pouvant être couronnée de succès qu'avec la complicité de deux camarades qui feront le guet à deux points stratégiques du bâtiment administratif de l'établissement).

Il doute que cela (le crâne rasé) plaira à sa mère, qui jugera cette lubie peut-être un peu mauvais genre, mais qu'importent les goûts d'Odile, car côté paternel, il estime que ça ne posera aucun problème (son père est plus ouvert et plus espiègle). Et puis tueur à cheveux longs serait une contradiction ridicule.

Eddy souffre d'un léger strabisme divergent, défaut qui provoque parfois chez lui de l'agressivité et même une violence qu'il peine à contenir. Celui qui s'est avisé récemment de le traiter de gueule de lotte a perdu une incisive.

Eddy est grand et musclé, sa taille le situe largement au-dessus de la moyenne, son visage est carré, ses yeux marron, son nez rond, ses oreilles petites et collées à son crâne, sa mâchoire inférieure est celle d'un carnassier, ses mains sont fortes et des bulbes acnéiques fleurissent sur ses joues. Toutefois, physiquement, par sa carrure d'athlète, il ne déçoit pas son père. Il est méfiant, sait garder ses distances et ne cache pas ces certitudes quant à sa supériorité dans les domaines du sport, de la baston, de la ruse, de la rapidité, de la musculature, de la dimension de son pénis. Il occupe la place d'ailier droit dans l'équipe de football des minimes du club de la ville. Il court vite, dribble très bien, la puissance de ses tirs laisse les pendules à l'heure et ses tacles sont redoutés par les avants-centres du département depuis que l'un d'eux s'est soldé par treize points de suture sur une cheville adverse. Il a coutume de se présenter comme le buteur le plus rapide de la région puisqu'il ne lui aurait pas fallu quinze secondes après le coup d'envoi pour lober le gardien de l'équipe de Varennes.

Sur le poster à droite du lit d'Eddy, ce joueur de football, qui brandit fièrement son ballon d'or, c'est Kofi Diop. Il vient de signer au Barça pour une somme historique. Jamais aucun joueur n'avait fait l'objet d'une telle transaction. On ose à peine en prononcer le montant. Voilà un tueur, ce Diop.

Depuis la rentrée de janvier, il est obnubilé par l'idée de sortir avec une fille avant fin juin et a déjà essuyé plusieurs refus catégoriques. Il ne s'avoue pas vaincu, il saura bien en convaincre une et, si sa diplomatie s'avère inefficace, Eddy fera aboutir son projet. De gré ou de force. Il estime que, pour ne pas ternir la fierté de son père, il doit exprimer ses singularités sans modération, manifester sa force, sa résistance, montrer aux autres qui il est vraiment.

Les trois aiguilles sont maintenant attachées les unes aux autres par le fil de coton solidement noué. La cartouche d'encre noire est percée et le garçon en vide le contenu dans la forme creuse d'une sorte de capsule de bière façonnée dans une feuille d'aluminium. Eddy trempe l'extrémité du trident dans l'encre et, à l'endroit du cœur, après s'être regardé un instant dans le miroir, avoir inspiré bien à fond, procède à la première piqûre. La douleur est supportable. Il ne faut pas piquer trop profondément ; Eddy a étudié la question grâce à des tutos sur Internet. Trop profond, ça diffuse l'encre, ça fait des taches. Eddy transperce juste l'épiderme et trace les premiers segments d'un S. S comme Snout. Son nom. Celui que son père lui a donné. Des perles de sang se mélangent à l'encre. Menton rentré dans la poitrine, il scrute les effets des piqûres. Les aiguilles dessinent le sillon du S dans la peau du garçon, qui surveille l'avancée des travaux à l'aide du miroir placé en face de lui.

La première boucle est terminée. Eddy repasse dessus deux fois afin de saturer d'encre la blessure. Il grimace. Le miroir lui renvoie un reflet qui le satisfait ; il poursuit. De sa main gauche, il tire sur la peau pour la tendre. La seconde boucle, celle du bas, encerclera son téton. Son tatouage y gagnera en originalité. Le S de Snout se révèle progressivement. Eddy est étonné par la faiblesse de la douleur ; étonnement généré par son désir de ne pas se comporter en douillet. Alors il pique plus fort, plus loin sous la surface. Son père sera fier de lui. Il pourra constater que son fils n'est pas une fiotte. L'encre noircit la peau, le serpent se précise, se love autour du sein d'Eddy, qui retient sa respiration pendant chaque série de dix trous. Il souffle, trempe les aiguilles et continue.

Maintenant, dans le miroir, il peut lire le S. Les courbes noires sont teintées de rouge et, autour du tatouage, un halo rosâtre semble palpiter. Il essuie le sang et le surplus d'encre avec son T-shirt. Il procède à un ultime passage lors duquel la douleur est plus vive. Le derme est atteint, la peau multiplement trouée, son cœur bat plus vite, sa respiration est saccadée. Eddy apporte une dernière touche en appuyant aux deux extrémités de la lettre – quand on fait les choses, on les fait bien –, pose le trident, bombe le torse et observe son reflet. Le tatouage est beau, les pectoraux commencent à pointer, les épaules sont larges, les biceps respectables. Eddy est content. Il ne s'aperçoit pas que le S étant à l'endroit dans le miroir se trouve logiquement à l'envers sur sa poitrine, détail qu'il découvrira ultérieurement. Demain, la blessure ne saignera plus, une croûte se sera formée, il ne faudra pas se gratter, c'est ce qu'ils disent sur Internet, et, petit à petit, le serpent se cicatrisera.

Plus tard, Eddy montrera son tatouage à son père. Il est convaincu que ce dernier sera touché. D'ailleurs, où est-il ? Eddy regarde l'heure sur son portable. Pas encore 22 heures. Il perçoit vaguement une voix fluette dans la chambre d'à côté. Sa sœur écoute sa chanteuse pourrie. Le garçon, lui, apprécie la vraie musique. Dober Death et Black Roth Evil par exemple.

Pourquoi son père n'est pas rentré pour le dîner d'anniversaire ?

Eddy va s'allonger. En face de lui, le requin toute gueule ouverte jaillit dans une gerbe d'eau et d'écume.

Et si son père avait une maîtresse ? Ça se pourrait ! Mais non. Il ne ferait pas ça à sa mère.

Malgré son caractère un peu brutal, Eddy est un être doué de sensibilité, qui peut, de temps à autre, être sujet à l'anxiété. Si Hervé n'est pas rentré, surtout ce soir, c'est qu'il lui est probablement arrivé quelque chose de grave. Pas sûr, mais probable. Un accident de vélo, un malaise, un conflit avec un employé ?

Le père d'Eddy dresse souvent le bilan de ses journées pendant le repas du soir. La lenteur ou la fainéantise de ses subalternes revient régulièrement sur la table. C'est un vrai problème dans une entreprise. L'absentéisme, les retards, l'incapacité à la discipline. Pour un responsable, il n'y a pas d'autre choix que d'intervenir : rappeler les règles, mettre en garde, avertir, effectuer une retenue sur salaire ou engager une procédure de licenciement dans les cas les plus difficiles.

Cette fille dans la seconde classe de quatrième, prénommée Maeva, blonde aux cheveux lissés, maquillée davantage que les autres, avec ses jeans moulants et ses décolletés provocateurs, Eddy a bien envie de la coincer. Il essaiera demain. Il la suivra pendant une récré, elle ira aux toilettes, il se plantera face à la porte et la cueillera à la sortie. Il lui parlera, lui posera des questions, la complimentera pour sa coiffure et tentera de l'embrasser. Oui, il fera cela, Eddy Snout. Il le jure sur la tête de son père.

Il retire ses chaussettes, son pantalon, jette un œil à son tatouage (il essuie une goutte de sang), se glisse sous la couette et attrape sa tablette. Il se branche sur un site pornographique et coupe le son. Il remonte ses jambes en les écartant légèrement et adosse la tablette contre le plan incliné de ses cuisses. Sur le petit écran, il voit des sexes masculins (plus imposants que le sien) pénétrer dans des orifices féminins. Il voit les visages des femmes et rarement ceux des hommes. Il serre son sexe dans son poing. Il fait cela pendant quinze ou vingt minutes, en variant les rythmes, en changeant de vidéo. Soudain, il entend du bruit dans le couloir. Est-ce sa mère ? ou son père qui est enfin rentré ? ou sa sœur qui se rend aux toilettes ? Il a à peine le temps de se déconnecter que la porte de sa chambre est ouverte et qu'il devine le visage d'Odile. « Tu pourrais frapper ! » lance-t-il. « Pardon. Tu ne dors pas ? » répond la mère. « Non. Y a un écriteau sur la porte. » Odile s'excuse de nouveau, s'apprête à refermer quand Eddy demande si son père est rentré. Odile dit « pas encore » et ajoute qu'il ne devrait plus tarder maintenant. « Bonne nuit. »

4

Accueil de la gendarmerie

Mercredi 17 avril 2024
16h44
(Un jour, sept heures et quatorze minutes
après la disparition)

Odile n'a pu fermer l'œil de la nuit malgré le somnifère avalé à 3 heures. Elle a fait les cent pas, s'est arrêtée un moment devant un documentaire sur les grizzlis où un intrépide, à force de réduire la distance entre les ours et lui, finit par se faire dévorer, a tenté de s'endormir sur la méridienne du canapé d'angle (une espèce de paquebot en cuir terre-de-Sienne qui concrétise aux yeux des invités la réussite du couple Snout) et, à bout de forces, s'est rabattue sur les pages d'un roman de Franz Hutting narrant les aventures sentimentales d'une belle Italienne avec un professeur de physique-chimie. Elle a vu le jour se lever dans le salon, car elle n'avait pas baissé les volets extérieurs, volets qui furent, pendant un temps limité certes, une fierté pour Odile et Hervé (ils n'avaient qu'à passer une main devant un détecteur pour les actionner). Vers 7 heures, elle a donc quitté le canapé, où elle venait de laisser filer la dernière heure de sa nuit sous un plaid vert pomme synthétique, est allée appuyer sur le bouton de la cafetière et a bu une tasse de liquide noir avant de monter à l'étage réveiller les enfants. Ceux-ci ont aisément constaté que leur mère n'était pas vraiment joviale et que leur père n'avait toujours pas réintégré le foyer. Odile n'a pu rien prononcer d'autre que cette information, « papa n'est pas rentré », en échouant à en minimiser la gravité. Cela se voyait sur son visage livide, qu'elle était soucieuse, pensèrent les enfants en versant des céréales dans leur bol. Odile augmenta un peu le volume de la télévision ; elle n'avait pas la force de parler ; c'était la première fois que son époux lui infligeait une telle épreuve et le mot *disparition* lui traversa l'esprit en déposant dans son sillage une sorte de brume noire épaisse impossible à dissiper, même en regardant les personnages grotesques qui gigotaient sur l'écran où ils avaient assurément abandonné toute idée de penser à quelque chose. Par conséquent, on prit le petit déjeuner sans échanger la moindre impression ; des tasses de café furent vidées, des bols de lait ou de chocolat furent bus, des verres de jus d'orange basculèrent dans les petits gosiers à la suite de divers gâteaux et viennoiseries et on alla se préparer pour se rendre au collège.

Il était où, papa ? Mystère.

Odile envoya plusieurs textos. « Où es-tu ? », « Réponds-moi, stp », « Qu'est-ce que tu fais ? Il est 7 h 33 ! » Elle lui téléphona et laissa un message vocal : « Bon, je commence à être franchement inquiète, qu'est-ce que tu fais, tu es où ? Tu pourrais au moins répondre, je sais pas... » L'instant d'après, jugeant ce message trop agressif, elle rappela : « Je suis morte d'angoisse, moi ! Qu'est-ce que je fais ? » Trois minutes plus tard, elle comprit qu'elle n'avait rien à attendre côté portable et lista les options qui s'offraient à elle :

— appeler sa mère ? Il n'était pas certain que Nicole pût

aider sa fille d'une quelconque façon puisque, même définitive, la disparition de son gendre ne lui tirerait pas une larmichette ;

— prévenir son chef de service, l'adjoint à la culture de la commune, qu'elle ne se rendrait pas à la mairie ce jour, qu'elle avait un gros souci familial et qu'elle en était sincèrement désolée ? Ici, de deux choses l'une : soit son chef de service, monsieur Marc Garand, un homme somme toute conciliant et à l'écoute de ses collaborateurs, répondrait à l'appel et Odile serait fixée ; soit son chef de service n'y répondrait pas et Odile ne pourrait en toute décence laisser de message sur le répondeur malgré l'attention et la gentillesse dont Marc Garand faisait preuve à son égard. Mettons que son chef de service, il répondrait pas. Odile n'aurait plus qu'à faire les cent pas dans son salon en attendant quelques minutes avant de réitérer l'opération ;

— se rendre à la gendarmerie pour y déclarer la disparition de son mari ?

Elle entendit la porte claquer. Eddy et Tara partaient au collège.

Odile décida de procéder par ordre. Comme elle ne commençait qu'à 10 heures ce mercredi, elle passa un coup de fil aux établissements Snout à 9 h 12. Timothée Nochère, la secrétaire comptable fraîchement embauchée en remplacement d'Élodie Moreau, licenciée au motif qu'elle avait insulté son supérieur, répondit aux questions de madame Snout.

Non, monsieur Snout n'était pas encore arrivé et, de toute façon, la veille, elle ne l'avait pas vu non plus. Timothée passa sous silence son retard de trente minutes du mardi matin (les horaires, elle n'y arrivait pas), elle venait de signer son contrat, était en pleine période d'essai, mieux valait ne rien dire sur les fréquentes défaillances de sa ponctualité. Non, la veille, il était absent, elle pouvait le certifier. Elle n'avait même pas vu son vélo. Ou peut-être qu'elle ne l'avait pas remarqué…

S'il y avait son vélo, c'est qu'il était là, non ?

Mais justement, Timothée ne savait pas si le vélo de monsieur Snout était sur le parking, elle ne faisait pas toujours attention à ces détails. En toute logique, il ne devait pas y avoir de vélo puisque monsieur Snout n'était pas venu de la journée.

Et ce matin ?

Et c'matin non plus, du coup, l'est pas là.

Odile remercia l'employée après une série d'onomatopées et d'interjections, bon, eh bien, oui, alors, très bien, bon, et elle suggéra à son interlocutrice de la tenir informée.

Après mûre réflexion, elle joignit sa mère. Quand il s'agissait de son époux et qu'elle envisageait peut-être d'évoquer son cas avec sa mère, Odile réfléchissait toujours beaucoup à ce qu'elle allait dire (pour ne pas avoir à entendre ce qu'elle savait déjà) et choisissait donc parfois de s'abstenir. Pas d'appel, pas de leçon. Toutefois, ce matin était particulier, Hervé n'était pas réapparu depuis la veille, 8 h 15 environ, il y avait de quoi se faire du mouron, ne pas fermer l'œil de la nuit, imaginer tout et n'importe quoi et, finalement, décider d'appeler sa mère plutôt que sa collègue Yolande du service voirie avec qui elle s'entend bien mais sans plus.

Après le discours quasi traditionnel de Nicole Élisée sur cet homme qui n'est pas, non plus, le champion du raffinement, Odile fut soumise aux sous-entendus habituels. Nicole entra même dans une nouvelle phase d'expression critique. *Ce* couple que formaient Odile et Hervé, il avait quel âge ? Quinze ans. Bon, alors, ma fille, tu vois bien, bon, quinze ans, c'est déjà, hein... Nicole ne se serait jamais permis d'accuser Hervé sans preuve, mais enfin, parfois, il faut faire acte de lucidité, examiner les choses avec la froideur d'un entomologiste, même si c'est difficile. Odile n'était plus une adolescente amoureuse et pouvait maintenant voir la réalité en face. Ouvrir les yeux, tout simplement.

Odile savait cela, inutile de le lui rabâcher. Oui, peut-être, bon, et même si, hein ? Le respect, c'est quand même, aussi, de prévenir, d'une manière ou d'une autre, avec mensonge ou pas ! Hervé n'est pas rentré depuis plus de vingt-quatre heures, c'est quelque chose, non ?

Oui, Odile avait tout à fait raison d'être heurtée par l'attitude du goujat. C'était une réaction normale. La vieillesse d'un couple, comme toute vieillesse, n'est pas une fête, mais une étape. Ça passe ou ça casse. Avec Félix, le père d'Odile, cela s'était déroulé autrement puisqu'il était mort prématurément. Si Hervé ne donnait pas signe de vie dans la journée, il faudrait réagir, mais pour le moment... Et Nicole clôtura par un « allez, ma fille, sois forte et élégante ! ».

Alors, Odile, influencée par les opinions maternelles, rejetant les pires scénarios – enlèvement, assassinat –, imaginant Hervé dans les bras d'une autre (ce matin, elle priorisait l'infidélité plutôt que le décès) et préférant se rendre au boulot mine de rien, alla se doucher, se coiffa, se maquilla et choisit sa tenue du jour : Levi's taille haute et fine ceinture de cuir noir, corsage blanc en jersey décolleté avec liseré de dentelle, blouson de cuir noir, Converse basses blanches en cuir également pour une petite touche cool à laquelle monsieur Garand ne verrait pas d'inconvénient ; on était quand même au département culture de la mairie, on côtoyait des artistes, la garde-robe s'adaptait aux fonctions. D'ailleurs, lorsque des musiciens se produisaient sur la scène du Trapèze, la salle de spectacle municipale, Marc Garand les accueillait affublé de sa cravate imprimée de saxophones dorés.

Munie de son trousseau de clés et de son sac à main, Odile traversa la grande entrée de la maison, dont elle avait fin février enrichi la décoration d'une toile de moyen format qu'elle estimait plutôt réussie, pour une fois. Il s'agissait de la libre reproduction d'une aquarelle de Marie-Anne Quivoron intitulée *Paysage de montagne avec Indiens* (1890). Mais elle ne lui adressa pas un regard et claqua la porte.

L'adjoint s'enquit aussitôt de la santé de sa secrétaire qui, malgré sa beauté naturelle, son maquillage toujours discret, sa tenue détendue, paraissait fatiguée. Odile prétexta l'insomnie et se plongea dans un dossier jusqu'à midi.

Marc Garand, lui-même débordé, l'observa du coin de l'œil à travers la cloison vitrée qui séparait les espaces de travail tout en organisant l'inauguration du rond-point des Amandiers, où venait d'être érigée une sculpture monumentale de Pierre Échard. Il la trouvait si séduisante (Odile, pas la sculpture). Il avait en tête leur passage de la veille dans les combles de l'hôtel de ville pour évaluer la somme de travaux nécessaire à la transformation de cet espace inusité en lieu d'activités restant toutefois à définir. Et puis, pris par le temps, ils n'avaient rien évalué du tout.

Elle n'eut pas la tête à déjeuner et c'est après un énième appel à Hervé qu'elle prit la décision de se rendre à la gendarmerie en sortant de la mairie.

Odile occupe donc une chaise de l'espace accueil. Elle se sent lourde et humiliée. En face d'elle, une affiche tricolore du ministère de l'Intérieur incite la jeunesse française à s'engager dans les forces de l'ordre, métiers d'avenir, métiers républicains. Elle y croit à peine, d'être ici, dans les locaux de la gendarmerie pour déclarer la disparition de son époux, Hervé Snout. Son cœur bat. Sa mère a-t-elle été bien inspirée de prendre la situation à la légère ? Que va-t-elle dire aux enfants ? Que va-t-on penser d'elle dans le quartier ? Les voisins observent, analysent, interprètent, concluent hâtivement. Comment justifiera-t-elle cette absence si elle s'éternise ? Odile aura-t-elle la force de survivre à un drame familial ? Quelle sera la réaction d'Eddy, celle de Tara ?

Son sac à main est posé sur ses cuisses, ses mains à plat côte à côte sur le rabat de cuir. Son chignon s'est desserré, une mèche de cheveux blonds s'en est libérée et frôle sa joue gauche. Elle n'a effectué aucun raccord de maquillage depuis le matin. Son visage est blême. Elle espère qu'Hervé est rentré, que ses jours ne sont pas en danger, que la vie va reprendre sa forme et son rythme habituels. Elle envoie un texto qui demeure sans réponse. Elle soupire, ses yeux bleus sont humides. Le lieu où elle se trouve augmente son angoisse. Son visage reflète cet état par sa couleur terne, son affaissement, ses micromouvements, la lenteur à laquelle ses paupières s'abaissent et se relèvent, lourdes de lassitude. Plus profondes par instants, les inspirations d'Odile succèdent à des déglutitions problématiques, comme si quelque chose ne pouvait passer. Ses mâchoires frottent l'une sur l'autre répétitivement, ses lèvres sont pincées et elle ne peut réfréner ses bâillements. Il y a aussi la honte. La honte d'être dans des locaux qui, considère-t-elle, ne sont pas, en général, réservés aux gens de sa condition. Odile s'est embourgeoisée ; elle et son époux ont quitté la caste des petits salariés sans envergure ; ils ont réussi, à force de travail, à s'élever bien au-dessus des classes inférieures ; ils gagnent à eux deux bientôt sept mille euros – c'est mérité, Hervé (qui touche le double d'Odile) ne compte pas ses heures. Alors qu'est-ce qu'elle fait là ? Oh, ce n'est pas pour déclarer un cambriolage ou le vol d'une voiture, non. Son mari a disparu, voilà, disparu ! Un couple si rangé, si routinier, reconnu par les amis et les membres de la famille comme en parfait équilibre (si elle excepte les jugements à l'emporte-pièce de Nicole et ceux des jaloux). Et les petites fautes d'Odile n'y changent rien. Le couple Snout, c'est du solide, dit-on. Mais voilà que le lieutenant Malassi débarque derrière le comptoir d'accueil et invite Odile à s'approcher. Ce n'est pas trop tôt, il est bientôt 17 heures ; Eddy et Tara sont seuls à la maison.

Simon Malassi, trente et un ans, célibataire, sans enfant, lieutenant de gendarmerie depuis trois ans. Ce n'était pas vraiment dans ses objectifs de devenir un jour gendarme, mais après un licenciement violent, des mois de chômage et de dépression, une séparation douloureuse, le jeune homme décida de franchir le pas et de s'engager dans la prestigieuse corporation. Il subit un entretien, une épreuve écrite (composition de culture générale : durée 3 heures – coefficient 7 – note éliminatoire < 6/20. Sujet : Quels sont les enjeux et les conséquences d'une transition vers l'agriculture biologique ?), un test numérique sous la forme de QCM, une évaluation sportive et fut nommé gendarme territorial dans la brigade où il officie actuellement. Certes, il sut dépasser ses préjugés, mais fut vite rattrapé par la réalité en la personne de son supérieur direct, le capitaine Daniel Obrisky, vingt-sept ans de maison, qui ne l'encouragea guère à trouver un quelconque intérêt dans sa mission. Simon Malassi doit aujourd'hui se rendre à l'évidence : en dehors des accidents de la route, des conflits de voisinage et des cas d'ivresse sur voie publique, il ne se passe pas de grands événements dans une petite ville de province comme la sienne. Alors on s'ennuie, on se demande comment ça va évoluer, cette affaire, on n'envisage pas de sombrer dans l'alcool (à l'instar du capitaine Obrisky) et l'on souhaite, nonobstant, faire son travail comme il le faut et, justement, tenez, une personne attend qu'on s'occupe d'elle.

Gênée mais digne, Odile vient s'accouder au comptoir et expose les motifs de sa visite. Elle attend une réaction du lieutenant qui se gratte la nuque. Il est assez agréable à regarder, cet homme. Une belle carrure, un visage au teint mat, l'œil noir perçant et, malgré l'uniforme et la coupe réglementaire, Odile le trouve plutôt sympathique. Elle se sent convenablement accueillie.

L'officier l'informe qu'une disparition n'est pas a priori considérée comme inquiétante (il souhaite par là inviter madame Snout à nuancer son anxiété) et ne fait pas forcément l'objet d'une enquête judiciaire menée par le procureur du tribunal judiciaire, mais il prie cependant madame de le suivre dans un bureau afin de prendre note de ce qu'elle a à déclarer dans les détails et, surtout, de s'asseoir, car elle a l'air bien fatigué. Odile remercie le lieutenant pour cette attention et prend place sur la chaise en plastique et montants de métal, là, derrière l'ordinateur du fonctionnaire. Celui-ci déplace un peu l'écran vers sa droite afin d'interroger madame Snout. Après un rapide topo sur le lieu de travail de monsieur Snout, ses horaires, ses modes de transport et ses itinéraires, le lieutenant quitte son écran et demande à madame si son mari est parti hier matin en emportant des affaires. Odile répond que son époux a quitté la maison comme chaque jour vers 8 h 15 avec son portable, ses clés, son briquet et ses cigarettes, qu'il a enfourché son vélo et a pris la direction des établissements Snout (ça lui dit quelque chose, à Malassi). Elle n'a rien remarqué d'inhabituel. Il portait sa sacoche en bandoulière (elle n'a jamais compris pourquoi son époux s'encombre de cette sacoche qui contient son permis de conduire alors qu'il se rend au travail à vélo), était vêtu d'un jean, d'une paire de chaussures souples, d'une chemise et d'une veste sombre mi-saison. Hervé Snout se rend toujours au travail dans des tenues décontractées, c'est le directeur, alors il peut se le permettre. Mais il n'a rien emporté de plus, cela, elle le certifie.

Sa carte bleue ?

Oui, carte bleue, carte d'identité, carte vitale, le tout dans son portefeuille glissé dans sa sacoche, quoi.

Le lieutenant Malassi tape sur son clavier avec ses deux index puis, sans relever la tête, demande si monsieur Snout a laissé un message, une lettre ?

Absolument pas. Il est parti comme d'habitude, répète Odile en omettant, volontairement ou pas, d'indiquer que monsieur Snout a quitté la maison plus tôt que d'habitude en laissant un mot sur la table de la cuisine.

Pourquoi aurait-il écrit une lettre ? Il fut un temps, oui, où Hervé dessinait des cœurs sur des Post-it, où il avait effectivement ce genre de petites attentions, où des gestes de tendresse émaillaient le quotidien, mais cela – Odile n'en dit mot – est terminé depuis longtemps. Ils sont entrés dans la phase minimale de leur amour. Il n'y a plus rien à prouver. Leur relation est ce qu'elle est, Odile n'a pas à en rougir, cela pourrait être pire, les choses sont là, fixes, avec des hauts et des bas. N'en déplaise à sa mère, ils n'ont pas divorcé. Ces pensées la traversent subrepticement et l'attristent. Elle ne parle pas de cette dispute de la veille au soir, à propos d'une bêtise, une fois de plus, comme si la vie n'était pas assez remplie d'acidité, de renoncements ou de drames, non, il faut encore en rajouter avec, au choix, l'odeur de la friteuse qu'on utilise uniquement pour les enfants, le volume de la télévision ou les quelques pages d'un livre qu'Odile grignote au lit au lieu d'éteindre la lumière. Non, cela, elle n'en parle pas. Comme elle ne parle pas de ce petit mot laissé sur la table, ce mardi matin, où elle a pu lire une question d'Hervé Snout relative à leur relation maritale et, précisément, à la période tout à fait lugubre que leur couple traverse, papier qu'elle a chiffonné sans lui accorder plus d'importance qu'il aurait fallu, peut-être, car il aurait mis la puce à l'oreille du gendarme, aurait à coup sûr généré des questions sur les motifs d'un départ inopiné, mais aussi des questions gênantes parce que intimes. C'est la première fois qu'Hervé lui écrit des choses graves, cela ne lui ressemble pas. Mais non, non, non, cela n'a aucun rapport avec ce qui l'amène.

Le comportement d'Hervé était normal. Il était passablement énervé, mais…

Pourquoi ? interrompt le lieutenant Malassi qui, inconsciemment, a l'intuition d'un malaise chez Odile. Elle ne dit pas tout. Cette femme est secrète. Pourquoi ?

Pourquoi Hervé Snout était énervé ? Parce que c'est comme ça ; la charge de travail, les dysfonctionnements divers, l'organisation, les employés qu'il faut sans cesse motiver, les responsabilités.

Monsieur Snout souffre-t-il de troubles psychiatriques ? Une dépression ? Une surcharge de travail qui pourrait provoquer des…

Pas du tout ! L'époux d'Odile Snout est en pleine forme psychique, aucun souci à se faire là-dessus. Odile était à mille lieues d'imaginer qu'elle aurait à répondre à ce type de questions. Elle en est toute coite. Et puis les gens qui disparaissent ne sont pas forcément malades !

Certes. Ce n'était qu'une…

Ben oui, mais une drôle de question, dites donc !

Les autorités sont souvent contraintes de poser des questions gênantes et elles s'en excusent.

Simon Malassi met un point final à son interrogatoire, regarde un instant cette femme devant lui, à l'air perdu. Comment lui dire la vérité ? Comment lui confier qu'il ne considère pas cette disparition comme inquiétante ? Il renonce d'emblée, par politesse, à dire que des centaines de personnes se volatilisent délibérément chaque année. Des milliers même. On ne retrouve jamais leur trace parce qu'elles ne le souhaitent pas et c'est leur droit le plus strict. À quoi ressemblerait une société où la fuite serait interdite ?

Nul ne peut s'opposer à la liberté de chacun de s'en aller, de tout abandonner, de s'effacer de la vie de celles et ceux qui entament alors d'âpres recherches. Le lieutenant indique à Odile que l'absence de monsieur Snout (il insiste sur le mot absence) ne relève pas pour le moment de la disparition et cela doit être interprété comme une bonne nouvelle. Il y a bien sûr désormais une trace écrite des déclarations de madame ; Simon Malassi va en référer à sa hiérarchie ; il suggère à madame de rentrer chez elle, de s'occuper de ses enfants, d'attendre le retour de son mari, d'interroger, peut-être, des proches, ses parents à lui, des amis, mais en aucun cas de juger cette absence comme définitive. Il se veut rassurant, Malassi, voilà, rassurant.

Odile s'autorise à affirmer qu'elle trouve cela un peu léger. Son époux a disparu, ce n'est quand même pas une anecdote. Alors elle exige une enquête. S'il n'est pas rentré demain, elle veut une enquête. À quoi le lieutenant répond qu'il en parlera à son supérieur.

L'officier raccompagne Odile Snout et la regarde s'éloigner d'un pas résigné. Il est désolé pour elle. Dans ce domaine, il n'a aucun pouvoir. Il fera son compte rendu au capitaine Obrisky, mais sans caresser l'infime espoir que celui-ci bougera le petit doigt. Il apprécierait d'aider cette charmante femme, il aimerait l'écouter encore, la comprendre dans sa souffrance, l'apaiser peut-être. Les hommes viennent et s'en vont et reviennent, la bouche pleine de pardons. Il en sait quelque chose, Simon Malassi, qui s'est exilé, lui aussi. Mais lui n'avait aucun pardon à formuler ; il avait hissé le grand foc et s'était effacé, contraint de laisser la place à un autre.

Dans une heure, il regagnera son logement de fonction. Il n'est pas de garde, ce soir. Il posera son arme sur la tablette de l'entrée, accrochera sa veste d'uniforme et sa casquette à la patère, enfilera un jogging, ouvrira une boîte de sardines nature et ira s'affaler dans le canapé deux places d'où il visionnera quelques épisodes d'une série, n'importe laquelle, avec des flics pour essayer de comprendre ce qu'il fait là.

5

Salle de musculation

Jeudi 18 avril 2024
22 h 16
(Deux jours après la disparition)

Kevin Declerk, Zachary Pinoche et Franck Labrosse soulèvent de la fonte.

Declerk et Pinoche sont deux jeunes hommes de vingt-cinq ans, musclés, épais, rectangulaires, au torse glabre, au visage un peu poupon rosâtre, aux yeux petits et bleus sous un front bas. Ils portent des tatouages dont la signification échappera au vulgum pecus et, à eux deux, six millimètres de cheveux sur le crâne, trois chacun. Marqués dès l'enfance par les privations et les coups, ils ne purent, presque logiquement, profiter de l'exceptionnelle qualité des enseignements prodigués dans le collège de la ville, du fait de leur inadaptation diagnostiquée par les équipes pédagogiques. Ils furent en conséquence orientés en fin de troisième vers un certificat d'aptitudes en mécanique auto. Une voie de garage. La suite chaotique de leur formation trouva son aboutissement dans une sorte de néant professionnel duquel ils ne purent s'extraire que par la consommation de produits illicites et stupéfiants qui les mena là où ils étaient déjà, c'est-à-dire nulle part. Après trois années d'un voyage dans le vide sidéral entrecoupé d'atterrissages ponctuels dans les locaux de la gendarmerie, on les dirigea vers une agence d'intérim. À dix-neuf ans, ils furent embauchés par les établissements Snout et enchaînèrent pendant deux ans une cinquantaine de contrats courts imposés par l'agence, à la suite desquels ils signèrent un contrat à durée déterminée de six mois renouvelables. Le directeur les mit au parfum dès les premières secondes de l'entretien. De deux choses l'une : soit ils se tenaient peinards et faisaient le boulot sans une vague, soit c'était renvoi direct dans le cosmos. Pigé ?

Le crâne de Labrosse, quadragénaire, n'est pas davantage garni, mais surmonte un visage plus anguleux, aux joues creusées. Menton pointu, lèvres fines, trait de moustache, nez bosselé, yeux minuscules et noirs. Un regard de cobra. Le visage ne paraît pas raccordé au reste du corps fort musculeux. Labrosse est un ancien de la boîte : il est marié, propriétaire de sa maison avec jardinet et abonné au mensuel *Bodybuilder*.

Labrosse est le maître à penser de Kevin et Zachary. Celui qui sait, qui décide. Ils observent le monde par ses yeux ophiques.

Les deux jeunes culturistes sont ouvriers qualifiés, le plus âgé est opérateur multifonction. Ils embauchent tous les jours et un samedi sur trois à 14 heures pour quitter la boîte à 22 heures. Plusieurs fois par semaine, ils gagnent directement la salle de musculation, où ils s'entraînent en nocturne pendant une heure trente. Leur ambition est d'offrir au monde (du moins aux personnes qu'ils croisent dans les rues de la bourgade) une silhouette aux lignes pures, aux masses proportionnées ; un esprit sain doit pouvoir se déployer dans un corps sain.

Aux quatre coins de la salle, des enceintes diffusent à un volume qui n'empêche pas les conversations une musique plus percussive que mélodique, répétitive, un bégaiement de trois notes en boucle qui permet de caler les tractions sur un tempo régulier. Les basses et les coups de batterie synthétique forment en quelque sorte la section rythmique des sportifs qui se chargent, eux, des sonorités métalliques grâce aux machines, du chœur des souffles et des respirations saccadées, des gémissements d'effort, des han-han et des hin-hin. Chacun vit une espèce d'expérience immersive sollicitant tous ses sens. Le toucher, bien sûr ; l'ouïe, cela va de soi ; la vue, par la surveillance permanente des progrès des musculatures sous les lumières acides des néons dans les miroirs prévus à cet effet ; l'odorat, sollicité par ce mélange un peu âcre et piquant des transpirations que les corps diffusent sans modération ; et, peut-être, le goût quand, à l'issue des séances, l'on croque dans des barres protéinées que l'on fait glisser à grandes goulées de boissons énergisantes.

Declerk et Pinoche sont allongés sur deux bancs de musculation voisins. Ils soulèvent des haltères de même poids. Labrosse est en face d'eux, assis sur un tabouret, et travaille son biceps droit. Le sujet de l'absence du directeur de l'entreprise qui les salarie arrive sur le tapis. Labrosse parle sans quitter son muscle des yeux, ses contractions et ses détentes.

Depuis trois jours, la secrétaire, Timothée Nochère, trime seule, incapable de répondre aux questions des clients. Le directeur ne lui a laissé aucune instruction. Avant-hier, vers 17 h 30, c'est Labrosse lui-même qui s'est chargé de l'accueil du livreur et qui a dû monter le bordereau à Timothée. Qu'en pense la jeunesse ?

Declerk et Pinoche échangent un regard flottant. Ils attendent l'avis de leur mentor. Les haltères vont et viennent de bas en haut, les épaules luisent de sueur, les expirations ont des musicalités de soupapes.

L'œil grave et la bouche pincée, Labrosse, dans l'attente d'une réaction de ses disciples, laisse une nappe de silence recouvrir les esprits du trio. Un bon pédagogue se doit d'être armé de patience. Puis il lance que ceux de l'équipe de 6-14 heures, depuis le licenciement de l'Arabe, ils n'ont pas l'air très net. Deuzio, ça complote avec le patron pour diviser les salariés. Et, troizio, y en a marre des privilèges. Ils ont leurs après-midi, eux. Pourquoi qu'on fait pas les 3/8 ? Ça serait plus juste, non ? Le dirlo les a à la bonne, ça se sent. Et Raybert qui se prend pour un intello, ça énerve. Il aurait peut-être bien pour ambition de parvenir au sommet de la pyramide. Et ça, ça ne passe pas. De plus, les feignasses ne nettoient jamais les outils bien à fond avant de partir. On est des femmes de ménage ? Non. Bon. Ces trois-là, un jour, il faudra leur faire montrer que c'est pas eux les boss. Qu'ils comprennent une fois pour toutes.

Declerk et Pinoche acquiescent avec des *ouais* studieux.

Et Labrosse continue : quand ce connard de Romonde a intégré leur équipe en remplacement de Pinoche, ce dernier s'est retrouvé dans le créneau de nuit. Ça lui a pas plu, à Pinoche.

L'intéressé fait oui du menton.

Pourquoi le directeur a-t-il opéré ce changement ? Réponse : pour protéger les emplois ? éviter les réclamations ?

pour que l'entreprise tourne correctement ? pour échapper aux grèves que ces bâtards seraient capables de mener pour des histoires de salaire et nous prendre en otages ? Labrosse dirait plutôt que c'était pour séparer le trio.

Declerk et Pinoche opinent positivement du bonnet.

Et après, pour des raisons que Labrosse ignore – pressions, menaces –, le p'tit connard a réintégré son équipe. Comme ça. Du jour au lendemain. Pourquoi cet aller-retour ? On est des girouettes ? Non. Bon.

Depuis quinze ans qu'il est là, Labrosse, il n'a pas l'intention de se laisser emmerder par trois tarlouses. Personne n'a le droit de lui dicter sa conduite. Pinoche a peut-être récupéré sa place (il confirme) et l'autre petit pédé, il est retourné sucer, mais n'empêche que le patron est absent depuis trois jours et qui c'est qui va faire la loi ?

Declerk et Pinoche cherchent sincèrement à percer l'énigme et c'est Declerk, le plus vif d'esprit, qui, in extremis, appuie sur le bouton : « C'est nous ! »

Labrosse aime ces réactions rapides et franches. Il lance un regard au bon élève pour le féliciter et reprend ses tractions. Les deux étudiants déposent leurs haltères dans les U et se redressent. Ils s'épongent la figure avec leur serviette. Cette réponse de Declerk démontre que leur collaboration porte ses fruits. Ensemble, ils feront de grandes choses : faire respecter la loi dans l'entreprise, défendre leurs intérêts, imposer la discipline comme une vraie valeur.

Que se passe-t-il avec le directeur ? interroge le maître.

Cette fois-ci, Pinoche et Declerk sèchent. « Il se passe qu'il est pas là et pis c'est tout », tente Pinoche au petit bonheur la chance. Mais Labrosse cingle instantanément :

« Sûrement pas ! » Ils s'en souviennent, de cet Arabe licencié ? Avant l'arrivée de Romonde ?

Médane, un nom genre comme ça, précise Declerk.

On dira l'Arabe. Viré pour quel motif ? Abusif ou pas ? On n'en sait rien. Mais en tout cas, viré. Tout le monde se souvient de la gueule et de la carrure du type ? Alors pourquoi pas des représailles ? C'est juste une question que pose Labrosse avec un sourire en coin et un haussement de sourcil, comme ça, pas une affirmation, une question. Les Arabes, on sait ce que c'est. Boulot d'Arabe, licenciement d'Arabe, vengeance d'Arabe. Logique. Ça se trouve, on va retrouver le boss égorgé au volant de sa berline égarée en forêt. Mais le basané, on pourrait le faire parler. On sait où il habite. Par exemple, un dimanche, on irait frapper chez lui, dans sa cité de crouilles, et on lui sortirait les vers du nez. Qu'en pensent les acolytes ?

Pinoche ne semble pas en penser grand-chose, mais il produit un hochement d'autopersuasion, qui ne convainc toutefois Labrosse que très médiocrement. Declerk, lui, ose exprimer un doute.

Ah ?

D'abord, nous n'avons aucune preuve de ce qu'avance Labrosse. Disons de ce qu'il insinue. Petit un. Ensuite, amocher un type salement pourrait avoir des conséquences néfastes sur leur complicité, c'est-à-dire qu'ils n'auraient plus l'occasion d'être complices vu qu'ils seraient en cabane (en admettant que le bicot ne se relève pas, par exemple). Petit deux. Declerk rappelle, surtout à l'attention de Pinoche, que l'avenir n'est pas encore assuré pour eux et qu'au moindre dérapage ce serait retour à la case départ, intérim, stupéfiants, cellule de réflexion et tsoin-tsoin.

L'énoncé de Declerk a pour effet de couper la chique à Labrosse. C'est le silence. Celui du chef fauché par l'insolence du subordonné qui, par cette opposition, prend du galon. Labrosse feint de ne pas s'en offusquer. Il accepte la contradiction. Il félicite même son poulain. On va réfléchir à la question.

Fort de son petit effet, Declerk enfonce le clou : le patron a le droit de prendre des vacances. Il a tous les droits, le patron.

Une brise dubitative siffle en furtive. Il est 23 h 20, on va peut-être rentrer ? Les trois détectives se dirigent vers le vestiaire.

Ça tricote du romanesque dans la cervelle du serpent. À une époque, il aurait aimé occuper les fonctions de commissaire de police, résoudre des enquêtes, démanteler des trafics de drogue, pister des tueurs en série, mais le destin en avait décidé autrement.

Rhabillé, Pinoche n'est pas très excité par l'idée de rentrer dans son studio. Sac de sport à l'épaule, il propose à ses compatriotes d'aller casser du bougnoule du côté de la mosquée.

S'il n'était pas si tard, pourquoi pas ; le projet est attractif, mais Labrosse est fatigué, il préfère décliner. Et Declerk, lui, il a la flemme. Il est juste d'affirmer qu'il y a un sérieux travail de nettoyage à effectuer dans la ville et qu'il faudra s'y mettre prochainement, sans quoi leurs femmes (Labrosse dit « nos femmes » en général) seront obligées, un de ces jours, de se mettre une serpillière sur la tête. Toutefois, il ne faudra pas agir ici et là, ponctuellement, par petites touches. La désinfection nécessitera un mouvement d'envergure, une organisation. Le temps viendra où ils sauront prendre leurs responsabilités.

Labrosse est au volant de son Hyundai IONIQ Plug-in blanc immaculé et démarre. Son visage est sombre, comme recouvert d'un voile de regrets et de préoccupations, un visage qui ne connaît plus le sourire depuis longtemps, parce qu'il n'y a rien à attendre de la vie, nul épanouissement, nul progrès, parce que faire le 14 heures-22 heures à l'usine n'était pas dans ses orientations et parce que si Labrosse s'aventurait dans quelque bilan de son existence, il finirait par se tirer une balle. Alors mieux vaut se considérer sur le droit chemin, vers des horizons valorisants (pourquoi pas directeur de l'entreprise, un jour ?), vers des horizons de pouvoir (oui, patron, ça lui dirait bien), seuls à même de faire vibrer le cœur d'un tel homme.

Il traverse la ville, se gare contre le trottoir de la rue Marquiseaux devant son pavillon mitoyen. Il pousse la porte, pose son sac dans l'entrée et gagne la cuisine, où sa femme l'attend. Elle a guetté le retour de son mari et, dès qu'elle a entendu la voiture, elle s'est levée de sa chaise et s'est positionnée devant l'évier, les bras le long du corps.

Labrosse est assis. Il saisit la bouteille de côtes-du-rhône et emplit son verre. Il porte le breuvage à ses lèvres et en avale une gorgée. Il est minuit passé. La rue est silencieuse. Les voisins dorment. À son signal – un geste minuscule de l'index –, sa femme prend l'écumoire, soulève le couvercle de la marmite d'inox et verse dans son assiette une bonne part du plat qu'elle a préparé en début de soirée, saucisses de Morteau, lentilles, oignons, lardons. Elle pose l'assiette devant lui et regagne son poste à l'évier en réprimant un bâillement. Il mange. Il grimace. C'est un peu trop chaud. Les battements du cœur de sa femme accélèrent. Il pose doucement ses couverts de part et d'autre de l'assiette, pousse un léger soupir, attend pendant trois minutes, reprend sa fourchette et remue les lentilles, retourne les morceaux de saucisse. Il recommence à manger. Sa femme le regarde. Debout.

Maintenant, son assiette est vide. Il prendra un bout de fromage et ce sera tout.

Il se lève et se dirige vers le salon. Il s'arrête sur le seuil, se retourne alors que sa femme s'apprête à débarrasser. Il l'observe qui charge le lave-vaisselle, passe l'éponge, repose le couvercle sur la marmite. Avec un torchon, elle essuie le bord de l'évier et le plan de travail, puis se demande ce qu'elle pourrait faire afin de ne pas rester inactive. Il ne cesse de la regarder de haut en bas. Elle pousse la chaise sous la table, se racle la gorge, tout est en ordre, a-t-elle oublié un détail ? Elle ne croit pas. Souhaite-t-il lui dire quelque chose ? Elle ne sait pas, elle n'ose l'interroger du regard, cela pourrait le froisser. Le silence s'éternise. Puis Labrosse prononce de sa voix toujours basse : « Va t'coucher. » Or le trajet que la femme doit effectuer passe par le seuil, précisément là où stationne son mari. Alors elle hésite, amorce un départ, attend sans envoyer un seul signe d'attente, et encore moins d'impatience, passible d'une peine déjà subie maintes fois, avance, fait une pause à hauteur d'une chaise, dont elle corrige la position, et, cœur battant, mais résignée, sachant les risques encourus, marche tête baissée vers l'ouverture obstruée par le corps trapu. Elle s'arrête, chuchote une phrase inaudible et retient son souffle. Les yeux de l'homme entrent en elle. Puis, contre toute prédiction, il se décale d'un petit pas, laissant à sa femme l'espace suffisant pour passer. Elle se faufile, traverse le couloir, le salon et c'est dans la chambre qu'elle respire à nouveau. Il n'y aura pas de sang, ce soir.

Plus tard, Labrosse est à la table du salon où sont éparpillées les pièces d'un puzzle entamé. Il en tient une entre les doigts de sa main droite. L'image est à moitié reconstituée. C'est le portrait photographique en pied du culturiste polonais Jerzy Orlovska, triple champion du monde, élu Monsieur Univers en 2023. Le monstre est en slip, corps huilé, poings aux hanches, sourire blanc de craie, œil de squale.

Quant à Declerk et Pinoche, ils ont choisi la direction du bois communal. À la croix des Frisons, ils ont garé leur véhicule sur le parking de terre battue. Declerk a proposé à Pinoche d'y aller le premier. Pinoche a marché jusqu'au camion de la prostituée, en retrait de la route. Il n'a pas eu à frapper à la vitre. La porte latérale a coulissé et s'est refermée sur lui.

Declerk est au volant de son cabriolet. Il attend son tour.

6

Salon des Snout

Vendredi 19 avril 2024
9 h 08
(Trois jours après la disparition)

Le grand portail est une pièce de ferronnerie avec volutes et arabesques, solides charnières fixées sur piliers massifs, pointes effilées défiant le cambrioleur d'en entreprendre l'escalade, système d'ouverture-fermeture dernière génération. De facture un rien versaillaise, le portail des Snout exprime d'emblée que, au-delà de cette frontière, l'on ne pénètre pas chez n'importe qui. Muni d'une caméra, l'interphone permet au visiteur de s'annoncer. Derrière le muret de crépi crème, c'est le jardin de la propriété, dont la pelouse est séparée en deux parties égales par une allée de gravillons. À droite, la fontaine à trois vasques ; à gauche, le portique et ses deux balançoires que les enfants n'utilisent plus. Çà et là, un buisson, un arbuste, un barbecue de briques sur un coin de terrasse. Attenant à la maison, le double garage aux entrées surlignées par les courbes d'une charpente de chêne. Portes blanches télécommandées, comme de bien entendu. La façade est rustique, mais possède des fenêtres à triple vitrage et des volets électriques. En surplomb par rapport à l'entrée principale, une avancée de toiture typiquement campagnarde couverte de petites tuiles rouges est soutenue par deux colonnes de béton enduites façon pierre. À l'arrière, une dépendance de même facture a été conçue pour abriter quelques outils de jardinage et l'atelier de peinture d'Odile, d'environ trente mètres carrés. La demeure fut construite en 2010 sur un des terrains vacants de la résidence pavillonnaire.

Des fenêtres du salon exposé au sud parvient une lumière printanière qui apporte à la blancheur des murs sa véritable clarté. Au-dessus du canapé d'angle a été accrochée la reproduction d'un bord de mer paisible avec phare, mouettes et voilier lointain. Sur le mur opposé sont exposées des photographies de la famille Snout. L'écran noir de la télévision d'une envergure de presque deux mètres trône sur un meuble de style scandinave.

Odile est assise à un bout de la grande table rectangulaire et tient l'anse d'une tasse de café entre deux doigts. Elle s'est maquillée avec modération et porte un haut gris à col rond, un jean et des baskets noires.

Eddy et Tara ne se sont pas rendus au collège ce matin, une grève éclair des personnels de l'Éducation nationale ayant eu pour conséquence l'annulation des cours de français, d'histoire-géographie et de musique. Eddy est parti faire du vélo à 9 heures ; Tara est toujours au lit, elle se réveille doucement, elle descendra sous peu prendre son petit déjeuner.

Le lieutenant Simon Malassi et son supérieur, le capitaine de gendarmerie Daniel Obrisky, ont pris place à droite d'Odile sur deux chaises voisines.

Le capitaine Obrisky est un quinquagénaire grisonnant au visage enflé et rougeaud. Ses paupières sont lourdes, autant que les valises sombres qu'il porte sous ses yeux marron. Son maintien n'est plus de la première fraîcheur. L'homme est voûté, peu souriant, désinvolte et alcoolique. Daniel Obrisky est divorcé de Mélanie Louvet avec laquelle il a failli éduquer deux enfants. Il a coutume d'affirmer que sa capacité de résistance à la boisson est la principale des compétences requises quand on ambitionne d'entrer dans la gendarmerie. « Celui qui ne tient pas ne peut pas faire carrière », confie-t-il en privé. Lui, il a tellement tenu que son corps n'en peut plus, son foie est ruiné, son cœur, épuisé. Cependant, même si le sens de sa fonction lui échappe, il est là, il exerce, il s'efforce d'être en accord avec l'uniforme.

Odile avait lourdement insisté pour que le capitaine et son lieutenant se penchassent sur son cas. Elle trempe ses lèvres dans le café tiède. Elle souhaite qu'ils engagent une enquête sérieuse et approfondie. Son époux n'est pas réapparu depuis maintenant trois jours, ses enfants sont très perturbés et elle ne dort plus. Contrairement aux gendarmes, Odile considère cette disparition comme inquiétante. Hervé n'a pas pris le moindre sac, a enfilé une veste, a emporté un jeu de clés de la maison, son portable et rien de plus. Voilà, selon elle, des éléments préoccupants.

Le capitaine Obrisky, plié sur ses coudes, tête baissée et regard relevé vers son interlocutrice, est au regret de répondre que cela ne signifie pas grand-chose. Il n'a d'autre choix que de répéter ce qu'a déjà dit le lieutenant Malassi et cela a le don d'agacer Odile qui espérait un soutien plus franc. Des centaines de gens s'en vont chaque année mains dans les poches, ou avec le strict nécessaire, comme monsieur Snout, un portefeuille, une carte bleue et un téléphone ; parfois même, le téléphone reste à la maison. Ces gens s'en vont pour (Obrisky évite l'énumération : un autre lieu, une nouvelle famille, un mode de vie différent) des raisons personnelles. Ils ne se suicident pas, ils ne sont pas assassinés, ils veulent changer de vie. Cela n'a rien de scandaleux, n'est-ce pas ?

Simon Malassi est liquéfié sur sa chaise. Comment le capitaine peut-il se permettre de parler, comme cela, sans une once de délicatesse, à une femme désespérée ? C'est odieux. Il lui dira. Le moment venu, il lui dira ce qu'il pense de cette attitude déshonorante. Encore une fois, il a honte.

Odile se moque des jugements moraux du capitaine Obrisky. En quoi ces informations pourraient diminuer ses inquiétudes ? Ce type est un sadique ou quoi ?

Le lieutenant Malassi observe Odile Snout. Elle semble si fatiguée, sincèrement tourmentée. Il aimerait la réconforter, trouver les mots, lui promettre que la gendarmerie mettra tout en œuvre pour…, mais il se tait. C'est son supérieur qui dirige l'interrogatoire.

Obrisky n'y va pas avec le dos de la cuiller. Chacun a le droit de s'en aller sans donner de nouvelles.

« Oui, d'accord, et donc ? » demande Odile avec un geste d'impuissance. Que doit-elle penser ? Comment doit-elle réagir ? C'est quand même insensé de répondre de telles choses ! Et si elle lui balançait son café dans la figure ?

Choisir de s'évaporer dans la nature relève de la liberté fondamentale.

Ce n'est pas la peine de le prendre sur ce ton professoral, pense Odile.

Cela arrive tous les jours. Quand les recherches aboutissent, si recherches il y a, deux conclusions sont possibles : soit la personne est décédée, soit elle est quelque part, bien vivante, et, toutefois, refuse d'entrer en contact avec ses proches. Obrisky s'interroge à voix haute sur ce qui est préférable.

Quand va-t-il cesser ces provocations ? pense Malassi en scrutant son supérieur d'un œil. On dépasse les bornes !

Dans le cas qui préoccupe madame Snout, y a-t-il soupçon d'enlèvement ? De séquestration ?

Odile répond par un mouvement négatif de la tête.

De radicalisation religieuse ou politique ?

« Radicalisation religieuse ?! » Odile lève les yeux au ciel. Et pour la politique, Hervé Snout ne s'y est jamais intéressé (elle non plus d'ailleurs). Pour lui, c'est des conneries, la droite, la gauche, tout ça, c'est du même tonneau, y a des gens bien partout, faut être tolérant.

Suicide ?

« Pourquoi ? »

Obrisky n'en sait rien, il pose la question à madame, voilà tout. A-t-elle remarqué quelque chose qui pourrait laisser supposer que ?

Le suicide ne peut pas correspondre au caractère d'Hervé et jamais il ne s'en irait sur un coup de tête plusieurs jours de suite (le petit mot sur la table de la cuisine, c'est autre chose). Odile le connaît par cœur. Il a ses sautes d'humeur, comme tout le monde, il peut se laisser aller à claquer une porte, à hausser le ton, à faire l'autoritaire, oui, cela, elle le concède, mais partir, non. Jamais.

« Qu'est-ce qui vous fait dire ça ? » questionne le capitaine.

Odile ne comprend pas. Ce qui lui fait dire cela ? Mais enfin, elle vient de l'exposer ! N'a-t-elle pas été assez claire ? Elle connaît son époux par cœur et jusque dans sa plus invisible intimité et affirme qu'il est incapable de faire cela aux enfants, à ses parents, à elle. Comment le dire autrement ? Quel autre portrait tracer de l'homme avec qui elle vit depuis tant d'années ?

Mais le gendarme continue sur sa lancée, au mépris des règles élémentaires de la bienséance : comment madame Snout peut-elle affirmer, sans l'ombre d'un doute, qu'elle connaît Hervé Snout dans l'intégralité de son être ? « Connaître quelqu'un par cœur » (sauf son respect et veuillez excuser ces questions un peu abruptes) est une expression qui dépeint la réalité de façon plutôt inexacte. Car chaque être humain a son mystère, non ? Est-il humainement possible de connaître chaque recoin d'une âme, même la plus proche de soi ? Constituée d'innombrables anfractuosités, interstices et galeries, fissures et gouffres, ondes et méandres, l'âme, ou la psyché, en évolution permanente, demeure pour l'explorateur une terra incognita. Alors, « connaître par cœur » n'est peut-être que l'expression romantique d'un désir immature, qui cache une réalité bien décevante.

C'est qu'Obrisky, malgré ses airs d'indifférence et de ras-le-bol de ce métier dans lequel il ne s'est jamais vraiment épanoui, a de la bouteille, au propre et au figuré. Non seulement il ne s'attendrit pas, mais avec cela, il cherche la petite bête. Son petit manège abusif jette une pincée de piment sur le monotone de son quotidien. Il passe sous silence le fait que des femmes assassinent leur mari. En général, elles les empoisonnent, d'ailleurs. C'est plus simple. Moins risqué.

Rouge de honte, le lieutenant Malassi n'en croit pas ses oreilles. Que signifie cette intrusion malhabile ? Ce n'est pas le quai des Orfèvres, ici ! « Mon capitaine, vous voulez peut-être dire que nos proches peuvent nous réserver des surprises ? » nuance Simon Malassi en démontrant par là à madame Snout que la répartition des rôles dans le binôme lui réserve les fonctions de l'empathique. « Tout à fait, lieutenant, tout à fait. Bien des surprises. » Quand Mélanie Obrisky née Louvet est partie avec les enfants, comme ça, du jour au lendemain, avec un sac en bandoulière, elle n'avait donné aucun signe avant-coureur de son intention ; Daniel Obrisky est tombé des nues, lui qui pensait la si bien connaître. Mélanie dévoila une facette inconnue et, sur le coup, Daniel en fut anéanti. Comme assassiné, en quelque sorte. Alors on connaît les gens, peut-être, pense-t-il dans ce moment de silence, mais pas tant que ça. Et cette femme, pour lui, à cet instant précis de l'entrevue, est la première suspecte.

À l'issue de ces réflexions qui sont comme des cuillers touillant la soupe des évidences, Obrisky se reprend. Pour préciser, il demande à Odile Snout si elle a remarqué quelque chose d'inhabituel ou de mystérieux ces derniers temps. Odile est maintenant tendue. Elle hésite, regarde en direction de Malassi, qui l'encourage à répondre d'un œil cordial.

Non. Rien d'anormal.

Obrisky, convenant en lui-même qu'il existe des formes de communication plus judicieuses que d'autres, présente ses excuses pour sa maladresse, mais veut justifier ses insistances par l'urgence à jeter un éclairage objectif sur la situation. Si madame Snout souhaite une enquête judiciaire, il faut prouver que monsieur Snout est en danger ou qu'il pourrait mettre la vie d'autrui en danger. Lui connaît-elle des ennemis, par exemple ?

Non. Absolument pas.

Est-ce la première fois que monsieur Snout s'absente sans raison apparente ?

Oui. Enfin, non, parfois il est en retard…

De combien ?

Elle ne sait pas, une ou deux heures…

Une heure ou deux ?

Non, des fois moins… ou… elle n'a jamais calculé de moyenne, c'est variable…

Des fois plus ?

Odile Snout regarde le représentant de l'ordre en soupirant. Ce capitaine Obrisky commence à la faire chier sérieusement ; c'est qui, la victime ?

Quel tableau dresserait-elle de leur relation ?

« Notre relation… ? En tant que… tant que couple, vous voulez dire ? » bafouille-t-elle en remuant ses mains devant elle dans des gestes désordonnés et interrogatifs. (Malassi se dit qu'il avait vu juste lors du premier entretien.)

Obrisky répond par un mouvement des pouces au-dessus de ses mains aux doigts croisés. Odile réfléchit six secondes à la question. Elle et Hervé ont deux enfants. D'ailleurs, sa fille descend les marches de l'escalier pour gagner la cuisine et y prendre son petit déjeuner (« C'est la grève des professeurs du collège, aujourd'hui », indique-t-elle avec une pointe d'incompréhension qui frôle le mépris) et ensuite, eh bien, elle passera sa journée à faire ce que bon lui semble, ses devoirs, un peu de lecture et puis elle ira courir, ça oui, dès qu'elle a un moment, elle va courir, c'est son truc, à elle. Deux enfants, donc. Elle marmonne un mot sur le mariage, un mot sur le temps qui passe, un autre sur la réussite d'Hervé, son travail à elle, la vie de famille, la plus belle maison du quartier. Par ses tergiversations, elle convainc Obrisky que rien ne va plus. La routine est le nom de l'insecte xylophage dans la charpente du couple. Lui aussi tergiversait, à une époque. Quant à Malassi, moins expérimenté, il ne sait comment aider Odile. Il est envieux ; il aurait bien aimé tergiverser un peu, pour voir.

Le capitaine relève la tête, remonte ses mains sous son menton et ménage un court silence ayant pour but de faire réentendre sa question à madame sans avoir à la répéter.

Odile est intelligente. Elle comprend. Elle a compris depuis le début. Il faut parler de cul ? C'est ça ? Hein ? Est-ce qu'on baise encore ? C'est bien ça ? Est-ce qu'on fait partie de ces couples qui pourrissent sur pied avant la fin de la saison ? Est-ce qu'il n'y aurait pas par là-dessous une bonne petite aventure extraconjugale qui pourrait expliquer le départ impromptu ? Finalement, à quoi se résume la vie ? Hein ? On a toujours un pied dans le fond de la gamelle, là où ça colle, on ne quitte jamais vraiment le niveau du cul comme il est traité dans la presse à scandale, un bout de nichon au téléobjectif, des tromperies et des mariages qui mêlent le rire à l'obscénité ! C'est ça ? Eh bien non, on ne baise plus ! (Traduction de : « Une relation déjà longue de plusieurs années… un couple, heu, comme les autres… »)

Que pourrait-elle dire d'autre, Odile, que cette banalité triste à pleurer ? Que pour Hervé, elle a un pruneau sec à la place de la vulve ? Et qu'effectivement, oui, peut-être, il va voir ailleurs ? Quoique la verge d'Hervé ne soit pas dans un meilleur état.

Alors des phrases lui vrillent le cerveau. Des choses qu'on ne dit pas, des pensées si peu ragoûtantes qu'elles demeurent à jamais dans l'esprit, dans le puits profond réservé à l'inavouable, des mots qui ne franchissent jamais le portillon des cordes vocales : sa mort serait un soulagement ; je pourrais coucher librement avec untel ; je ferais de la peinture autant que j'en ai envie ; je ne le supporte plus, il faudra que je me force à pleurer le jour de son enterrement ; depuis des années, il me dégoûte, je ne peux plus toucher sa queue sans avoir la nausée ; et les enfants, fruits de notre amour bancal, je m'en fous, vivement qu'ils soient majeurs et qu'ils se barrent, me laissent tranquille ; j'espère qu'il ne réapparaîtra jamais, nous vivons dans le mensonge depuis si longtemps ; il me fait honte ; dès qu'il ouvre la bouche, j'ai honte, quand il rit de ses propres blagues, j'ai honte, quand il est courbé sur son vélo, j'ai honte ; s'il revient, je mets le feu à cette baraque pendant qu'il dort.

Le cœur d'Odile bat plus fort à cause de ce qui vomit en elle. Est-elle en train de devenir folle ? Est-ce normal d'être traversée par de telles horreurs ? Y a-t-il des couples plus déséquilibrés que le sien ? Qu'est-ce qu'elle va devenir ?

Elle dit qu'elle forme avec Hervé un couple sans histoires (inutile d'être fin psychologue pour déceler, dans cette expression tant maladroite que malheureuse, le terrible poids de l'ennui. Qu'est-on sans histoires ? Un vide ?

Un trou de mémoire ? Une absence ?), un couple sans histoires que la routine a peut-être rattrapé, oui, comme tout le monde, et le temps passe. Mardi, c'était l'anniversaire de son époux, ajoute-t-elle pour information.

Obrisky ne relève pas. Il pense juste que le disparu est en train de se payer sa petite excursion, quelque part.

Et puis il y a les enfants…

« Les enfants ? » coupe le gendarme.

Les enfants qui demandent beaucoup, qui prennent une place que l'on ne soupçonnait pas, qui dévorent l'espace, qui placent le couple au second plan, elle ne sait pas, elle tremble et elle a envie de pleurer, parce que sans Hervé qu'est-ce qu'elle va faire ? S'il ne revient pas, Tara, Eddy, et elle, ils vont, tout va, tout sera…

Les deux gendarmes remarquent les larmes d'Odile. Malassi aimerait la consoler, poser une main sur une des siennes, lui parler doucement, tout près. Obrisky reste de marbre. Les larmes, il connaît.

Tara passe la tête par l'ouverture de la porte du salon. Les deux hommes la saluent, avec un léger sourire de la part de Simon Malassi. Les yeux vert pâle translucides, presque blancs, de Tara provoquent chez le lieutenant une sorte de malaise indescriptible. Il se sent instantanément dominé par l'adolescente. Dominé au sens où la jeune fille paraît déjà dans un autre monde que le sien, un monde d'après. Ses incursions contraintes dans celui d'avant sont celles d'un être qui a compris trop vite. Tara est comme une apparition du futur. Elle sait ce qu'ils font là, tous, à patauger dans la glu.

Alors Malassi cherche le sens de sa présence ici, dans cet accoutrement ridicule, avec ce SIG Sauer SP 2022 de calibre

9 mm Parabellum à la ceinture, à écouter les insanités d'un alcoolique qui, lui, ne rencontre aucun problème de temps ou d'espace à cause de ses enfants puisqu'il ne les voit pas, qu'ils sont bientôt adultes et qu'ils ont déjà coupé les ponts, changé d'univers. Et aucune réponse ne lui vient, à Malassi. Il se sent seul. Seul comme une merde gelée.

« Oui, ma chérie ? » fait Odile en essuyant une larme avant qu'elle dévale sa joue. Tara, vêtue de chaussures de sport, d'un pantalon de jogging, d'un haut à manches courtes et d'un bandeau de coton autour du crâne, dit à sa mère qu'elle va courir. Odile intègre l'information et invite sa fille à aller plutôt autour du stade, c'est plus prudent que dans les rues et cela la rassurerait. Tara dit que c'était son intention. Alors très bien.

Madame Snout croit-elle que monsieur Snout pourrait s'être rendu chez quelqu'un ?

Une fugue ? Une maîtresse ? Hervé ? Odile en doute, mais… non, elle ne sait pas, elle a du mal à imaginer son époux dans un autre lit que le sien. Et puis pour y faire quoi ?

Obrisky note cette confidence irréfléchie sur l'état de la sexualité du couple Snout. Malassi, aussi. Tandis qu'Odile regrette cette impudeur.

Comment madame Snout qualifierait-elle la santé psychique de son mari ?

Normale. Elle ne sait pas. Normale. Hervé est très pris par son travail, l'organisation, les équipes, les clients… Psychologiquement, il est plutôt solide, il a de l'autorité sur ses employés, jamais il ne se laisserait dépasser et, pourtant, les gens qu'il côtoie ne sont pas toujours faciles. Odile veut dire par là que dans ces métiers, il est fréquent d'avoir affaire à des personnes un peu rudes; disons, des gens qui n'y vont pas par quatre chemins et sont en général très portés sur la boisson. Enfin, ce n'est un secret pour personne. Il faut savoir gérer ce type de salariés.

Le capitaine Obrisky comprend, oui, l'alcool fait des ravages.

En tant que fils d'alcoolique, le lieutenant Malassi ne peut qu'abonder. Il vient d'apprendre la mort de son père, emporté en deux mois par un double cancer (pancréas-œsophage). On s'y attendait. Il va falloir trouver une date pour l'enterrement, ça va être une autre paire de manches.

Odile tait que, souvent, son patron de mari revient désespéré de son lieu de travail et traite ses employés de tous les noms; ce ne sont que des débiles, des merdes, des animaux, certains méritent à peine de vivre, ne représentent rien qu'un poids pour la société; on aurait dû stériliser leur mère. Non, non, psychiquement, il est en parfaite santé.

La sonnerie du téléphone d'Odile retentit. C'est le père d'Hervé, Paul Snout. Davantage pour se ménager une pause dans son interrogatoire que pour répondre à son beau-père, Odile s'excuse et part s'isoler quelques instants dans la cuisine.

Paul s'inquiète. Mardi, c'était l'anniversaire d'Hervé et il n'a répondu à aucun appel, aucun message, qu'en est-il? Odile répond qu'Hervé est débordé comme jamais. D'ailleurs, mardi, elle avait concocté un dîner pour ses quarante-cinq ans et il est arrivé avec deux heures de retard, les enfants étaient couchés. Mais il va appeler ses parents, bien sûr, aucun souci à se faire là-dessus. Elle lui rafraîchira la mémoire, c'est promis. Désolée, mais elle est en rendez-vous, au revoir.

Paul Snout regrette que sa belle-fille ait raccroché avant lui. Il trouve cela un peu cavalier. Il regarde sa femme assise dans le fauteuil face au sien, fait une grimace de dépit et prononce « pas de nouvelles ».

Le capitaine Obrisky prend un air désolé pour informer madame Snout que l'enquête sur l'absence de monsieur Snout ne peut être, pour le moment, qu'administrative. Elle pourra devenir judiciaire, bien sûr, si des indices démontrent une gravité majeure dans cette absence et le tribunal sera saisi. Cependant, des témoins seront éventuellement auditionnés, des collègues de travail, des membres de la famille ; le GPS de son téléphone donnera peut-être des informations précieuses ; la liste de ses appels sera également épluchée, mais il serait exagéré aujourd'hui de solliciter les services d'un procureur de la République. Nous sommes loin du stade des perquisitions, des prélèvements d'ADN ou des mandats d'arrêt. Nous n'avons ni suspect ni prévenu. Il est primordial que madame Snout communique à la gendarmerie toutes les données dont elle dispose, les détails qui lui reviendront en mémoire, et qu'elle n'hésite surtout pas à poser toutes les questions qui la travaillent.

Comment ça : pas de gravité majeure ? Est-ce que ce monsieur en uniforme se rend compte une seule seconde de l'état de la plaignante ?

Malassi acquiesce. Effectivement. Obrisky prend des décisions insensées. Il le dira. Il trouvera la solution pour Odile Snout. Il en fait le secret serment.

Le capitaine répète que les services de la gendarmerie

consentent (parce qu'elle est bien aimable, la p'tite dame, pense-t-il) à procéder à quelques recherches, éventuellement à une enquête de voisinage avec des interrogatoires ciblés. Que veut-elle de plus ?

Un long silence succède à la question.

Alors Odile demande aux gendarmes s'ils pensent que la presse locale pourrait s'emparer de l'affaire. Elle le redoute. Le capitaine jette un œil au lieutenant pour lui passer le relais afin que celui-ci ait le sentiment de servir à quelque chose. Malassi répond que l'on n'est jamais à l'abri d'une fuite. Pour leur part, ils ne divulgueront rien pour le moment. Un avis de disparition serait prématuré.

7

Kiosque à musique

Vendredi 19 avril 2024
10 h 28
(Trois jours après la disparition)

Eddy est assis sur une marche de l'escalier du kiosque à musique en compagnie de quatre gars de son âge. Ils scrutent leur portable en fumant des blondes. Eddy fait défiler les pages sans penser quoi que ce soit de ce qu'elles contiennent. Il ne se sent pas bien, une chaleur inhabituelle, la fièvre peut-être. Il porte une main à son cœur et ressent une douleur au niveau de son tatouage. Pourquoi son père n'est pas rentré depuis trois jours ? Eddy n'en a aucune idée. La question reste suspendue devant son visage comme une araignée noire immobile et se répète, de minute en minute, en augmentant chaque fois d'un cran l'inquiétude du garçon.

Sa mère ne lui fournit aucune réponse ; elle ne sait pas elle-même. Elle ne sait comment apporter quelque réconfort à ses enfants et, particulièrement, à Eddy, qui semble davantage atteint que sa sœur. Le garçon ne peut penser que plus le temps va filer, plus les chances de retrouver son père s'amenuiseront. Il ignore qu'un jour les recherches cesseront et que, au bout d'un an, sa mère recevra une attestation des autorités stipulant que la personne peut être considérée comme disparue, possiblement décédée. Eddy n'imagine pas que, veuve de monsieur Snout Hervé, sa mère pourra enclencher la succession de son époux, hériter de ses biens, demander le divorce, clôturer ses comptes, remuer ciel et terre pour obtenir un acte de décès et poser une plaque au cimetière. Quant à savoir comment elle annoncera cela aux enfants… Comment elle dira la catastrophe ? Comment elle dira à Eddy et Tara qu'ils devront accepter d'entrer dans une nouvelle période de leur vie ? De vivre en orphelins ?

Ces questions ne l'effleurent pas. Un père ne s'en va pas pour toujours.

8

Stade Louis-Foulerot

Vendredi 19 avril 2024
10 h 28
(Trois jours après la disparition)

Tara court sur la piste depuis trois quarts d'heure. Foulée moyenne, rythme soutenu, régularité parfaite. Son corps se penche légèrement sur la gauche dans les virages sans modifier sa vitesse. Les muscles de ses jambes sont maintenant à la bonne température ; ceux de son bassin, de son dos, de ses bras se situent juste sur le trait inférieur. Sa respiration est calée ; les réglages sont terminés. Tara pourra courir alors pendant plusieurs heures d'affilée. Libérée de son corps qui pousse l'autonomie jusqu'au pilotage automatique, elle s'adonne désormais à ses pensées. Bien évidemment, elle pense à son père et, au niveau des réponses, elle en est au même degré qu'Eddy. Où ? Pourquoi ? Comment ? Avec qui ? Jusqu'à quand ? Nul éclairage sur ces points. La longueur d'avance qu'elle a sur son frère concerne sa capacité à se projeter dans l'avenir grâce à son exceptionnelle précocité. Par la course, Tara parvient à dépasser le présent pour se poser la question de la longévité du chagrin : est-ce que l'on pleure toujours un être cher ? Elle suppose que les larmes cessent un jour de couler, que la tristesse diminue, que la vie est une puissance et que, si cette puissance n'est pas interrompue par le suicide, c'est elle qui domine l'existence, elle qui permet de construire à nouveau, d'aimer, de refaire des mondes. Alors elle ne veut pas perdre cette puissance de vie qui lui permet de courir et de penser, de noter ses rêves, de demeurer inadaptée à l'univers scolaire, de lire des livres, de ne pas se conformer aux diktats de la mode, de l'image, des tendances, de désirer vivre, un jour ou l'autre, loin d'ici. Tara pense que si son père est mort, son chagrin durera et s'arrêtera. Il lui faudra trouver la force de traverser ce temps et, ensuite, ça ira mieux. Elle est triste, mais elle sait qu'il y a quelque chose au bout de la course. Elle sait, à son âge déjà, que le temps use tout.

Elle pense aussi à Leïla. Elle la trouve si reposante. Elle comprend les silences qui descendent sur elles deux quand elles se retrouvent dans la chambre de l'une ou de l'autre. Ce sont des silences d'une grande pureté ; ils sont chargés de mots et permettent à d'autres mots d'être prononcés ; ils sont autant récepteurs qu'émetteurs. Leurs silences sont partie intégrante de la musique des dialogues ; une source inépuisable de plaisir. Tara pense que les vraies amies ne se parlent pas par nécessité de combler un vide ou de tromper l'ennui. Les vraies amies se parlent parce qu'elles utilisent exactement le même langage, parce qu'elles ont un langage en commun. Et c'est pour cette raison que, parfois, assises sur le lit côte à côte, elles regardent face à elles, sans rien se dire, sans la moindre lassitude. Dans ces moments-là, Tara sait que Leïla est entièrement présente, que quelque chose les relie concrètement, comme si une part de chacune habitait le corps de l'autre. Elle a dépassé les questions adolescentes sur l'amitié, l'amour et leurs différences. Elle sait qu'elle aime Leïla plus que toute autre personne sur terre. Il n'y a rien d'autre à dire à ce sujet.

9

Grande surface

Vendredi 19 avril 2024
10 h 28
(Trois jours après la disparition)

Au volant de son Audi neuve, Odile avait commandé l'ouverture du portail. En face, derrière son rideau blanc, madame Grifalconi avait observé la manœuvre. Madame Grifalconi était veuve, âgée de quatre-vingt-trois ans, et son passe-temps favori était l'examen minutieux des allées et venues du voisinage. Elle notait tout dans un petit carnet.

Par exemple :

Mardi 16 avril 2024, 8 h 08, M. Snout, bicyclette, temps clair.

Elle avait sa petite idée sur l'absence de monsieur Snout qui était, par ailleurs, un garçon bien aimable, il disait toujours bonjour. Elle avait noté la voiture des gendarmes. Madame Grifalconi jugeait qu'Odile Snout était bien pomponnée pour une personne dont le mari n'était pas rentré depuis des jours.

Le véhicule s'était éloigné en direction de la grande surface, où Odile avait ses habitudes.

Voilà Odile qui pousse un chariot dans les rayons du magasin. Elle le remplit à l'aveugle, rapidement. Elle ne souhaite pas s'éterniser là où elle pourrait rencontrer des visages connus. Au rayon Viandes d'ici, elle choisit une barquette de filet mignon – un beau morceau de huit cents grammes – qu'elle cuisinera dimanche soir. Sa mère doit venir dîner avec elle afin de la soutenir dans cette épreuve. La viande est bien rose, rougeâtre par endroits, le film plastique est tendu et comprime un peu le muscle. Odile a fait le bon choix : c'est du local, c'est du circuit court, c'est forcément bon. Et comme le répète souvent Hervé : la viande, c'est la force. Elle achète également des tomates, des bananes, des yaourts, du fromage, des jus de fruits.

Dimanche, Hervé sera peut-être revenu.

10

Chambre d'Eddy

Dimanche 21 avril 2024
21 h 04
(Cinq jours après la disparition)

Eddy se rince la bouche et, face au miroir, interloqué, constate que le goût de gras de viande n'a pas disparu. Il se brosse les dents une seconde fois. Cela s'estompe un peu tout en se maintenant. Un goût têtu, âpre et aigre, qui provoque une légère nausée. Pourtant, il n'avait pas craché sur une double portion, le filet mignon cuisiné par sa mère était si délicieux.

Sa fièvre ne descend pas. Et son mal de crâne qui reprend. Et cette plaie incandescente sur son cœur. Le sentiment que son corps est en train de pourrir le frôle un instant et provoque un frisson.

Il ouvre la fenêtre de sa chambre dans l'espoir que le courant d'air sera le bon remède à son envie de vomir et aperçoit sa mère qui se dirige vers la niche du chien avec le plat de porc. Elle en vide le contenu dans la gamelle. Arctic est content.

Eddy s'affale de fatigue sur son lit, remonte un peu sur son oreiller, se connecte à Internet et fait glisser les propositions. Il hésite à cliquer sur des images pornographiques.

Il n'est pas dans sa meilleure forme ce soir. Un jeu de guerre ferait mieux l'affaire ou des vidéos de sports extrêmes, vol en combinaison ailée, stock-car, apnée *no limit*, rodéo, *fighting* et arts martiaux.

Au bout d'une heure, son portable lui échappe des mains. Ses paupières sont tombées. Sa mâchoire inférieure se décroche et pendouille mollement, secouée de contractions musculaires intermittentes. Sa respiration est saccadée. Ses globes oculaires s'animent. Le cauchemar débute.

Tout d'abord, l'image d'un mur de béton dans lequel sont scellés deux anneaux d'acier. Puis des gémissements d'effroi. Clac. Noir intense puis lumière aveuglante. Eddy est attaché aux anneaux par les poignets. Sa tête rasée. Comme seul vêtement, un short portant le numéro 2. Une musique métallique, répétitive, industrielle et synthétique résonne à ses tempes, sature l'espace. Un soldat, casque noir et visière fumée, armé d'un fusil mitrailleur, apparaît face à lui. L'extrémité du canon est munie d'une aiguille de tatouage. Le soldat presse la détente plusieurs fois de suite. Chaque fois, l'aiguille se met en marche avec un bruit de fraiseuse, projette des giclures d'encre noire sur le visage du garçon qui hurle des obscénités. Cut, noir, lumière. Le soldat applique l'aiguille sur le ventre de sa victime et entreprend d'y tatouer une tête de cochon. La pointe du fusil se déplace lentement, creuse la chair, y laisse un sillon noir et rouge, sous les plaintes d'Eddy. Les oreilles, les joues, le groin et les yeux petits et mats, fixés à jamais dans l'épiderme. Écran rouge, note stridente. Brusquement, Eddy est transporté dans les cuisines du self-service de son collège. Toujours en short, avec son tatouage sanguinolent, il décolle un petit couteau à désosser de son aimant mural, l'affûte pendant un temps infini et, sans que les bruits de la lame sur le fusil à aiguiser cessent, zak-zik, incise la peau de son ventre, en partant du bas vers le haut, horizontalement, plusieurs fois, en enfonçant la pointe du couteau sur un centimètre. Les plaies longilignes et parallèles s'ouvrent sur de la chair blanche comme du lard. Eddy passe la lame dans les incisions, sépare la peau du muscle profond, produit ainsi plusieurs lanières qu'il vient poser sur la plaque bouillante d'une plancha. Les tranches effilées de son ventre y fondent un moment avant d'y griller résolument.

Son cri d'épouvante est si puissant qu'Odile se précipite à son chevet. Elle se penche sur lui et vient d'une paume sur le front en nage évaluer sa température. Minimum trente-neuf. L'haleine d'Eddy est fétide, son strabisme diverge davantage que d'habitude, des frissons traversent son corps. Odile pose les questions de base : douleurs ? nausées ? courbatures ? diarrhée ? Eddy répond par des sons de gorge, bouche fermée. Ensuite, il remonte lentement son T-shirt jusqu'en haut de sa poitrine, dévoilant l'état de son tatouage. Sa mère regarde, yeux béants, bouche plissée de dégoût. À l'endroit du cœur, le S retourné a disparu sous une plaie aux contours accidentés, purulente, malodorante, luisante d'humeur blanchâtre.

Odile aide son fils à se lever, à enfiler une paire de chaussettes, couvre ses épaules d'un pull et le soutient pendant la descente de l'escalier. Le gamin s'assoit dans l'entrée et enfile ses baskets. Odile remonte prévenir Tara qu'elle emmène son frère à l'hôpital.

Dans la voiture, Odile dira à Eddy que ce n'est pas très malin de s'infliger de telles souffrances. Tout ça pour un tatouage ! Il aurait dû exprimer le souhait de se faire tatouer et on aurait pris rendez-vous chez un professionnel.

Ils patienteront dans une salle d'attente bondée. Trois heures.

Une infirmière fatiguée les invitera enfin à la suivre. Eddy s'en tirera avec une frayeur dont il se souviendra et une ordonnance d'antibiotiques. Le lendemain, il refusera de rester alité – il n'est plus un gosse – et se rendra au collège comme si de rien n'était.

Odile n'en peut plus. Il est bientôt 4 heures du matin. Eddy, lavé, désinfecté, pansé, est couché. Odile, elle, est accoudée à la table de la cuisine, dans la pénombre. Il va falloir qu'il se passe quelque chose, sinon elle risque de craquer. Son époux toujours introuvable, son fils qui se mutile, sa fille au seuil de l'anorexie, sa mère qui savoure, ses beaux-parents qui la harcèlent, son supérieur, l'adjoint à la culture, Marc Garand, qui ne cesse de la supplier du regard, son médecin et amant, Martin Blach, qui l'attend, ce jour, à 16 h 15, au cabinet… Elle n'en peut plus. Des larmes coulent sur ses joues. Pourquoi ? Pourquoi accepte-t-elle qu'Hervé lui parle comme à la plus conne des connes ? Pourquoi est-elle contrainte d'aller jouir ailleurs ? Pourquoi n'annoncerait-elle pas à Hervé, dès son retour, son intention de divorcer ? Pourquoi ne coupe-t-elle pas définitivement les ponts avec sa mère ? Pourquoi n'a-t-elle pas étudié l'histoire de l'art ou la peinture ? Pourquoi, aux heures les plus sombres de ses nuits, dans le secret de ses insomnies, regrette-t-elle d'avoir donné naissance à ses deux enfants ? Pourquoi n'a-t-elle pas disparu avant son mari ? Ce sont des sanglots maintenant qui s'ajoutent aux larmes. Elle est en train de craquer. Il lui faut un anxiolytique.

11

Cour du collège

Lundi 22 avril 2024
10 h 04
(Six jours après la disparition)

Le bâtiment principal du collège Apollinaire (Guillaume Albert Vladimir Alexandre Apollinaris de Kostrovvitsky, dit) est un classique du genre : une façade rosâtre composée de trente fenêtres carrées réparties sur trois étages ; côté ouest, une porte surmontée de l'écriteau Administration-Direction ; côté est, une autre porte en acier bleu pétrole ajourée d'une petite ouverture vitrée fixe de trente centimètres de côté et surmontée de l'écriteau Vie scolaire ; en contrebas, le second bâtiment, de facture plus brutale, comme inachevé, attribué aux éléments spéciaux, inadaptés, décrocheurs, en cours d'orientation ; un terre-plein de bitume noir en guise de cour avec trois bancs de béton pour neuf cents élèves ; une grille de deux mètres cinquante de hauteur, un portail noir coulissant sur rail, un sas d'entrée réservé aux visiteurs, agrémenté d'un tourniquet à barres horizontales que les personnes souhaitant pénétrer ce territoire doivent pousser après avoir décliné leur identité à l'interphone ; pour les élèves, mêmes tourniquets à ouverture commandée par carte magnétique. On voudrait y enfermer des criminels qu'on ne s'y prendrait pas autrement.

Quand, chaque matin, Tara franchit le seuil de cette forteresse, elle en ressent presque un haut-le-cœur. Par curiosité, elle s'est penchée sur l'œuvre de cet Apollinaire et en a déduit que baptiser un tel endroit du nom d'un poète était un acte cynique en totale contradiction avec ce qu'exprime l'auteur, une tentative des autorités d'embellir le carcéral avec des chants de liberté. Mais Tara n'est pas dupe, elle s'est laissée aller au graffiti en écrivant sur une table de classe le premier vers du quatrième poème de la série *À la Santé* :

Que je m'ennuie entre ces murs tout nus.

Tara et Leïla sont assises par terre dans le coin de cour le plus éloigné des bâtiments. Les sacs à dos, sacs à fardeaux, comme tombés de leurs épaules, gisent au sol devant elles. Leïla porte de longs cheveux très bruns, ses yeux sont noirs et sa peau cuivrée. Tara est transportée par la beauté de Leïla.

Elles sont vêtues de choses souples, sans forme, sous lesquelles leur corps est libre d'être ce qu'il est, à l'abri des regards, des jugements, des critiques, des moqueries. Elles ne sont pas sexy, elles ne sont pas remarquables, elles ne cherchent pas la visibilité, elles désirent au contraire demeurer imperceptibles. Séduire, ce n'est pas leur truc. D'ailleurs, l'objectif est atteint, leurs congénères les ignorent totalement.

Tara parle de son père à Leïla. C'est naturellement cela qui la préoccupe : son père qui n'est pas rentré depuis bientôt une semaine, les gendarmes à la maison, sa mère errant, lugubre, dans les murs de cette maison sans un souffle de vie

(Odile Snout a néanmoins trouvé la force d'aller travailler aujourd'hui), son frère qui ne lui parle jamais et qu'elle voit dépérir. Il a passé une partie de la nuit à l'hôpital ; Tara a entendu Odile l'emmener aux urgences. Elle ne sait pour quelle raison on ne se parle plus dans cette famille. L'absence de son père devrait, selon elle, provoquer des discussions, or là, rien, chacun reste mutique. Est-ce normal ?

Leïla réfléchit un peu avant de répondre. Elle, elle est orpheline pour de bon, elle connaît les séquelles de cette blessure, les larmes, la sensation de ne plus pouvoir bouger, la peur que la mort de l'un emporte les autres. Alors elle répond à Tara que, oui, c'est normal. Chacun est enfermé en lui-même, personne ne peut croire à une chose pareille. C'est du moins l'expérience qui dicte à Leïla de répondre cela.

Après un long moment de silence pendant lequel Tara a pensé à mille choses :

— la fierté qu'elle ressent toujours d'être l'amie de Leïla ;

— la présence de la police chez elle comme l'évidente signification qu'un événement grave est en train d'avoir lieu, que les choses risquent de durer, que la famille est en chute libre ;

— les questions des gendarmes parvenues à ses oreilles pendant le petit déjeuner, comme celle ayant trait au couple de ses parents, qui ne l'avait pas étonnée d'ailleurs, et les réponses de sa mère (les enfants sont là, ils prennent de la place, trop de place) ;

— et, par voie de conséquence, les interrogations suivantes : peut-être que son père s'en est allé à cause d'elle et d'Eddy, qu'il en avait trop marre de cette famille, qu'il a fui pour l'amour d'une autre femme sans enfant avec laquelle il pourra voyager et que, bientôt, sa mère l'abandonnera ainsi qu'Eddy et qu'ils seront placés par l'aide sociale dans une famille d'accueil ;

— l'absence prolongée de son père, l'absence pendant des années, les répercussions, les transformations, les frustrations ;

— la mort probable de son père (elle n'y croit pas vraiment, il est vivant, quelque part, il pense à ses enfants, à sa femme, mais il ne peut pas rentrer pour le moment) ;

— l'annonce de la mort de son père et la façon dont sa mère s'y prendra, avec quels mots, dans quel état ;

— l'enterrement de son père, le cercueil, l'église, la cérémonie, la famille, les amis, le cimetière ;

— le deuil de son père, le temps, la souffrance, l'oubli ; et, donc, après ce long temps de silence, Tara se jette à l'eau, regarde Leïla dans les yeux et demande : « Est-ce que tu crois qu'on peut cesser d'aimer ses parents ? »

À cette question, Leïla est un peu déboussolée. Elle éprouve de l'adoration pour les siens. Son grand frère, sa petite sœur vivent avec les mêmes sentiments. Sa mère, dans chacun de ses regards, lui sauve la vie, et son père, dont l'âme s'est envolée, veille sur elle, pose sa grande main sur son front tous les soirs et c'est grâce à cela que Leïla parvient à trouver le sommeil. Ce que Tara insinue est inconcevable.

Tara dit que, pour sa part, elle ferait peut-être mieux de ne plus aimer ses parents. Ce serait plus reposant. Elle précise qu'en vérité elle n'a plus envie de les aimer. De toute façon, eux-mêmes ne s'aiment plus, c'est un fait qu'elle a déjà constaté. Le noyau familial est fissuré. Ils se disputent trop souvent, ils ne s'embrassent plus, on n'entend plus un seul rire dans cette maison. Elle voudrait partir, prendre un sac et partir en courant, tant la tristesse a imbibé chacun des gestes et des mots, et suinte des murs et de chaque objet. Oh oui, fuir cette chose qu'on ose encore appeler famille, mais qui n'est plus que l'ombre d'elle-même. Tara n'a aucune idée de sa destination, elle n'en parle pas, ce n'est qu'un détail, parce qu'elle se voit courir pendant des semaines sans jamais regarder derrière elle. Elle dit « fuir » plutôt que « fuguer », car elle n'imagine pas faire demi-tour, comme une gamine qui rentrerait toute penaude au bercail et présenterait ses excuses. Ce serait plutôt à ses parents de s'excuser, oui ! De dire pardon pour leur manque d'attention, leur égoïsme, leurs désirs de gloire, leur grande maison prétentieuse, leurs deux voitures tape-à-l'œil, leurs samedis soir barbecue avec leurs kilos de bidoche brûlée, où tout le monde finit bourré en rotant des *Lundi au soleil*, leurs deux enfants chéris, leur chien qu'ils ont acheté fort cher, un husky sibérien taciturne, qui dort dehors pour éviter les poils sur le tapis du salon. S'excuser de n'être attentifs à rien d'autre qu'à leur petit confort bourgeois. S'excuser d'avoir tout transformé en choses, les bêtes et les humains.

Le visage un peu sombre trahissant une sincère inquiétude, Leïla demande à Tara si elle envisage vraiment de partir.

Pourquoi pas ? Doit-elle supporter pendant encore des années un père qui disparaît, une mère qui feint la tristesse, un frère complètement débile qui n'a jamais ouvert un livre ? Encore combien de repas à voir les autres se remplir la panse de bêtes mortes sans dire un mot ? C'est dégoûtant. De toute manière, ils ne mangent pas de la viande parce que c'est bon pour la santé, mais parce qu'ils aiment ça.

Ils aiment dominer, s'estimer supérieurs, jouir de ce sentiment de puissance que leur procure le muscle cuit, justifier le carnage par des arguments préhistoriques, convoquer les chasseurs-cueilleurs à la rescousse sans envisager une seule seconde de tuer eux-mêmes les bêtes qu'ils consomment.

Tara, ce qu'elle aime dans la vie, c'est courir. Peut-être qu'un jour elle parviendra à quitter le sol. Mais ses parents ne comprennent rien à sa passion. Eux, ils font du sur-place. Ils prennent racine et ils vont mourir debout, les deux pieds pris dans leur chape de béton.

Ces mots finissent de convaincre Leïla que Tara déteste ses parents. Son amie ne confirme pas, mais dit qu'elle en a vraiment assez de ce qui tourne autour de sa vie, ce bruit et cette fureur enfoncés dans les coussins douillets du canapé, ces milliers d'heures d'ennui derrière sa table de collégienne, cette hypocrisie généralisée des adultes. Alors ses parents, dans tout ça, bof, ils font tout pour que rien ne change.

Leïla lui rappelle qu'elle ne reverra peut-être jamais son père. Tara répond par un haussement d'épaules. Dès lors, Leïla est dépassée, ne comprend plus, considère cela comme anormal. D'ailleurs, elle le dit : « Tu n'es pas normale. » Tara blêmit. Comment sa meilleure amie peut-elle lui dire une chose pareille ? Un silence très différent de leurs silences à elles s'interpose. Un silence d'éloignement, de rupture.

Et elle ? Elle est normale ? Si Tara n'est pas normale, si c'est franchement insupportable de fréquenter une anormale, que fait Leïla ici, à côté d'elle ? À quoi ça sert si Leïla ne saisit pas un gramme de ce qu'elle lui confie ? Alors il n'y a vraiment plus personne, hein, plus personne pour l'écouter ne serait-ce que cinq minutes !

Des larmes plein les cils, Tara se lève, attrape son sac et s'en va. Derrière elle, Leïla pleure aussi. Que se passe-t-il ? Qu'est-ce qu'elle a dit de méchant ? Leïla regarde son amie disparaître dans le bâtiment. Cette disparition lui semble définitive et revêt le caractère d'une catastrophe. Elles vont, la journée durant, d'une classe à une autre sans s'adresser la parole. Pour la première fois, Tara et Leïla ne s'aiment plus.

En fin d'après-midi, sur le chemin du retour, Leïla précède Tara sur le trottoir. Elle sait que son amie est derrière, qu'elle attend peut-être un geste, une parole. Et Tara pense qu'elle devrait peut-être accélérer, parvenir à hauteur de Leïla, lui dire qu'elle regrette sa colère. Leïla pense qu'elle devrait peut-être ralentir, parvenir à hauteur de Tara, lui dire qu'elle regrette ce jugement à l'emporte-pièce.

Leïla ralentit. Alors Tara maintient son rythme. Si bien qu'en quelques mètres, elles se retrouvent côte à côte, marchant du même pas, presque comme ce matin à l'aller. Plus loin, elles s'arrêtent à un feu puis elles traversent ensemble et c'est sur ce passage protégé que leurs mains se frôlent et s'agrippent finalement et se prennent fort. Elles respirent enfin. Elles se regardent avec un sourire grave et le même mot vient à leurs lèvres au même instant : « Pardon. »

« Si tu t'en vas de chez toi, tu peux venir chez moi. Si tu veux. » Tara répond d'abord à la proposition de Leïla par un regard de remerciement et elle dit : « D'accord. »

À ce moment, Eddy les double, se retourne et lance : « Sales gouines ! » Tara lève les yeux au ciel tandis que Leïla est sidérée. Que répondre ? Rien. Son frère est un abruti, il ne sait rien, ne comprend rien, réfléchit avec sa cervelle de poulet. Tara explique qu'ils sont jumeaux dizygotes. Ils ont grandi dans le même ventre, mais à partir de deux œufs différents. Chacun sa poche ! C'est assez rare. Dans les dernières semaines de grossesse, le fœtus femelle se place en retrait, ralentit sa maturation, prolonge la gestation de quelques jours, ceci au bénéfice du fœtus mâle. La priorité donnée à l'évolution de ce dernier est un indéniable privilège biologique. Ces ultimes temps de vie intra-utérine sont marqués par des apports nutritionnels plus importants pour le garçon, son confort est augmenté, ses réserves énergétiques dépassent celles de la fille. C'est pour cela qu'Eddy est né plus gros que Tara. « Mais mon sacrifice n'a eu aucun effet sur son intelligence ! » déclare-t-elle dans un éclat de rire.

12

Cabinet du docteur Blach

Lundi 22 avril 2024
16 h 16
(Six jours après la disparition)

La flavescente chevelure détachée d'Odile est à son plus haut degré de voluminosité, sculptée d'ondulations qui multiplient ses nuances dorées et retombent en cascades sur ses épaules à demi dénudées par le large col de son cache-cœur très noir. Assise sur le bord de la table d'auscultation, Odile émet un faible soupir de bien-être, comme de soulagement. Elle a remonté sa jupe courte à motifs floraux à la naissance de ses cuisses pour pouvoir les écarter, laisser ses jambes flotter dans le vide, ses pieds de part et d'autre du petit escalier d'inox amovible et elle se tient à l'oblique, le buste légèrement en arrière afin que les courbes de ses seins tendent un peu le tissu qui les enveloppe, les mains posées à plat sur le papier de protection de la table. Elle a tenté d'effacer la fatigue de son visage grâce à un maquillage un peu épais, mais en vain. Elle s'est à peine observée dans le miroir de l'entrée, comme elle en a coutume, avant de quitter sa demeure. Et aujourd'hui, elle a enfilé une culotte car, la dernière fois, le 11 mars, prise d'un désir subit d'espièglerie coquine, elle s'était rendue sans dessous chez le docteur

Blach et, les choses s'étant déroulées quelque peu dans la précipitation cette fois-là, elle avait senti, en rentrant chez elle, sur le seuil de sa maison, une goutte de liqueur séminale couler sur l'intérieur de sa cuisse droite. Manque de chance, Hervé était exceptionnellement rentré plus tôt ce lundi et Odile, avant de dire bonjour ou quoi que ce fût d'autre, avait prétexté une envie très pressante pour se rendre au petit coin et procéder au nécessaire puis filer dans la chambre parentale pour se changer, elle n'en pouvait plus de cette jupe, toute la journée en réunion, « il fait une chaleur dans ces bureaux, oh la la, c'est incroyable », avait-elle prononcé à haute et intelligible voix.

Actuellement, l'espièglerie n'est pas trop son activité principale. Elle serait plutôt dans une période de grandes interrogations, de grandes angoisses, avait-elle confié au médecin dès son arrivée dans le cabinet. De plus, elle s'était réveillée avec des douleurs abdominales étranges, des espèces de spasmes qui lui avaient soulevé le diaphragme toute la journée, des gargouillis, des remontées acides ; s'il pouvait lui concocter une petite ordonnance, ce ne serait pas de refus.

Le généraliste avait à peine entendu les plaintes de sa patiente (puisqu'en plus d'être l'amant d'Odile, il est le médecin traitant de la famille Snout), tant son état de manque avait atteint des niveaux intolérables. Odile s'était-elle rendu compte qu'ils venaient de passer plus d'un mois sans se voir ? Le toubib s'était posé mille questions, avait imaginé les pires intrigues, il l'aimait tellement, elle était si belle… et cætera. À quoi Odile avait rétorqué qu'elle aussi était en plein questionnement, qu'elle aussi était fatiguée, à bout de forces, que sa vie était trop compliquée et qu'elle avait vraiment besoin de penser à autre chose qu'à la fréquence de leurs retrouvailles, besoin de se changer les idées, de profiter un peu enfin de sa tendresse à lui et qu'il ferait mieux de se taire et elle l'avait enlacé et l'avait pris aux lèvres et sa langue enfoncée dans la bouche de l'intéressé avait inhibé chez lui toute velléité de protestation et le docteur Martin Blach, il s'était laissé faire.

Maintenant, Odile est assise sur cette table haute, le visage relevé vers le faux plafond et son quadrillage d'aluminium, les cuisses ouvertes, et le praticien a les yeux rivés à l'endroit de cette intimité chérie toute recouverte d'un fin tissu de coton blanc, qui laisse deviner par transparence quelques reflets ambrés de sa claire toison.

Martin Blach est un homme de quarante-deux ans aux cheveux bruns et bouclés, à la barbe épaisse et douce, aux yeux d'un bleu foncé comme on n'en rencontre guère dans une vie, son visage est souriant, sa peau mate, et son nez dodu lui donne cet aspect sympathique des êtres attentifs à autrui. Odile était tombée sous le charme dès la première consultation. Mais Martin Blach était marié à Christine Blach née Crespi, ils avaient ensemble un fils de dix-sept ans, Hugo, alors l'espoir d'une idylle exotique dans un cabanon des îles Marquises s'était vite estompé dans l'esprit d'Odile.

Au début de sa cinquième année de médecine, Martin Blach fit la connaissance de sa professeure d'anatomie, Christine Crespi, qui jeta son dévolu sur le jeune étudiant de dix ans son cadet à la seconde même où il posa un pied dans l'amphithéâtre. Ni une ni deux, elle tomba enceinte de lui et donna naissance au petit Hugo. Folle amoureuse de Martin, dont la beauté – c'était à s'évanouir – faisait flancher plus d'une courtisane, Christine construisit autour d'eux une clôture infranchissable qui découragea les prétendantes de s'aventurer au-delà de la frontière. Mais avec le temps, les piquets de ladite clôture se mirent à brinquebaler, le grillage à gagner en perméabilité et les barbelés à s'émousser. Le nez des mignonnes se remit à pointer. Sentant le vent venir, Christine Blach finit par convaincre son époux qu'il devait, déontologiquement, quitter la région parisienne, où pullulaient les carabins avides de cabinets à moulures sis au cœur d'arrondissements bien comme il faut, pour un désert médical qui n'attendait que lui. Martin obéit. Ils plièrent les stéthoscopes pour la province. Cependant, la perméabilité, ça va dans les deux sens, et c'est Martin qui alla prendre la température des environs.

La première fois qu'Odile entra dans son cabinet pour une rhinopharyngite tout ce qu'il y avait de banal avec petite toux sèche, mal de gorge, nez qui coule et tout ça, le docteur Blach se tint muet plusieurs minutes et, pour ne pas faire croire à une tétanie généralisée, produisit des gestes mécaniques, sans lien, sans cohérence : se caresser la barbe, décrocher le téléphone sans qu'aucune sonnerie ait retenti, ouvrir une fenêtre, poser sa tête dans une main et scruter son agenda, aller recouvrir sa table d'auscultation en tirant sur le rouleau de papier protecteur, boutonner et déboutonner sa blouse. Il oublia Paris. Odile Snout devint son obsession, sa muse, son égérie, sa référence, sa passion, bref, Christine

Blach redevint Crespi, supplia, mais rien n'y fit, on ne change pas le cours des choses.

La configuration matrimoniale d'Odile ayant de fortes similitudes avec celle de Martin, c'est en toute logique qu'elle connut, elle aussi, la pâmoison.

Le généraliste s'est approché d'elle, il a fait glisser d'un pied le petit escalier sous la table et, blouse ouverte, il a enlacé le corps tant aimé.

Il susurre des mots à l'amante. Et plutôt que d'évoquer le goût de sa peau, le parfum de ses aisselles, la chaleur qui règne dans certains de ses plis, il annonce qu'il est prêt, là, maintenant, qu'il est mûr pour prendre de grandes décisions, Hugo est majeur, la maison est payée, il aime Odile, il la veut tout entière, il l'attend, il veut divorcer de Christine et si Odile quittait Hervé, elle pourrait s'installer chez Martin, il achèterait une autre maison pour elle, pour eux, ailleurs, loin d'ici, au bord de la mer, il en tremble, il se colle à sa poitrine, fouille du nez dans ses cheveux, la regarde, prend son visage dans ses mains, embrasse ses yeux, plaque les paumes sur ses reins et la tire vers lui pour que ses fesses reposent juste au bord de la table et qu'il ait accès à son sexe exactement à la hauteur du sien.

Odile répond qu'elle ne sait pas, qu'elle a envie de lui, envie d'oublier.

Oublier quoi ? s'inquiète-t-il.

Rien, tais-toi, je t'en prie, embrasse-moi.

Quitter Hervé Snout ! Il est naïf, son Martin Blach ! Et la maison ? Et les enfants ? Et la famille ? Et l'organisation et les conflits et les tribunaux et les cartons… Rien que d'y penser, elle en est épuisée. Et pour le moment, Hervé est disparu ! On ne divorce pas d'une absence ! Elle est un peu coincée, l'Odile. Et voilà son mal au ventre qui revient.

Elle ne peut rien divulguer de ce qu'elle voudrait oublier. Elle est précisément assise sur cette table pour enfin ne rien penser du tout, pour fuir ce qui l'obsède depuis trop de nuits, elle ne veut plus de mots, plus de questions, plus de mystère. Elle pose sa main sur la toile fine du pantalon beige de Martin et sent ce qui gonfle et palpite. Tout cela, c'est pour elle (c'est ce que Martin lui avait dit dès leur première rencontre : « Je te donnerai tout, tu pourras tout prendre de moi, tout, tu entends ? Mon corps, mon esprit, ma maison, mon argent ; nous vivrons tous les deux avec nos enfants dans un grand espace et nous serons libres ! » Cette déclaration avait déjà deux années, comme le temps passe vite). Alors elle bascule sur une fesse, fait glisser sa culotte, puis sur l'autre, et la tire vite, relève ses genoux, libère un pied et laisse son tissu de coton blanc pendre à une cheville. Martin a reculé d'un petit pas. Il défait sa ceinture et laisse son pantalon dégringoler et son tissu blanc à lui, il le descend à mi-cuisses et son sexe se déploie, libéré de sa camisole. Odile regarde de tous ses yeux, regarde. Que ce sexe est beau, long et droit, teinté de cuivre et de bronze et de reflets carmin à la pointe plus douce et lisse qu'un galet poli et battant de petites contractions qui le redressent encore. Odile est tellement heureuse qu'un sexe s'érige enfin pour elle et heureuse autant d'offrir le sien à cet homme si désirant qu'elle en pose les talons sur le devant de ses épaules pour qu'il regarde aussi ce qui luit en elle. Des éclats de chair dans un châtain de broussailles, de célestes salives aux lueurs de vieux rose, la prunelle au sommet de cet œil en pagaille, et la bouche pâmée où sa bouche se pose.

Martin est tombé à genoux et a enfoui son visage entre les cuisses d'Odile, pratique dont Martin raffole, à laquelle il s'adonne sans se faire prier et Odile, eh bien elle est plutôt du genre à pas dire non, disons.

Mais… ce coup de téléphone du capitaine Obrisky, cet après-midi, pour l'informer que le portable d'Hervé est introuvable… Comment ça, introuvable ? Eh bien, madame (a prononcé Obrisky sur son ton habituel mêlant la froideur à la désinvolture, ce je-m'en-foutisme inadmissible doublé de l'aiguillon accusateur), le signal GPS a disparu. On n'a rien. Rien du tout. Hormis la liste des appels émis à partir du mardi 16 avril 2024 à 8 heures et cette liste est vide. Ah ? (Un temps de silence.) Si c'est pour cela qu'il l'appelle, franchement, « je n'en sens pas très bien l'utilité, monsieur ».

Elle sent bien un petit quelque chose frémir au bas de son ventre, oui, mais ce n'est pas vraiment ça. Ça ne démarre pas, il y a trop de parasites. Son amant peut toujours laper, pincer, suçoter, téter, mordiller, avec toute la meilleure volonté du monde, ça ne… non. Alors elle tire la tête de Martin vers elle puis ses épaules, lui suggérant de revenir à sa hauteur. Martin s'exécute et le bout de son long sexe si beau qu'il maintient de trois doigts à l'horizontale se trouve à l'orée du si beau sexe d'Odile et c'est la liqueur de Martin qui, déjà, tant l'attente fut longue, vient préparer l'accueil.

Si, mettons, le portable d'Hervé ne répond plus du tout, c'est qu'il a été cassé, écrasé, jeté dans le fleuve. C'est ce que conclut Odile pendant que Martin s'invite. Donc, comme elle exclut l'agression, il lui reste l'abandon délibéré, la fuite préméditée. Ce n'est pas la peine de la juger de haut comme se le permet le capitaine Obrisky, qui a un peu trop tendance à se prendre pour l'inspecteur Columbo, se dit-elle. Pour quelle destination ? Elle l'ignore. Hervé est peut-être dans la ville, terré quelque part, dans la mansarde où il reçoit ses conquêtes. Ou bien il est parti, loin. Sans sa voiture. Il en a loué une, ce serait bien dans sa nature d'aller louer une grosse berline suédoise ou un tout-terrain de luxe et de filer sur la côte. Il a toujours eu cette fâcheuse attirance pour les choses un peu vulgaires, les signes extérieurs d'une force qui lui fit cruellement défaut pendant ses premières années de collège. Soudain, à ces pensées, alors que le sexe de Martin est logé dans son ventre, Odile sent en son cœur la piqûre de la haine. C'est Hervé qui est parti. Ce n'est pas elle (bien qu'elle en ait le désir caché depuis longtemps). C'est Hervé qui agit et elle qui subit. Il impose sa loi à l'ensemble de sa famille par un acte irréversible, d'une radicalité inouïe. Comment peut-il infliger cela à ses propres enfants ? C'est immonde, cela n'a pas de nom. Ils ne s'en remettront jamais. S'il revient, ce sera pour une ultime confrontation et, à son issue, c'est Odile qui partira avec Eddy et Tara, chez Martin, ou ailleurs, n'importe où, pourvu qu'Hervé reste dans la boue de sa solitude, seul à crever. Oh non, elle ne se laissera pas faire. Même à genoux, nul pardon ne sera accordé.

Ces pensées attisent ses douleurs. Elle a l'impression que ses intestins se nouent.

Le sexe ramolli de Martin se retire (oui car, entre-temps, les choses ont abouti), l'homme se rhabille vite, haletant et discrètement déçu, tandis qu'Odile a laissé ses jambes retomber dans le vide et demande dès lors à Martin quelque chose pour s'essuyer. L'amant déroule des serviettes en papier, dont il entrepose les rouleaux sur une étagère de matériel médical, et lui tend la poignée. Trente secondes après, Odile, sa chiffonade humide à la main, cherche du regard la poubelle, elle est où, la poubelle ? Tiens, là. Ah, merci. De rien.

Quelques instants plus tard, Odile occupe la chaise réservée à la clientèle. Il faudrait qu'elle se rende aux toilettes, mais elle n'ose pas traverser la salle d'attente. Elle rajuste son haut, se recoiffe sans prononcer une parole, les yeux dans le vague et les pensées mobilisées par sa vie de famille, d'épouse, de mère, de femme. Le dîner de la veille avec Nicole, qui trouva le moyen de sous-entendre qu'Odile n'aurait peut-être pas dû concevoir d'enfants avec Hervé, avait fini de l'exténuer. Elle l'aurait tuée, sa mère. « Délicieux, ton filet mignon, ma chérie ! » (« Eh bien mange, maman, mange, ça vient du rayon "Nos régions ont du talent", c'est forcément bon ! ») Alors, son fils, qu'il avait fallu mener aux urgences à cause d'une grosse fièvre due à un début de septicémie – quelle idée, aussi, de se scarifier la poitrine à ce point ! –, ç'avait été le pompon.

Assis d'une fesse sur un bloc d'ordonnances vierges, Martin risque un « ça n'a pas l'air d'aller ». Odile lâche qu'Hervé a disparu. « Comment ça, disparu ? » réagit le médecin sans l'ombre d'une anxiété et avec même un léger sourire. Ce n'est pas une blague ! Disparu ! Mardi dernier. Il n'est pas rentré depuis mardi dernier. Martin ne répond pas et campe, en quelque sorte, dans une attitude perplexe. Mais c'est très bien, ça ! pense-t-il instantanément. Oui, Odile le répète, Hervé, son époux, a disparu, et elle sait combien Martin doit s'en réjouir. « Non, pas du tout », croit-il bon de rectifier. Il ne faut pas croire que cet événement peut rester sans conséquence sur leur relation. Martin fronce les sourcils. Maintenant, Odile a vraiment autre chose à penser, sa vie est bouleversée, sa famille détruite. Martin tente une nuance : Hervé s'est peut-être seulement absenté quelques jours pour un motif qu'Odile ignore, il n'y a peut-être pas de drame… « Je suis morte de trouille, tu comprends ça ? » Martin dit qu'il comprend. Non ! Il ne comprend rien ! Il ne peut s'imaginer à la place d'Odile ni deviner l'ampleur des mouvements qui opèrent en elle. Quant à quitter Hervé, ce n'est même plus la peine d'y penser. Martin n'a jamais quitté Christine, lui ! Bon alors !

Une séparation s'avère désormais impossible, pour mille raisons : le risque d'être jugée par autrui et par elle-même comme un individu abject ; l'interdiction absolue qu'elle s'impose d'infliger des souffrances supplémentaires à ses enfants ; et peut-être que, après tout, elle l'aime encore.

Le sourire sur le visage de l'allopathe s'efface totalement.

Et puis elle n'a plus envie et puis ces cachotteries l'épuisent et puis elle n'a pas l'intention de devenir la femme du docteur Blach et puis tout cela n'a plus aucun intérêt, ça ne rime à rien, ça n'a aucun sens, peut-être que l'existence d'Odile est en train de prendre une tournure dramatique à laquelle il serait maladroit d'ajouter une histoire de, de rien.

Martin reste sans voix. Ça sent la fin.

Odile ne souhaite pas discuter plus longtemps et ses maux de ventre ont repris de plus belle, elle est pressée de rentrer chez elle, elle doute même d'arriver à temps. Elle s'en va sans entendre la porte du cabinet se refermer derrière elle, monte dans son Audi et démarre.

Parvenue à proximité de son portail, elle appuie sur le bip. Pourra-t-elle se retenir jusqu'aux toilettes ? C'est quand les deux vantaux se séparent lentement, trop lentement, et lui laissent le passage que son téléphone sonne. Elle freine brusquement. Elle regarde l'écran : ses beaux-parents. Elle avance jusqu'au garage, dont la porte bascule en arrière. La voix de Paul Snout est fébrile et Odile devine en second plan celle de Célia Snout, qui réclame des nouvelles de son fils. Odile serre les fesses, claque la portière, traverse le cellier, puis la cuisine, jette son sac sur la table en répondant des choses vagues à son beau-père, qui ne comprend rien. Il perçoit des bruits de pas, de la précipitation, une poignée violemment actionnée, des cliquetis, des froissements. Et plus rien pendant vingt, trente secondes, comme si Odile avait mis sur pause. Un silence suspect que Paul Snout supporte encore pendant deux dizaines de secondes. « Allô ? Odile ? Vous m'entendez ? » Oui ! Deux secondes ! On ne peut même plus chier en paix ! Mais pourquoi on ne me laisse pas tranquille ? Pourquoi ? Odile reprend la conversation. Paul devine un essoufflement. Il lui demande ce qui se passe chez elle et cette question concerne moins l'état d'Odile que le silence d'Hervé. Elle a bien saisi la priorité du beau-père. Elle prend un instant. Son corps s'affaisse un peu sur la cuvette des toilettes. Elle doit leur dire qu'Hervé n'a pas donné de nouvelles depuis une semaine, leur dire que la gendarmerie est prévenue, leur dire son angoisse et celle des enfants. À cette annonce, Paul et Célia s'effondrent.

Que faire ? Ils vivent à sept cents kilomètres, vont sur leurs quatre-vingts ans, leur présence aux côtés d'Odile serait inutile et en même temps et comment se fait-il que ce n'est pas possible et alors quoi on ne sait pas on ne sait plus qu'est-ce qui nous reste ? Ils vont prier pour leur fils et Dieu les entendra.

Dans une minute, il sera 18 heures. Odile est sur une chaise de la cuisine, sans force, vidée. Au-dessus du réfrigérateur est accrochée une petite réplique d'un célèbre tableau impressionniste, *La Maison du pendu*, qu'Odile avait rebaptisé *La Maison jaune et blanc*, afin d'y apporter une ultime touche personnelle et pour affirmer également que ses talents de copiste étaient minuscules. Elle regarde son œuvre d'un œil accablé en se disant qu'elle ne mettra peut-être plus jamais un pied dans son atelier.

Eddy est allongé sur son lit, il s'est rendu au collège aujourd'hui malgré son infection et sa fièvre.

Tara est également dans sa chambre et retranscrit son dernier rêve dans sa boutique obscure : c'est un repas de famille, on mange des cœurs d'artichaut. Celui de Tara est vert-brun. Ceux d'Eddy, d'Hervé et d'Odile sont rougeâtres. Hervé est assis dans un fauteuil roulant et tente de prononcer le mot *protéines* sans y parvenir. Tantôt, il a la bouche pleine et bave de la purée d'artichaut, tantôt ses mâchoires sont maintenues grandes ouvertes par une crampe et son énoncé donne approximativement ceci : *oéine*, répété en boucle. Eddy mange comme un bouledogue affamé tandis que sa mère scrute l'écran de la télévision.

Ce fut une journée épuisante. Odile ne peut plus bouger. Elle appuie sur le bouton marche/arrêt de la télécommande. Parmi les titres du journal du 18/20 d'une chaîne d'information en continu, celui-ci : les piscines municipales de Taverny et Saint-Leu-la-Forêt sont désormais fermées définitivement et seront prochainement démolies ; la construction de la piscine olympique pour les JO de Paris 2024 est achevée. Lieu intercommunal d'entraînement, de compétition, mais aussi de bien-être et de détente pour petits et grands, la piscine olympique de Val Parisis, située entre le stade Jean-Pierre Le Coadic et le centre commercial Les Portes de Taverny, aura coûté trente-huit millions d'euros. Mais Odile ne regarde déjà plus les images. Elle baisse le volume au minimum. Par le carreau de la porte vitrée, elle voit la fontaine, là-bas, au milieu du gazon qui aurait besoin d'un coup de tondeuse, et l'eau tombant en cascade d'une vasque à une autre, mais qu'elle n'entend pas.

FIN DE LA PREMIÈRE PARTIE

DEUXIÈME PARTIE

1

Bureau d'Hervé Snout

Vendredi 23 février 2024
12 h 08
(53 jours avant la disparition)

Le patron des établissements qui portent son nom, Hervé Snout, est un homme de quarante-quatre ans (bientôt quarante-cinq) à la calvitie naissante depuis le haut du front jusqu'à la partie postérieure du crâne, particularité qui lui donne des airs d'iroquois inversé, aux petits yeux d'un brun clair vitreux, aux lèvres fines presque inexistantes, au nez pointu et au menton légèrement prognathe. Rasé de près toujours et le cheveu coupé court pour diminuer l'effet dégarni, il mesure un mètre soixante-dix pour soixante-treize kilogrammes avec une tendance à gonfler de l'abdomen. Ce physique somme toute banal ne génère aucun complexe chez l'homme. Il dirige le dernier abattoir du département qui fournit les grandes surfaces dans un rayon de cinquante kilomètres et c'est tout ce qui compte pour lui. Depuis une douzaine d'années, il supervise, organise, innove, dégraisse quand cela est nécessaire, augmente la productivité, multiplie la clientèle, modernise les équipements, gère les ressources humaines sans état d'âme, motive les équipes, réprimande s'il le faut, distribue les primes, soutient les cadences, espère que les menaces de fermeture au motif de la modestie des dimensions de l'usine resteront lettre morte et délègue le reste à son assistante-secrétaire-comptable Élodie Moreau. Il aime son travail, il était fait pour cela, il n'en a jamais douté.

Ses parents furent surpris quand le jeune Hervé, fils unique, leur annonça son intention de bifurquer à l'issue de la troisième vers un certificat d'aptitudes professionnelles dans les métiers de la boucherie. En masquant une réaction épidermique de dégoût, ils s'interrogèrent et durent patienter avant d'obtenir quelques éléments de réponse pour comprendre un peu. Après plusieurs mois d'apprentissage, Hervé leur confirma qu'il avait trouvé sa voie : il aimait la viande, il aimait tailler du muscle, il était fier d'apprendre un métier qui nourrit le monde.

Célia et Paul Snout n'auraient jamais imaginé que leur garçon pût emprunter cette voie. À aucun moment de leur vie, ils ne se considérèrent comme des carnivores militants et leur consommation d'animaux morts s'était toujours limitée à quelques lardons noyés dans des omelettes, à de petits blancs de poulet émincés dans des risottos aux champignons et, de temps à autre, à des filets de poisson en papillote. L'essentiel de leur alimentation était composé de végétaux, de riz, de pâtes, de fromage, d'œufs et c'était surtout pour Hervé qu'ils achetaient de la viande.

Paul entendit les arguments de son fils. Plus tard, il le complimenta pour son travail, ses efforts, sa conscience professionnelle dans les emplois qu'il occupa. Hervé évoluait dans son élément et en tirait de grandes satisfactions.

Paul, en son for intérieur, ne comprit jamais la passion de son fils. Lui, qui avait fondé avec son épouse une humble entreprise d'horticulture en plein bocage normand, était un homme chétif, très lent, au calme olympien, jamais un mot plus haut que l'autre et le cœur sur la main. Il avait baptisé son jardin « Les épines du Christ » en référence à cet arbuste à tiges brunes et charnues recouvertes d'épines acérées (*Euphorbia milii*) et utilisé, selon la légende, pour la confection de la sainte couronne. L'existence de Paul était vouée tout entière au végétal.

Célia, femme maigre au teint blanc, avait démissionné de l'Éducation nationale pour seconder son mari au jardin. Elle était aussi pacifique que lui, ne supportait ni les bruits ni les cris et quand elle concoctait un plat carné pour son fils, elle l'accommodait de légumes verts et de graines variées. Elle encourageait Hervé à consommer de la salade et des pousses de soja frais, mais plus le jeune homme avançait en âge, plus il rechignait à se remplir de cette nourriture pour lapin. À dix ans, il était déjà grand amateur de viande rouge. Pas plus que le foie de génisse, la langue de bœuf ne l'intimidait.

Malgré son environnement dénué d'autoritarisme, où toute violence était proscrite, où l'on avait fait de la tolérance une valeur fondamentale pour des relations humaines simples et apaisées, Hervé Snout fit le choix de la force, de la vitesse et de la compétition. Ce choix s'exprima en particulier dans son rapport au vivant, sa fascination pour la viande et ses origines, les animaux d'élevage et les concours agricoles. Les hommes ont toujours été les maîtres sur terre et les animaux leurs esclaves. Pourquoi changer ?

Un jour, le jeune homme prononça ces paroles : « Vaut mieux être trancheur que tranché. » Cela resta dans les mémoires de Paul et Célia. Que s'était-il passé pour qu'Hervé proférât de telles horreurs ? Ils ne surent répondre à cette question. Décidément, ils ne comprenaient plus leur fils. Entre les dix et les seize ans de ce dernier, ils assistèrent impuissants à sa métamorphose.

Dès son entrée en classe de sixième au collège Marcel-Appenzell, Hervé fut surnommé « le chihuahua » ou « le petit raton » en raison de son nez pointu et de ses yeux globuleux. Il choisit de ne rien rapporter à ses parents et de se débrouiller seul avec ces malheureux et cruels sobriquets et contre les harcèlements qui s'ensuivirent. Hervé vécut l'enfer pendant trois années sans qu'un seul adulte de l'établissement eût l'idée d'intervenir d'une quelconque façon. Il fut moqué, insulté, bousculé, frappé, ostracisé, mais supporta sans broncher les tortures infligées par celles et ceux qui se sentirent libres d'agir ainsi grâce au silence des autorités pédagogiques.

Paul et Célia constatèrent des modifications surprenantes dans les comportements du garçon. Son sourire s'effaça progressivement jusqu'à disparaître ; il mangea davantage et, en un an, son régime alimentaire fut réduit à la consommation quasi exclusive de viande. Il grandit, prit du poids, tenta de se rebiffer comme il put, mais son isolement le maintint dans son statut de proie. Ses quatre tortionnaires, menés par le duo Colomb-Fourreau, mirent le paquet pas qu'un peu jusqu'à la fin de la quatrième. En juin, cerise sur leur infect gâteau, ils entraînèrent leur souffre-douleur derrière le bâtiment d'un centre commercial, à l'abri des regards, le passèrent à tabac et lui enfoncèrent une merde de chien dans la bouche. Le jeune Hervé Snout souffrirait des séquelles du traumatisme sa vie durant.

Sa consommation de viande était proportionnée à l'intensité de ce qu'il subissait. Lorsqu'il entra en troisième (septembre 1994), il ne mangeait plus que du bifteck haché cru. Ses parents s'en inquiétèrent fort et envisagèrent d'emmener Hervé en consultation. Mais ce dernier, ivre de vengeance, excluant d'apporter la moindre nuance à sa colère, rassura Paul et Célia en corrigeant son régime. Il accepta la viande cuite (mais pas trop), les pommes de terre sautées et la chair des oranges sanguines dans laquelle il croquait à pleines dents pour faire plaisir à sa mère.

Par chance, il rencontra Alec Cinoc. Deux ans de plus, balèze, capable de n'importe quoi, un avenir de taulard. Hervé n'était plus seul. Il initia Alec au steak tartare, à la course cycliste (ils sprintaient jusqu'à épuisement sur la bande d'arrêt d'urgence de la voie rapide) et ils firent des championnats de résistance à la douleur (se scarifier, se faire mordre jusqu'au sang sans émettre une plainte...). La vapeur s'inversa. Clémence Colomb se prit quelques baffes de la part d'Alec, qui laissèrent des traces sur son joli minois. Nicolas Fourreau, lui, fut coincé un jour de pluie dans les sanitaires du collège et pendant qu'Hervé le tenait à la gorge, Alec prit dans son poing ses deux testicules et serra. L'autre poussa un hurlement granuleux amorti par la pression qu'exerçait Hervé sur sa trachée-artère. Le duo nota que le vent avait tourné et se fit discret.

Un soir, à la sortie, n'en pouvant plus d'avoir répété, précisé, parfait son plan d'attaque, Snout informa Cinoc que l'heure de l'action avait sonné. Ils suivirent les Colomb-Fourreau. C'était l'hiver.

Snout et Cinoc rattrapèrent leurs proies et leur ordonnèrent de prendre la direction du centre commercial sous la menace de deux cutters, dont ils avaient fait jaillir les lames dans un bruit de crécelle. Le ciel était gris. Ça ne sentait pas bon pour les harceleurs. Derrière le bâtiment du grand magasin, Clémence Colomb et Nicolas Fourreau n'eurent pas le temps de lâcher leur sac qu'ils se prirent une branlée comme jamais et restèrent sur le carreau un moment, œil poché et mâchoire endolorie. Les vengeurs en profitèrent pour leur attacher les poignets dans le dos et leur coller sur la bouche une large bande de Gaffer noir. Crânes collés au mur et culs dans l'herbe grasse du remblai, les ligotés n'en menaient pas large. Snout leur parla longtemps d'une voix blanche, leur narra par le menu ce qu'il allait leur faire. Alors, les yeux de Colomb et Fourreau s'emplirent de larmes.

Snout et son complice desserrèrent les ceintures de leurs victimes, descendirent pantalons, culotte et slip jusqu'aux chevilles. « Si vous bougez d'un millimètre, vous allez le regretter », murmura le patron du duo en passant la lame de son cutter sur le nez de Nicolas Fourreau. Cinoc, plus expérimenté dans le domaine de l'agression sexuelle, écarta d'un geste brusque les genoux de Clémence Colomb et la tira à lui. Seul le crâne de la jeune fille demeura appuyé contre le mur ; son corps à moitié dénudé était allongé dans l'herbe humide et les cailloux. Cinoc fit passer la lame dans son pubis. Hervé Snout observait cela avec admiration ; Cinoc savait y faire. Les larmes coulèrent sur les Gaffer. Cinoc riait. Il s'amusait bien. « Alors, ça fait quoi d'être presque morte ?

Bizarre, l'expérience, non ? Limite ! » Il sectionna une pincée de poils de la toison de Clémence Colomb, la renifla et la lui saupoudra sur le visage.

Ils décollèrent les Gaffer et en firent des bandeaux sur les yeux de leurs victimes.

Snout sortit de son sac un sachet de papier contenant une tranche de foie de veau.

Cinoc proposa à haute voix de couper un téton de la jeune fille. Elle se mit à pousser un cri strident. Snout trancha un morceau de foie et le fit renifler à Fourreau. « T'es un animal, Fourreau, t'as peur comme un animal, tu gigotes comme un animal, tu veux fuir la mort, comme un animal. Tu es un animal, Fourreau. Et les animaux, on les mange ! » Alors Snout lui enfonça le morceau de viande noir de sang dans la bouche. Clémence Colomb pleurait.

« Si vous dites un mot de ce qui est arrivé, on vous coupe autre chose. Un morceau plus gros, plus tendre. Et ainsi de suite. Compris ? »

En septembre 1995, Hervé était en CAP boucherie. Un apprentissage qui le comblait d'une totale félicité. Il dominait la viande en la tranchant. Il l'affaiblissait en la hachant. Il l'attendrissait en lui cognant dessus. Il la nettoyait de son gras, la libérait de ses nerfs, la dégageait de ce qui avait fait d'elle une part vive de l'animal, la réduisait à rien d'autre qu'un réservoir de protéines, un cube de chair sanguinolent, un aliment plein de vitamines. Il était le maître du muscle comestible, du muscle de l'autre exploité, du muscle au service de l'humanité. Ainsi, par cette domination, il prenait une distance incommensurable avec son muscle propre, comestible lui aussi, mais dont il poursuivait la glorification par le sacrifice d'un autre.

Jamais plus il ne serait souffre-douleur.

L'abattoir est enchâssé dans un quartier résidentiel avec commerces, à proximité du centre-ville. Selon l'expression, il fait partie du décor. Il est composé de quatre bâtiments, dont trois fonctionnent en deçà de leurs capacités. La concurrence est rude, les menaces de fermeture, fréquentes, et la gestion des personnels, impitoyable. L'entrée des livraisons s'effectue par un large portail donnant sur une vaste cour aménagée devant les bureaux. À droite de cette cour, le parking réservé aux employés. Le bâtiment principal de l'abattoir a l'avantage d'être de petite taille. Dimension artisanale à laquelle Hervé Snout tient beaucoup. Il abrite la direction et son secrétariat, le local technique, les salles de travail et la réfrigération. Aussi, on y est moins confronté au vacarme continu que dans les annexes consacrées à la boucherie, à la charcuterie et aux plats préparés, où des dizaines d'employés, hommes et femmes, travailleurs étrangers pour la plupart, débitent, tranchent, nettoient, émincent, hachent, transforment. Tous les bâtiments sont reliés entre eux par des couloirs frigorifiques dans lesquels des chaînes et des rails transportent les produits qui terminent tous sans exception à la réfrigération.

Le bâtiment principal est l'antre des tueurs. L'asile, dans le jargon. Parce que ça rend dingue. Trois équipes de trois hommes chargés principalement de l'abattage et de la première découpe y officient jour et nuit en se relayant.

Hervé Snout est présentement posté face à la baie vitrée de son bureau à l'étage, les mains dans les poches de son pantalon gris de toile épaisse, les pieds un peu écartés, et observe d'un œil sévère le déroulement des opérations, en contrebas, dans la salle d'abattage.

Xebat Meydan (dit Reb, un réfugié kurde quadragénaire qui habite cité Plassaert) se tient prêt pour l'électronarcose, l'étourdissement de l'animal par impulsion électrique. À coups d'aiguillon, Jo pousse le cochon dans le couloir d'amenée jusqu'au restrainer, sorte de cage exiguë dans laquelle il l'immobilise en fermant la trappe arrière. Naturellement, le cochon passe sa tête par l'ouverture dans un mouvement de vaine tentative de fuite. Reb en profite pour poser la pince sur ses tempes en s'assurant que les deux électrodes se maintiennent en contact avec la peau de l'animal malgré son agitation. Les cris suraigus du cochon résonnent dans la salle. Gabin Raybert (Gab) affûte son couteau de saigneur. Reb envoie la décharge électrique. Le cochon cesse instantanément de crier, se tétanise dans un tremblement général, ses flancs vibrant comme de la gelée, ses pattes se raidissant, articulations abolies. Ses yeux se révulsent, son groin remonte et ses narines s'élargissent, ses lèvres dévoilent ses dents jaunes et ses mâchoires comprimées. Le quintal de viande électrocuté grelotte de tous ses muscles – supplie-t-il pour que finisse la géhenne ? – et de violents spasmes le secouent à intervalles réguliers. Le cochon est à genoux, de la merde liquide sort de lui par jets tendus puis ramollis, il ne flanche pas comme le font habituellement les animaux étourdis, mais gémit dans des écumes de bave. Les employés ne paraissent pas incommodés par la pestilence qui émane de ce corps épuisé, mais palpitant comme une charnière animée d'hésitations entre vie et mort. Le cochon est tombé. Il respire encore. Raybert glisse son fusil dans le fourreau attaché à la ceinture de son tablier en caoutchouc. La lame de son couteau est prête à tailler dans les chairs. Reb dit que la bête est toujours vivante. À quoi Jo rétorque qu'elle va bien « dévier ». Raybert suggère à son collègue de réutiliser les pinces, les électrodes n'ont pas produit l'effet escompté. Cela arrive souvent – le défaut de contact – et les bêtes basculent sur le tapis et sont emmenées, encore conscientes, vers la découpe. Les derniers cris sont entendus au moment de l'égorgement et le cochon pendu par les pattes postérieures remue en se vidant de son sang.

Gabin Raybert, chef d'équipe, refuse de tailler dans de la viande « chaude ». Il a des principes. L'animal est à genoux, sa tête coincée dans les montants de métal de la cage qui compriment les chairs de sa gorge, où le sang pulse vers la cervelle. Reb, les poings resserrés sur les poignées de la pince électrique, se rapproche du restrainer avec sa légère claudication, place à nouveau les électrodes sur les tempes de la truie qui réagit mollement à ce contact en tremblant du groin et en émettant un gargouillis grave. Concentré sur sa fonction, Reb envoie la décharge. Le corps de la truie vibre pendant plusieurs dizaines de secondes. Urine et lisier éclaboussent les bottes blanches de Jo qui ne bouge pas. La bête s'immobilise enfin.

Depuis son poste d'observation, le directeur n'a pas manqué un seul instant de ce travail lamentable. Il marmonne son jugement dans sa barbe en opinant négativement, le visage figé dans une grimace d'agacement. Ce n'est pas la première fois que ça arrive. Il va falloir prendre des dispositions. Ce tueur kurde est un mauvais. On ne peut pas perdre du temps, et de l'argent – l'électricité n'est pas gratuite –, à cause de manipulations foireuses, à cause de gens qui ne connaissent pas leur métier. Ici, on a autre chose à faire que de la formation. Précision, efficacité, rendement. Point final.

Pourquoi a-t-il utilisé la pince à deux reprises ?

Debout dans la position du subalterne convoqué, Xebat Meydan répond quelque chose avec son accent. Le cochon n'était pas mort alors Raybert lui a ordonné de recommencer l'opération d'étourdissement.

« Je ne veux pas le savoir ! » tranche Hervé Snout.

Reb travaille depuis deux ans à l'abattoir. Après l'obtention de sa carte de séjour (attendue dix-huit mois), il a été embauché par les établissements Snout et a enchaîné les contrats courts pendant plus d'un an. Il a signé début janvier un contrat à durée déterminée de six mois. Snout l'a prévenu : « Pas de vagues, hein ? Ici, tranquille. Boulot, boulot. » Reb connaît le sens de l'expression *se tenir à carreau*. Il a vécu les assauts des fascistes de Daesh au Kurdistan syrien, s'est caché dans les montagnes, a reçu une balle dans la hanche, a été prisonnier, torturé, s'est évadé. *Se tenir à carreau* est une attitude qui entre dans le champ de ses capacités, mais, pense Reb à l'instant où Snout hausse le ton, ses limites propres atteintes, il saura prendre les décisions qui s'imposeront.

Qu'est-ce que ça pouvait lui foutre, au Kurde, que le cochon ne fût pas mort ? Dans tous les cas, il finit en barquettes dans les centres commerciaux du territoire. Snout rappelle à Meydan que la boîte doit tourner, qu'on ne peut pas s'arrêter à des états d'âme de jeune fille, que les clients ne peuvent pas attendre au-delà d'un délai raisonnable et que le temps qu'on passe à réparer des conneries n'est pas prévu par les termes du contrat. Le directeur dit cela en alternant sourire et visage grave. Il se balance d'avant en arrière, s'accoude à son bureau pour réduire un peu la distance qui le sépare de son employé, la moue faussement complice, s'adosse à son fauteuil de cuir ergonomique dans la posture du paternel autoritaire ou du mafieux de province, ce qui revient à peu près au même.

Reb n'est pas vraiment impressionné par le manège patronal et répète avec son fort accent qu'il obéit aux ordres du chef d'équipe.

Snout l'interrompt : ce n'est pas Raybert qui dirige cette usine, « putain de merde ! », il n'en a rien à cirer des élucubrations de ce Kurde et du bien-être animal ! Il veut que ça tourne, que ça dépote. On est le dernier abattoir du coin et si on fait un sale boulot, ils feront venir les cochons de Roumanie, découpés et prêts à la consommation. C'est ça qu'il veut, le Kurde ? L'étourdissement doit être effectué en une fois, c'est clair ? Si on se met à pleurer pour un cochon, alors on n'a pas terminé les simagrées. Si la cadence est ralentie parce que, premièrement, les pinces sont mal posées (et ça, de base, c'est Meydan le responsable) et, deuxièmement, parce qu'il faut pas faire du mal aux p'tites bêtes, on n'a pas le cul sorti des ronces.

« Pas la peine d'énerver pour dire », remarque Reb.

Sur ce, Snout inspire profondément, décolle son dos du

fauteuil, penche son buste au-dessus de son clavier, avant-bras l'un sur l'autre et regard fixé sur l'agenda des commandes, des livraisons et des rendez-vous, et répète dans sa barbe d'un air consterné : « Pas la peine d'énerver. » Il n'aurait jamais dû embaucher Xebat Meydan ; il savait qu'avec ces gens-là, c'est le merdier ; qu'est-ce qu'il vient le faire chier avec sa souffrance animale alors que lui, dans les abattoirs de sa putain de religion, ils s'emmerdent pas à étourdir les gorets avant de les saigner ? Alors pourquoi, lui, Hervé Snout, il se prendrait la tête avec ces conneries, « putain de merde ! ». Et puis, de toute façon, Meydan, il bouffe pas du halouf ? Bon alors ? Faudrait quand même voir à pas trop. Inutile de donner des leçons à ceux qui essaient justement de faire les choses dans les règles de l'art. Si le cochon n'est pas étourdi du premier coup, c'est tant pis pour lui. On va pas arrêter la machine pour si peu. Déjà qu'on est à la limite de fermer l'abattoir pour des raisons de compétitivité insuffisante ; si, en plus, on fait les sensibles, autant déposer le bilan tout de suite.

Dans un français approximatif, Reb demande au patron ce qu'il entend par : « Avec ces gens-là, c'est le merdier. » Un court silence succède à la question. Snout est circonspect. Meydan entend-il obtenir une réponse ? Snout s'abaissera-t-il à l'exposé explicatif de ses convictions relatives à *ces gens-là* qu'il juge tous comme plus ou moins barbares ? À quelle heure l'employé compte-t-il regagner son poste ? Une menace de retenue sur salaire sera-t-elle nécessaire ? A-t-il besoin d'un petit remontant ? Que peut produire son insolence, à son avis ? Pourquoi n'effectue-t-il pas spontanément un demi-tour afin de se diriger vers la sortie ? Pourquoi fait-il un pas en avant et pose-t-il ses deux grosses mains sur le bureau du chef ?

Snout s'abstient donc de répondre. Il attend de savoir ce qu'ils veulent, les quatre-vingt-dix-huit kilos du Kurde.

Dans la pièce voisine, la secrétaire, Élodie Moreau, tend l'oreille. Elle connaît les emportements du directeur qui possède un vocabulaire fourni dans le domaine de l'insulte. Elle est donc toute préparée à en entendre de belles. Mais c'est le silence.

Xebat Meydan s'est penché vers le patron et le prévient qu'il risque, un jour, de se heurter à quelque obstacle, que dans les relations d'employeur à employé, le respect occupe, selon lui, une place centrale et qu'il démissionne donc dès aujourd'hui. Il ne s'est jamais mis à genoux devant ses geôliers, n'a jamais supplié ses tortionnaires, alors il préfère partir maintenant, libre.

Après avoir informé le patron qu'il s'en va sur-le-champ, Reb se penche un peu plus et lui parle à voix basse.

Élodie Moreau n'entend qu'un murmure suivi d'un acquiescement et d'un bruit de porte. Un instant plus tard, Snout passe sa tête blanchâtre de chihuahua plaintif dans l'entrebâillement et demande à sa secrétaire de préparer une rupture de contrat à l'amiable. Il regagne son fauteuil. Son rythme cardiaque ralentit, ses tremblements s'estompent. Des tremblements qui résonnent avec ceux de sa période de harcèlement au collège. Il fait mine de se moquer des menaces de Meydan et de la frayeur qui lui a cinglé l'échine. Qu'est-ce qu'un licenciement ? Rien que de la paperasse. Le Kurde touchera son indemnité pendant trois mois et il reprendra l'avion en sens inverse, bon débarras, on n'est pas des chiens, mais on n'est pas non plus des moutons, on ne peut pas s'attendrir sur toute la misère du monde. À la suite de cette série d'arguments frappés au coin du bon sens, un chapelet d'insultes lui monte à la gorge, humilié qu'il est par sa propre lâcheté, son défaut d'appréciation. Snout a observé Meydan qui s'est éloigné d'une démarche assurée, le corps droit et large, et cela l'a rempli de haine. « Sale race. » Et Raybert, il ne va pas falloir qu'il se prenne trop longtemps pour ce qu'il n'est pas. Maintenant, il faut remplacer le Kurde et ce ne sera pas compliqué étant donné la foule de chômeurs qui se presse au portillon. Raybert lui fournira des noms – il connaît tous les crevards de la ville –, le premier Français fera l'affaire. Électrocuter un cochon est à la portée de n'importe qui. Une formation de dix minutes et c'est réglé.

Un peu avant 18 heures, Snout fait coulisser un pan de sa baie vitrée et interpelle Zachary Pinoche qui est en train de passer le jet sur le banchet où il a vidé quelques agneaux. « Hé, Pinoche, t'en as fait combien ? » lance-t-il de sa voix nasillarde qui se répercute sur les parois de métal des cloisons, les murs de béton et les tôles du toit.

« De quoi ? » répond l'employé occupé à faire glisser des morceaux de sang caillé dans les bondes.

« Des agneaux ! »

Pinoche retire les bouchons de protection de ses oreilles.

« Hein ? »

« Des agneaux, putain ! »

Pinoche répond qu'il en a abattu une trentaine.

« Tu me mets quatre cervelles de côté. »

2

Chambre des Snout

Vendredi 23 février 2024
22 h 24
(53 jours avant la disparition)

La chambre d'Odile et Hervé Snout, au rez-de-chaussée, est un carré de quatre mètres cinquante de côté dans lequel s'inscrit un lit, carré également, de deux mètres. De part et d'autre de celui-ci sont disposées deux tables de nuit identiques de style nordique (bois clair, pieds fins, un tiroir) supportant, pour celle de droite (Odile), une lampe de chevet tactile en métal et plastique blanc, un roman policier de Nieto et Rogers intitulé *La Dernière Nuit du Docteur Dinteville*, un téléphone portable à coque fantaisie et, pour celle de gauche (Hervé), la même lampe, un exemplaire du quotidien régional annonçant à la une dans un encart rouge que le cycliste Jérôme Morellet, un gars du coin, a remporté brillamment le tour des Alpes-Maritimes, un téléphone à coque noire. Dans la tête de lit sont intégrées deux lampes individuelles de lecture. Les portes coulissantes de l'armoire sont des miroirs. La porte-fenêtre donne sur le jardin derrière la maison. La chambre est une pièce essentiellement dédiée au sommeil.

Le volet extérieur est baissé, la lampe de gauche allumée en mode tamisé. Hervé est sur Odile allongée à plat ventre, jambes écartées, bras repliés sous l'oreiller. Il serait heureux (et rassuré) d'atteindre une érection dont la fermeté lui permettrait de pénétrer son épouse convenablement. Cela n'est pas arrivé depuis plusieurs mois. Plusieurs années peut-être, on ne sait plus trop ; Hervé ne souhaite pas s'encombrer avec cela pour le moment, le temps, les dates, car ces calculs occasionneraient d'autres pensées à propos du couple et de sa routine, de l'amour qui s'éteint et, subséquemment, son érection fondrait comme neige au soleil. Déjà que ce n'est pas terrible… Alors, il préfère rester concentré sur ce qu'il y a à faire. Or, l'horizon de la pénétration est encore et une fois de plus assez éloigné et les options s'écartant de cette pratique, somme toute traditionnelle, Hervé n'y a pour tout dire jamais réfléchi. Ou, plus précisément, n'y a jamais vraiment réfléchi ; des idées lui sont venues, oui, et il a tranché. Le cunnilingus, il n'aime pas ça – pour des raisons d'hygiène, mais surtout parce qu'il aurait le sentiment de se soumettre à Odile et ça, il ne peut pas, la soumission, c'est terminé depuis belle lurette ; les caresses diverses, mutuelles, simultanées ou non, avec les doigts, les pieds, la langue, les baisers, les mots, l'utilisation d'objets, d'aphrodisiaques et autres jeux érotiques (la fessée, le martinet, les choses en cuir) relèvent des fioritures dont les potentialités et les bénéfices ont été exclus d'emblée de la surface du couple Snout ; quant à se faire pénétrer par Odile, voilà une option qui ferait bien rire Hervé si d'aucuns l'envisageaient.

Le coït, donc. Le problème d'Hervé, c'est qu'il s'avoue vite vaincu (cela ne l'empêche pas d'insister, mais sans optimisme).

Il s'agite vainement, se masturbe un peu, pénètre Odile avec un doigt dans l'espoir que cela provoquera chez lui (chez elle, c'est une autre histoire) un nouvel élan, un souffle inespéré, un raidissement musculaire apte à le tirer de la mauvaise passe où il est embourbé. Il regarde les fesses d'Odile et, plus précisément, la raie des fesses d'Odile, et il entrevoit ce qui s'y tapit et il fixe tant cet endroit qu'il en perdrait un œil, mais rien ne s'éveille pourtant et le temps passe avec une lenteur scandaleuse.

Il se redresse, relève la tête, expire par les narines un long soupir, quitte un instant ces fesses, ces reins, ce dos magnifique et ses yeux se posent sur le poster, au-dessus de la couche, qui représente un paysage exotique, souvenir de leur voyage à Tahiti en 2008, bien avant la naissance des enfants. En ce temps-là, tout était différent. La proximité des corps, la vivacité des gestes, la profondeur des regards, la spontanéité, les rires, les initiatives. Et le climat de Tahiti, les fruits aux saveurs inconnues, les autochtones tellement sympathiques autour du village-vacances, les poissons grillés sur la plage, les soirées découvertes avec rhum vanille et vahinés, tout cela offrait à l'amour l'environnement idéal à son plein épanouissement. Mais Hervé doit se reprendre. Donc, les fesses d'Odile. Oui. Elles sont là et devraient lui suffire. Pourquoi ne lui suffisent-elles pas ? Ou plus ? La question de savoir pourquoi les fesses d'Odile ne suffisent plus à Hervé ne se pose pas à lui en ce moment délicat, même de façon fugace. Il faudrait pour cela s'asseoir, réfléchir à tête reposée aux causes de ses défaillances, en parler avec Odile, pourquoi pas, et trouver ensemble des solutions adéquates, réinventer leur sensualité, se réserver des temps d'intimité pour se retrouver, se redécouvrir. Bon. On verra ça plus tard. Ou plutôt, non, on ne verra rien du tout plus tard parce que si on se met à causer de cela, c'est l'engueulade assurée. Bon.

Pour l'instant, Hervé est toujours sur Odile, qui ne dit pas un mot. Des pensées la traversent. Elle aimerait que les choses se concluent rapidement, qu'Hervé aboutisse, et qu'on en finisse.

Il lui demande d'attendre. Il dit, comme ça : « Attends », dans un hoquet d'effort qui trahit son impatience et sa gêne.

Mais elle attend, Odile. Elle attend. Elle ne fait que ça, attendre, visage de côté sur l'oreiller et paupières closes. Hervé est dans son dos, il se trémousse comme un désespéré, il essaie ci, il essaie ça, il incite Odile à se redresser, à se positionner sur ses genoux, le buste baissé, les fesses en l'air, ce à quoi elle consent dans un mouvement d'abnégation qui n'est pas sans signaler à monsieur le labeur fourni par madame (il ne peut pas dire qu'elle rechigne), résignation qu'elle interrogera plus tard, car il faudra bien, un jour, mettre les choses à plat, prononcer le mot de sacrifice, questionner le sens des compromis, le silence, les secrets, l'absurdité de cette relation ; enfin, pourquoi s'inflige-t-elle cela depuis tant d'années ? Les droits et les devoirs conjugaux, la fonction maternelle, le mariage et l'engagement, le projet d'un couple. Ces questions parfois l'effleurent, mais qu'en faire ? La réflexion est reportée sine die, plaçant ce énième report au-dessus d'une pile déjà haute et reléguant la fuite au rang de la pulsion infantile. L'adulte reste, assume, s'enracine dans la raison ; c'est l'enfant qui part, l'enfance qui déserte le cœur des êtres installés.

Elle sent vaguement que quelque chose de tiède tente d'entrer en elle, manque sa cible, se plie, insiste, décidément, ce n'est pas son soir. Alors elle pense au si beau sexe de Martin Blach pour lequel le sien s'ouvre tout seul comme un coquelicot ; et elle pense aussi aux autres. Le sexe si fin d'Olivier Gratiolet qu'elle aimait tant prendre dans sa bouche parce qu'il avait la taille d'un sucre d'orge de fête foraine ; le sexe court, mais consistant, de François Breidel qui s'empourprait au moindre regard ; le long sexe brun et lisse comme le marbre d'Abel Speiss, son Alsacien sentimental, qui la pénétrait si lentement que cela décuplait ses dimensions. Ces pensées ont le double avantage de tromper son ennui tout en la plongeant dans son album de souvenirs, et elles poursuivent un temps leur vagabondage : demain soir, elle optera pour des produits de la mer, une terrine de saumon en entrée puis des médaillons de lotte au four. Ah, et son dimanche, tenez, elle le passera dans son atelier avec trois bonnes bûches dans le poêle, ses couleurs et ses pinceaux, sa toile en cours – une sorte de *Déjeuner sur l'herbe*, façon Odile – et personne pour venir l'embêter. C'est ici, dans la peinture, qu'elle ressent pleinement la puissance de la vie.

Dans un soupir sans timbre, Hervé capitule. Odile tombe sur le flanc et se recouvre de la couette sans prononcer un mot. Elle observe son époux qui enfile un pantalon d'intérieur, un T-shirt et sort de la chambre.

La mélancolie est ce que respirent les propriétaires de cette maison.

Hervé se rend dans la cuisine, où il boit un verre d'eau minérale, ouvre une porte du réfrigérateur, reste une minute devant son contenu, ouvre l'autre porte et pioche un reste de jambon blanc dans son emballage déchiré. Il allume la télévision et s'assoit sur un coin de table. Il visionne la fin d'un reportage sur la grandiose cérémonie des Jeux olympiques de l'été 2024. Le compte à rebours est lancé pour cet événement hors du commun qui rassemblera, au bas mot, six cent mille spectateurs sur les berges de la Seine, un milliard de téléspectateurs, cent soixante bateaux, une déambulation de six kilomètres, dix mille cinq cents athlètes, deux cent six nations, cent vingt chefs d'État. Un moment unique.

Odile apparaît sur le seuil de la pièce. Hervé lui jette un regard et se recolle à son écran. Odile, qui s'est vêtue d'une chemise de nuit blanche échancrée, est pieds nus sur le carrelage et attend, semble-t-il, une explication. Elle interpelle donc son époux en ce sens. Comment est-il possible qu'il quitte la chambre sans une parole et laisse sa femme livrée à elle-même sur ce lit froid dans un silence qu'elle juge humiliant ? Et elle n'évoque même pas sa frustration puisque celle-ci semble être le cadet des soucis du goujat.

Il ne répond pas.

On aura tout vu. Un nouveau cap est franchi, on dirait. Odile se dirige vers la télécommande posée sous l'écran, s'en empare et appuie sur off.

« Quelque chose ne va pas ? » s'enquiert-elle.

Alors. Premièrement, Odile pourrait consulter Hervé avant d'éteindre la télévision, déjà, premièrement. Et deuxièmement, oui, il y a des choses qui ne vont pas, disons des attitudes, une sorte de solidarité maritale qui ne s'exerce plus, ou c'est tout comme, et ça, vraiment, c'est chiant.

Odile produit une moue interrogative, elle ignore sincèrement de quoi Hervé veut parler, elle se maintient muette dans l'attente des éclaircissements qu'il voudra bien lui apporter.

Oui, oui, non mais bien sûr, là, c'est oublié, évidemment, la mémoire sélectionne les sujets les plus intéressants. Et le reste…

« Le reste, quoi ? » Odile ne comprend rien. Qu'est-ce qu'elle a fait, qu'est-ce qu'elle a dit ? Hervé aurait-il l'amabilité d'être un peu moins abscons ? Si possible.

Tout à fait. La question est simple : pour quelles raisons Odile n'abonde-t-elle pas dans son sens à lui quand Tara, lors d'un caprice grossier, refuse de goûter ne serait-ce qu'un tout petit morceau de la cervelle d'agneau servie ce soir ?

Le silence qui succède à la question d'Hervé Snout est encore d'Hervé Snout.

Odile est stupéfaite. Bouche bée. Pour empêcher ses bras de tomber, elle les croise sur sa poitrine. Et le silence s'éternise parce que, là, on a atteint des niveaux inédits dans l'absurde ; c'est ce qu'elle pense, Odile, à cet instant précis. Que signifie cette affligeante pirouette ?

« Alors ? » insiste Hervé. Il imprime un mouvement répétitif de flexion extension à sa jambe gauche, celle qui pendouille dans le vide, tandis que l'autre maintient son point d'ancrage au sol. « Hein ? »

La question qui brûle les lèvres d'Odile est la suivante : « C'est pour cette raison que tu ne bandes pas ? » Mais elle n'ose pas. Simplement, elle pense qu'ils auraient peut-être dû divorcer quand il en était encore temps.

Peut-être qu'il en est encore temps, lui susurre une voix au fond d'elle. Non, non, c'est trop tard. Soit on fait les choses quand c'est le moment, soit on ne les fait pas. « Mieux vaut tard que jamais » est l'expression de ceux qui ont enfermé leur existence dans une salle d'attente.

C'est donc cela (une cervelle d'agneau) qui explique le comportement d'Hervé ? Très bien. Tara a le droit de ne pas aimer la cervelle d'agneau, cela n'a rien d'exceptionnel chez une enfant de son âge ; et c'est Eddy qui a mangé la part de Tara. Donc : opération zéro gâchis.

Hervé arrête Odile tout de suite. Le problème n'est pas (« Parce qu'il y a un problème ? » intercale Odile, toujours bras croisés, mais sans faire dévier Hervé de sa trajectoire) d'aimer ou de ne pas aimer la cervelle d'agneau – Tara refuse catégoriquement de goûter un milligramme de cet aliment – ni de décorer Eddy pour son geste écologique, mais de bénéficier, dans ce type de situation, du soutien d'Odile sans lequel Hervé est pris pour un con. C'est d'une simplicité enfantine. Il serait superflu de s'étendre des heures sur ce sujet.

Très bien. Ne nous étendons pas. Odile préfère regagner la chambre, s'endormir le plus rapidement possible, oublier cette soirée stupide. Demain, elle se rendra au salon de coiffure, où elle a ses habitudes, en ressortira avec une chevelure d'un blond éclatant (ou bien on aura juste retouché les racines et coupé un peu les pointes), ira acheter six gâteaux à la pâtisserie du centre-ville (les Fresnel, des amis à elle, viennent dîner) puis elle ira flâner dans la rue piétonne, fera une halte à la galerie d'art, s'achètera une crème pour le visage, des bottines de cuir pour finir l'hiver, un tube de bleu céruléum et un turquoise de cobalt chez le marchand de couleurs afin de finaliser sa copie du *Boulevard de Clichy* de Paul Signac et cent grammes de thé vert aux écorces d'oranges.

3

Appartement de Gus

Mardi 27 février 2024
15 heures
(Quarante-neuf jours avant la disparition)

Gustave Romonde, dit Gus, est un homme de trente-deux ans. Malgré ses traits grisâtres et anguleux, qui donnent à son visage des airs de cafard, Gus paraît jeune, adolescent presque. Sa petite taille n'est pas étrangère à cette impression, ni sa maigreur, tandis que son dos voûté exprimerait l'inverse. On a toujours le sentiment que Gus est fatigué, qu'un poids pèse en permanence sur ses épaules, va l'écraser, le faire disparaître dans le sol. Avec un œil qui joue à la belote et l'autre qui compte les points, Gus passe pour un fourbe auprès des méfiants. Il parle peu, est timide et craintif. Les seules relations qui lui importent sont celles qu'il entretient avec son frère Gabin et ses parents adoptifs, Nadine et Alain Raybert.

Quand Gus travaille, ce n'est jamais pour de longues périodes. Il fait de la mise en rayon, du nettoyage industriel, de la livraison à bicyclette, du gardiennage ponctuel, de la mise sous plis. De quoi survivre, de quoi s'estimer autonome. Il a tenté plusieurs fois de passer son permis de conduire, mais ce n'était pas son truc, il a abandonné l'idée.

Il occupe un deux-pièces au dernier étage du bâtiment B de la cité Toits et Joie, meublé en majeure partie grâce à Nadine et Alain, qui ont fourni table, chaises, canapé, lit et électroménager. Pour la décoration, Gus a fait confiance au hasard de ses pérégrinations et de ses trouvailles : la rosace d'un embrayage de Citroën Xantia 2l HDi est accrochée à un mur de la cuisine ; un segment de racine de saule tortueux au-dessus du canapé ; en face, l'affiche déchirée d'une exposition d'artistes locaux ; et d'autres déchets de ce genre, plaque de tôle rouillée, éclat de plastique, que Gus glane ci et là, sont exposés comme les œuvres d'un chiffonnier artiste anonyme. Ses parents n'ont pas d'avis tranché sur le goût du jeune homme pour la récupération et acceptent, cœur ouvert, les « cadeaux du petit » – un bidon d'huile écrabouillé, une pelle sans manche rongée par la rouille – ; Gabin, lui, secrètement, trouve cela un peu bizarre, mais Gus est son frère, il l'aime comme il est. Gus se sent bien parmi ses trésors qu'il amasse, qu'il accroche au plafond au bout d'une cordelette, ou dont il remplit des sacs soigneusement rangés dans un placard.

Les douze premières années de la vie de Gus sont une période nue, au propre comme au figuré. Une période dépourvue d'affection, de parole, de rêve, d'espace, de lumière, de rire. Gus dort sans couverture au grenier, est enfermé dans la cave pendant des jours sans nourriture, attaché à la niche avec la chaîne du chien. Ses mère et grand-mère rivalisent d'ingéniosité, galvanisées par l'alcool, la haine, la bêtise et l'esprit de compétition. Gus est parfois laissé inanimé sur le ciment du garage après une séance de flagellation au câble électrique quand ce n'est pas des suites du supplice de la baignoire. Lors de l'intervention des services sociaux de l'aide à l'enfance, le médecin ne peut dénombrer ni les fractures ni les brûlures de cigarette. Les deux femmes sont incarcérées et l'enfant recueilli débute une nouvelle période de son existence où, aidé par d'autres, il tente de récupérer les mille morceaux de son être éparpillés et de les recoller un à un, patiemment, pour qu'ils tiennent tous ensemble debout.

De temps à autre, d'un œil de Gus coule une larme sans que le jeune homme ait eu de pensée particulière sur son passé d'enfant martyrisé ; une larme résiduelle comme l'écho muet d'une blessure qui ne cicatrise pas.

Gus vient de rentrer de promenade et de vider sur la table son sac de toile empli de ce qu'il a ramassé. Papiers, morceaux de tissu, pièces de métal, fragments de plastique. Il classe par catégories les éléments de son butin. Il soulève ensuite le couvercle d'un carton contenant son matériel de couture, ses pinces, ses ciseaux, ses tenailles, sa colle et sa réserve de matières premières. D'un autre carton, format chaussures, il extrait son œuvre en cours : une espèce de poupée de chiffon faite d'un agencement de tissus, de boulons, de fil de fer. Il lui manque bras et jambes. Gus choisit quatre tiges de métal qu'il emberlificote de bandes de tissu bariolé. Il passe un fil épais et solide dans le chas d'une grosse aiguille. Chaque membre, grossièrement cousu, sera rattaché au corps avec de la ficelle. Puis la poupée ou, selon l'appellation de Gus, le bonhomme sera muni d'un crochet en haut du dos, exposé un temps quelque part sur un mur de l'appartement et, plus tard, remisé dans une boîte. Des dizaines de boîtes s'empilent dans le placard de l'entrée et la penderie de la chambre.

Gus travaille dans le silence. Il ne regarde jamais la télévision. Cela lui rappellerait des scènes de torture pendant lesquelles ses cris étaient partiellement couverts par les voix idiotes des animateurs du petit écran. Il n'écoute pas davantage la radio. Il n'est au courant de rien. Ce qui se passe dans le monde l'indiffère. Connaît-il seulement le nom du président de la République ? Cela lui apporterait-il quelque chose de connaître le nom de ces gens-là ? Il n'a d'intérêt que pour son monde à lui, peuplé de bonshommes tordus et de quelques humains, son frère Gab et ses parents et, ponctuellement, des collègues de travail avec lesquels il ne tisse aucun lien. Il possède un téléphone portable pour passer des coups de fil à Gab et répondre aux messages de Nadine. Parfois, il entend les voisins du dessous. Au-dessus, personne, le ciel.

Sur la table, il y a aussi un fouillis de paperasse. Ses contrats d'intérim, ses bulletins de salaire, ses quittances de loyer. Régulièrement, Nadine vient l'aider à ranger, à classer les documents importants dans des pochettes.

La fenêtre du salon est exposée plein sud. Gus regarde souvent les pigeons tournoyer entre les autres bâtiments de la cité, les grands platanes du parking, les toits de la ville et, plus loin, la masse sombre de la forêt de Beaumont.

Posé en évidence sur la pile de pièces administratives, la lettre de convocation à un entretien d'embauche pour un poste d'assistant dans les établissements Snout. En difficulté après le départ de Xebat Meydan, le directeur a sollicité Gabin Raybert, pour lequel il n'a aucune attirance particulière – c'est une forte tête, un élément à surveiller –, mais qui est un gars sérieux. Raybert connaît du monde, il mettra Snout sur une piste, on évitera de la sorte les interminables coups de téléphone aux fournisseurs d'employés.

Après une rapide étude de la demande, Gabin a donné le nom de Gustave, avec l'approbation de ce dernier, sans dévoiler cependant leur lien fraternel. Pour Gus, travailler aux côtés de son frère est la garantie d'une sécurité totale.

Gus jette un œil à la lettre. Il est inquiet et rassuré à la fois. Demain matin, mercredi, à 9 heures, il se rendra à l'entretien.

4

Section d'abattage des cochons

Lundi 4 mars 2024
6h12
(Quarante-trois jours avant la disparition)

Le porcelet identifié par l'immatriculation FR 35ABC 501215 (femelle) est né en août 2023 dans un élevage intensif situé à deux cents kilomètres de l'abattoir. Il pesait à la naissance moins de deux kilogrammes. Sa queue fut coupée pour éviter les morsures et autres actes de cannibalisme. Il a été allaité par sa mère pendant un mois dans une logette à barreaux, puis séparé d'elle et placé avec ses congénères de même taille dans un logement chauffé, où il a été nourri aux granulés. L'éleveur a surveillé sa croissance et lui a administré des antibiotiques pendant huit semaines. FR 35ABC 501215 a ensuite déménagé vers un logement plus grand au sol de béton et plastique dur ajouré afin de faciliter l'évacuation des excréments et des urines vers les fosses à lisier. Il est resté quatre mois dans ce lieu d'engraissement, où il a obtenu son statut de porc charcutier. Son poids a été multiplié par cinquante. À l'issue de cette période, FR 35ABC 501215 a été libéré de ce logement et aiguillonné vers l'espace de départ pour son transport en direction de l'abattoir. Il a stationné quarante-huit heures dans cet endroit avant d'être placé dans la case numéro 5 d'un véhicule à trois étages. En montant dans le camion, il s'est blessé contre une partie saillante de la rampe de chargement. Depuis la case, il a perçu le ciel pour la première fois. Plusieurs ouvertures latérales défectueuses n'ont pu être fermées ; certains animaux n'ont donc pas été protégés du froid pendant le voyage qui a eu lieu le lundi 4 mars à 3 heures (température extérieure : – 3 degrés). Quatre bêtes devaient mourir avant l'arrivée. L'exiguïté de la case, occupée par dix autres cochons, n'a pas permis à FR 35ABC 501215 de s'allonger (moins d'un demi-mètre carré par élément). L'eau n'a pas été distribuée en quantité suffisante, paramètre du voyage qui a provoqué conflits et blessures. FR 35ABC 501215 a respiré des gaz d'échappement. Le trajet a duré trois heures trente-cinq minutes à l'issue desquelles FR 35ABC 501215 a été invité par l'aiguillon à descendre du véhicule. Il boitait, était agité, a glissé sur le quai de déchargement jusqu'au sol bétonné, où il a vomi et s'est figé, refusant d'avancer vers la zone de destination finale. Des lésions cutanées avec hémorragies moyennes étaient visibles sur ses flancs ; ses articulations étaient enflées. Le personnel de l'abattoir a poussé l'animal pour qu'il gagne cette zone rapidement. Il a émis des cris stridents, a fait demi-tour, mais une décharge électrique l'a replacé dans le sens de la marche. Les blessures de FR 35ABC 501215 ayant été constatées par le responsable du bien-être des animaux (en l'occurrence le directeur de l'établissement, Hervé Snout) et par l'agent des services vétérinaires, l'unité a été conduite dans les meilleurs délais à la section d'abattage.

FR 35ABC 501215 est maintenant enfermé dans le restrainer. Joseph Troquet explique à Gustave Romonde le fonctionnement des pinces d'étourdissement.

Gus observe attentivement les gestes de Jo, qu'il trouve gentil. Ce que Gabin lui avait dit du personnage se confirme. Jo est une figure incontournable de l'abattoir depuis plus de vingt ans. C'est un homme qui vient d'atteindre miraculeusement le demi-siècle. Rondouillard à tignasse blanche dispersée sur un crâne qui file en avant, Jo regarde le monde de loin, sans s'offusquer de rien, avec un fatalisme inébranlable. Il en a terminé avec la colère. Le monde court à sa perte, l'industrie a tout bousillé, les dirigeants sont, au choix, des malades mentaux, des salauds ou les deux; nous sommes en 2024 et ils n'ont toujours pas viré de bord pour changer quelque chose au dérèglement climatique, à la misère des peuples, aux trafics d'armes, à la consommation de produits inutiles; maintenant, c'est trop tard, les enfants d'aujourd'hui seront ceux de la catastrophe. Alors, Jo est toujours de bonne humeur. La mauvaise humeur appartient aux optimistes naïfs qui espèrent encore s'en sortir indemnes, qui pensent que la négociation avec les brutes gouvernementales et oligarchiques portera des fruits, qui râlent, défilent dans les rues, jouent aux révolutionnaires. Pour Jo, tout est prétexte à rigolade : les manifestations des sauveurs de planète, les élections de 2027, le partage de l'Afrique entre les Russes et les Chinois, la disparition de la forêt amazonienne, le pergélisol qui libère des bactéries préhistoriques. La bonne humeur de Jo est le premier symptôme de son désespoir. « Tout est foutu, autant se marrer. » Il prononce souvent cette phrase avec un grand sourire dans son visage au teint cireux, brillant, suintant l'alcool. Parce que Jo boit du matin au soir et du soir au matin. Il ne se couche jamais, il s'effondre sur son canapé dégueulasse, à côté de son chien mal coiffé ou en travers du lit quand ses pas l'ont pu mener jusqu'à sa chambre, sorte de container de vieux tissus pourris en tas, ou sur le lino du couloir et il s'entaille le front sur la poignée de porte de la salle d'eau.

Pourtant, Jo fait preuve d'une ponctualité à couper le souffle. Gab se demande comment son collègue parvient à se lever quand il a bu jusqu'à 2 heures du matin et que le réveil sonne à 5. Jo est une énigme.

Il survit dans son deux-pièces du centre-ville. Hormis mettre à mort des animaux et boire de l'alcool, Jo (quand il tient debout) se balade dans les rues de la ville et photographie des passantes avec son portable. Il s'assoit sur un bac à fleurs de la rue piétonne ou flâne autour de la mairie et, l'air de rien, cadre approximativement ses sujets et appuie sur le déclencheur. Il effectue ensuite des tirages papier et les classe dans des albums. Sous chaque image de femme anonyme, il écrit une légende : Natacha sous un platane; Natacha le long du canal.

Jo passe aussi un temps fou au bar du Kahoua, chez Olga.

FR 35ABC 501215 est mort. Gab attache ses pattes postérieures à une chaîne et c'est Gus qui actionne la télécommande de l'élévateur. FR 35ABC 501215 part pour la saignée. En bon pédagogue, Gab explique à Gus chaque étape de la découpe : le tranchage des pattes, la décapitation, la scie colonne qui scinde l'animal en deux, le tri des boyaux et des abats rouges et blancs, l'épilation au chalumeau, la tête coupée en deux parties symétriques, la répartition des morceaux dans les caisses à destination de la boucherie et de la charcuterie. Sauf le léger dégoût que ressent Gus au spectacle de la réduction d'un animal de cent kilos à des quartiers de muscles de huit cents grammes, c'est l'admiration pour son frère qui le maintient dans une attention optimale.

Gab explique drôlement bien. Il sait tout. Et il parle lentement pour qu'on comprenne comme il faut. Avec son gant en acier maillé qui lui remonte jusqu'au coude, il ressemble à un soldat des anciens temps. Heureusement qu'il est là, Gab. Il est grand et fort. Aucun risque. Il a trente-cinq ans, trois de plus que Gus. Il a une fiancée, aussi. Elle s'appelle Olga. Elle est belle. C'est normal, il est beau avec ses cheveux châtain clair un peu longs, ses yeux bleus et sa barbe bien taillée. Gus n'a pas de fiancée. Comment ferait-il pour rencontrer une femme ? Il faudrait qu'il puisse lui adresser la parole, l'inviter au restaurant, lui proposer des promenades intéressantes et ce genre de choses. Gus ne sait pas faire cela. C'est au-dessus de ses capacités. De plus, il est déjà très pris par ses activités de confection auxquelles s'ajoutent ses heures à l'abattoir. Il n'a plus le temps. Quand Gus surprend son reflet dans le miroir de sa salle de bains, il comprend – il n'est pas bête – que ses chances de plaire à une femme un jour sont nulles. Il n'attirera jamais personne avec cette tête. C'est comme ça. La seule femme qui l'embrasse tendrement, c'est Nadine, sa mère. Alain, son père, le regarde, parfois, avec un sourire attendri et sa pudeur l'empêche de dire ce qu'il pense au fond de lui, mais Gus comprend, il entend – il n'est pas bête – ce que veut lui dire Alain. L'important, c'est d'être en vie, mon fils, loin des méchants. Alors Gus est rassuré et pour la fiancée, eh bien, tant pis, c'est pas grave. Avoir des parents et un frère, c'est déjà bien.

Gus est fier d'être le frère cadet de Gab. Et qu'il lui ait prêté ses parents, Alain et Nadine, c'était vraiment cool. Gab lui a sauvé la vie.

Depuis sa baie vitrée, le directeur jouit d'une vue plongeante sur les deux sections d'abattage, celle de droite (cochons, moutons, agneaux), celle de gauche (bovins). Dans sa position de surveillance favorite, jambes écartées, pieds à 10 h 10, mains dans le dos, il observe l'intégration de sa nouvelle recrue. Il doute d'avoir fait bonne pioche. Ce Romonde ne tiendra pas la cadence. Trop maigre, trop petit. Un mélange d'oiseau et de rongeur. Un maillon faible qu'il va falloir secouer. Les petits ratons doivent apprendre à se défendre ou disparaître de la surface de cette jungle.

Gabin Raybert et Gustave Romonde lui paraissent bien proches, presque intimes. Raybert lui aurait-il caché ses liens d'amitié avec le nouveau ? Pourquoi s'adresse-t-il à lui avec tant de prévenance, de sourires ? Hervé Snout n'est pas homme à apprécier les cachotteries. Des employés qui adoptent ce genre d'attitude sont souvent enclins à fomenter de minables petits complots. Or la machine doit tourner. Ce qu'il y a à protéger tient en un mot : le rendement. Inutile d'expliquer de A à Z la méthode de tranchage d'une tête de porc en deux parties égales. Le directeur va augmenter son niveau de vigilance.

Tandis que Jo fait entrer le deuxième cochon dans le restrainer, Gab et Gus sont en train de découper le premier. Gab demande à son frère comment s'est déroulé l'entretien d'embauche avec Snout. « Ça a été », dit Gus de façon laconique. Il sectionne un jarret au sécateur électrique. Puis il ajoute que pendant son rendez-vous, le directeur laissait planer de longs moments de silence. Il se tenait immobile dans son fauteuil et pénétrait Gus du regard. Gus dit qu'il ignore les causes de ce comportement. Les silences duraient très longtemps, se terminaient par un rictus suspect, un gloussement, une question. Gus n'était pas très rassuré.

Jo place les pinces sur le cochon et envoie la décharge.

5

Section d'abattage des bovins

Mercredi 6 mars 2024
11 h 46
(Quarante et un jours avant la disparition)

Après un trajet laborieux dans le couloir de contention, où elle a tenté de se rebiffer, de reculer, a donné du sabot, la vache est entrée dans la logette. La mentonnière hydraulique a relevé sa tête, offrant ainsi son front au tueur.

Jo, qui avait refait les niveaux à la pause de 10 heures, décrit à Gus l'outil qu'il s'apprête à utiliser : un pistolet d'abattage communément nommé matador.

« Matador… comme un matador ? hasarde Gus.

— C'est ça », fait Jo.

Jadis, on tuait les bœufs à coups de merlin, une masse pointue qui, quand elle était maniée de façon ad hoc, cassait le crâne de la bête et provoquait sa mort instantanée. Cependant, le boucher était fréquemment contraint de frapper plusieurs fois de suite. Le merlin anglais était, quant à lui, muni d'un perforateur à l'avant et d'un crochet à l'arrière pour retirer la pointe du front de l'animal.

« On y va ? propose Gab.

— Ben oui, j'esplique », rétorque le tueur.

Aujourd'hui, le matador est un tube d'acier de trente centimètres, où est logée une pointe de douze actionnée grâce à l'explosion d'une amorce hébergée dans la culasse.

Sur la plateforme, Jo procède au chargement en réfrénant une vague de tremblements due à son alcoolémie. Il place l'extrémité du matador sur le front de la vache, dont les globes oculaires s'animent de mouvements vifs et désordonnés. Gus prend note. Il devine que la vache a compris quelque chose. C'est ce que dit souvent Jo quand il parle de l'odeur de la mort : les bêtes savent, et nous aussi. Tout le monde sait.

Pour supporter ce qui se déroule dans ces murs épais, les tueurs, les désosseurs, les as de la scie circulaire boivent, fument, prennent des médicaments, de la coke et respirent par la bouche. Celui qui ne boit pas assez finit par démissionner. Jo boit comme un trou, il n'est jamais à jeun. Gab boit suffisamment pour éviter les cauchemars. Gus augmentera ses doses, ça ne fait pas un pli.

Dans ce métier, le point de bascule, c'est la vache pleine. L'homme qui abat une vache pleine, événement fréquent dans un abattoir, lui tranche les sabots, lui coupe la tête, lui arrache le cuir, l'éventre, extrait de ce corps mort un fœtus de vingt-cinq kilos secoué des convulsions de l'asphyxie, dont il fracasse le crâne avant de le jeter à la poubelle pour incinération. Cet homme regagne son domicile en pleurant et il boit. S'il craque en public, il est traité de gonzesse, de pédé. Le moindre aveu de faiblesse est sanctionné.

Tout le monde sait. Tout le monde tait.

Dans quelques secondes, Gus aura un aperçu des dégâts causés sur l'animal par la pointe métallique. Celle-ci perforera la peau, le cuir, l'os, et pénétrera profondément dans le cerveau à une vitesse de cinquante mètres par seconde. Jo explique cela si sérieusement que Gus en est étonné ; quand Jo dessine une verge en érection sur l'affiche de la Vache Qui Rit punaisée dans les vestiaires, c'est plutôt marrant, mais là, manifestement, on ne plaisante pas. Un temps pour chaque chose.

Hervé Snout traverse la salle en direction du local technique. Ce serait une bonne idée d'activer la cadence, suggère-t-il aux employés de l'équipe A. En tant que responsable, Gab opine avec un regard à double tranchant : on est d'accord et tu la fermes. C'est avec cette impression que le directeur reçoit l'acquiescement et il poursuit son chemin en jetant un regard hostile à Gus perché comme un nigaud sur la plateforme.

La brève explosion de l'amorce résonne dans l'espace de l'abattoir. La porte s'ouvre sur le côté, la vache s'affaisse, s'affale sur le flanc, inanimée, un trou rouge entre les yeux. Gab prend le relais. Maintenant, on va passer à la saignée, explique-t-il à son frère, puis à la dépouille ; on va la fendre en deux, la peser et la mettre au réfrigérateur pendant vingt-quatre heures. La tête, les sabots, les boyaux et tout ce qui n'est pas destiné à la consommation directe iront dans les chariots MRS (Matériaux à Risques Spécifiés) ou PAT (Protéines Animales Transformées) pour être incinérés ou « valorisés » en bonbons, maquillage, croquettes pour chien, détergents, gélatines, lubrifiants ou fertilisants. On appelle cela le cinquième quartier.

Gus est impressionné par les connaissances de Gab. Il le regarde manipuler la chaîne de levage qu'il attache à une patte arrière de la vache. Snout traverse à nouveau la salle pour se rendre à la réfrigération avec un client. Il fait une halte pour demander à Raybert comment se passe la formation du nouveau. « Très bien », répond l'interpellé.

Snout descend un léger dénivelé, s'approche de la vache abattue, passe une main sur sa fourrure beige, dit à Raybert qu'il faudra, demain, lui réserver deux bonnes côtes dans une barquette. Puis il s'accroupit, trempe deux doigts dans le sang et se dirige vers Gustave. À sa hauteur, il s'arrête, s'assure que tout va bien pour le garçon et, de ses index et majeur, trace deux traits rouges sur sa joue gauche.

Gus n'esquisse pas un geste. Il sent quelque chose de tiédasse et d'humide sur sa figure. Snout glousse d'un bon rire de blagueur afin de convaincre l'employé qu'ici on aime la distraction, on ne rechigne pas à s'en taper une bonne tranche de temps en temps. Par son timbre, ce rire rappelle au nouveau ceux des deux folles de son enfance. Elles étaient joueuses, elles aussi. Elles ne s'adonnaient pas uniquement à la torture proprement dite, savaient varier les plaisirs. Le jeu de la catapulte, par exemple, égayait les repas sans laisser de trace. Elles attachaient le gosse sur une chaise, se positionnaient à trois mètres de leur cible et lui lançaient des cuillérées de purée chaude dans la figure. Un jeu simple qui plaçait la soirée sous le signe de la jovialité. Ce n'était pas facile de bien viser, d'ajuster son geste, mais quand l'une d'entre elles tapait dans le mille, alors les rires de la victoire éclataient dans la maisonnée et l'on trinquait ensemble avant de remettre ça. « Ouvre la bouche ! » qu'on lui disait, au gamin. « Ouvre donc la bouche ! » C'qu'on riait !

Gus sourit faiblement, mais là-bas, du côté de chez Gab, ce n'est pas la franche rigolade. Le contrat de solidarité qui lie Gab à Gus, tacitement reconduit chaque année depuis vingt ans, les frangins peuvent s'enorgueillir de ne lui avoir jamais fait subir la moindre anicroche. Ce n'est pas aujourd'hui que ça va commencer.

Gab, tout en faisant monter la vache dans les airs, examine la scène d'un sale œil. En cas de besoin, il interviendra comme il l'a toujours fait. Un jour de concours de pétanque dans un patelin de banlieue, un type avait chopé Gus par le col en l'accusant de tricherie. Les quatre-vingt-huit kilos de Gab s'étaient interposés et une boule en acier chromé de sept cents grammes était entrée en contact étroit avec les dents de l'agresseur, événement qui avait eu pour double conséquence d'alourdir le planning d'un dentiste-implantologue de la région et d'alléger le porte-monnaie du bouliste. Puis Gab l'avait informé qu'à la plus petite récidive ce serait la triplette dans sa gueule avec sacoche et cochonnet en buis inclus.

Gab s'interroge sur la nécessité d'aller prévenir Snout des risques encourus et se répond à lui-même négativement par peur de mettre des salaires en danger. Gus est en période d'essai. On reste attentif. Rien de grave pour le moment.

« Allez, Geronimo ! Au boulot ! » plaisante le patron avant de s'éclipser.

À 14 heures passées de quelques minutes, sur le parking, Gab fume une roulée et vide une canette. Il est éreinté, ne sent plus ses mains ni ses bras. Il y a des jours où la fatigue se manifeste davantage. Il espère que Gus va tenir.

Jo est assis sur le siège passager de la voiture de son collègue (il ne conduit plus depuis des années) et entame sa deuxième canette.

Le vestiaire de l'abattoir contient une série d'armoires métalliques individuelles décorées d'autocollants de clubs de football ou de marques de chaussures de sport, une table avec cafetière, tasses sales et cuillers, un banc, des chaises, un calendrier érotique avec les congés stabilotés (la pin-up de mars pose de trois quarts dos sur fond de plage avec tête penchée en arrière, peau ambrée, longs cheveux noirs en cascade, œil pétillant de malice) et, donc, l'affiche publicitaire de la Vache Qui Rit avec l'ajout humoristique de Jo.

Gus est en chaussettes, il enfile ses chaussures. Quand Snout entre dans le vestiaire, l'employé est courbé en avant, occupé à nouer ses lacets. Il le regarde faire jusqu'à ce qu'il se redresse. Gus est interloqué, il n'avait pas entendu le directeur entrer. Il se lève, prend son blouson, referme la porte de son armoire. Snout avance d'un pas et demande à Gus si tout s'est bien déroulé ce matin. Pas de problème ? Technique ou autres ? Très bien, parfait. Juste une chose. Entre nous. Un petit conseil. Faire attention à Raybert. Rester sur ses gardes. Disons, conserver une certaine distance. Il a l'air sympa, comme ça, Raybert, mais il peut très bien changer de braquet inopinément. Il s'agit simplement d'être un peu vigilant, voilà tout.

Les yeux liquides de Snout dégoulinent d'une complicité feinte.

Si Gus rencontre un souci, il peut se confier à son employeur. N'est-ce pas ?

Gus approuve sans réelle conviction. Il comprend à peine

les mots de Snout. Gab lui a sauvé la vie en l'accueillant comme un frère ; Gab ne peut pas être méchant.

Il se dirige vers la sortie. À son passage, Snout l'attrape par la nuque et, sans relâcher son emprise, se penche sur le visage et lui parle de si près que le jeune homme sent les lèvres de Snout frôler sa joue et son haleine grumeleuse. Ici, tout le monde sait qui est le directeur. Tout le monde sait qui exerce le pouvoir. Il n'y a qu'un nom au fronton du bâtiment. Quand un conseil vient d'en haut, il vaut mieux suivre. On n'a pas le temps de discuter. Compris ?

Gus fait oui, les doigts de Snout resserrés sur ses cervicales. Il comprend la menace, l'accepte, l'intègre instantanément. C'est dans son intérêt. S'il veut conserver son emploi, s'il veut rester dans cette équipe. Avec une tête et quinze kilos de plus, le patron domine la situation. Aucun signe de rébellion de la part du petit qu'il regarde maintenant dans les yeux. Il le pénètre jusqu'à l'estomac, le transperce. Pour Gus, Snout-le-chihuahua est un requin.

6

Cabine de douche de Gus

Mercredi 6 mars 2024
14 h 40
(Quarante et un jours avant la disparition)

Gus avait pris place sur la banquette de la Peugeot 208. Jo lui avait tendu une canette.

Son œil droit s'était humidifié brusquement et une larme avait menacé de déborder de sa paupière. Il l'en avait empêchée d'un revers de manche. Il avait réentendu la voix de Snout se confondre avec celle de sa mère, « pourquoi qu'tu crèves pas tout de suite ! », à laquelle se superposaient les railleries acides de sa grand-mère : « Saleté ! Cafard ! » Dans les cas où ces voix lui revenaient, leur amplitude augmentait jusqu'à l'insupportable puis un coup de fusil les interrompait. Le coup de fusil qui avait tué Jerry, le chien de Gus.

Sa face livide s'était reflétée dans le rétroviseur.

« Ça va ? avait demandé Gab.

— Ça va. »

Gab avait déposé son frère à l'entrée de la cité et lui avait rappelé qu'ils allaient déjeuner chez les parents dimanche, comme tous les deuxièmes dimanches de chaque mois depuis bientôt quinze ans. On fêterait l'embauche de Gus en famille. Nadine et Alain attendaient impatiemment ce moment. Nadine avait déjà prévu le menu et Olga, qui était de la famille depuis sa rencontre avec Gab, apporterait le dessert, le préféré de Gus, un medovik, le gâteau le plus sucré du monde.

Maintenant, l'eau très chaude coule sur les cheveux filasse du garçon. Il a frotté son corps énergiquement au savon en insistant sur sa joue gauche, mais les odeurs persistent. Elles s'accrochent aux plis, entrent dans les pores, semblant dire à Gus qu'elles ne s'en iront jamais vraiment, qu'elles lui feront une seconde peau. La vapeur a rempli la salle d'eau, la buée dégouline sur les parois vitrées de la douche, Gus ramollit, respire lentement, tête baissée. Il examine ses bras, ses mains, son ventre, ses jambes, ses pieds tordus. Son corps lui paraît plus petit maintenant qu'il travaille à l'abattoir. Gabin est grand et fort ; Joseph est gros et ses mains sont aussi larges que des battoirs ; une vache de sept cents kilos qui tombe après le coup du matador produit sur le béton une série de bruits lourds et effrayants, les flancs, les sabots, le crâne, la bouse, un ensemble percussif du grave à l'aigu ; les hommes, les animaux, les outils, tout est trop énorme pour Gus. Il regarde ses mains, la maigreur de ses phalanges, ses petits ongles, la pulpe de ses doigts abîmés par l'exercice de la couture. Et ces cicatrices qui ne disparaîtront jamais, là sur sa cuisse, des brûlures de cigarette, ici sur son avant-bras, sur son ventre. Que faire de ce corps ? Ce corps désormais livré au travail. Ce corps vaudra-t-il quelque chose un jour ? En aura-t-il toujours honte ? Aura-t-il le temps et la force de terminer le bonhomme en cours de fabrication ? Gus ferait peut-être mieux de rester longtemps sous l'eau, d'attendre la dissolution, que ses pieds tordus fondent comme du sucre, que ses chevilles maigres suivent, et ses mollets, ses genoux, que tout cela se dissolve du bas vers le haut, se réduise en une bouillie rosâtre et s'éclipse dans les canalisations de l'immeuble, s'en aille dans les égouts de la ville, se mélange aux eaux usées, s'y infuse et qu'on n'en entende plus parler, de cette chair sans importance, qu'elle retourne au néant, au temps géologique, qu'elle rejoigne les strates millénaires. Qui s'en soucierait ?

Les petites choses humaines, vouées à mourir elles aussi, verseront-elles une larme ? De toute façon, dans cinq milliards d'années au plus tard, à l'extinction du Soleil, il n'y aura plus personne ici-bas. Le cosmos en sera-t-il ému ?

Les larmes de Gus coulent invisiblement sur sa figure trempée. Allez, Gabin le protégera. Et Alain et Nadine. Il faut fermer le robinet. Économiser l'eau. Faire ce geste pour la planète. Être écocitoyen. Se sécher, s'habiller, manger un morceau, sortir la boîte en carton du placard et se mettre au boulot. Vivre. Il paraît qu'une vie ne vaut rien, mais que rien ne vaut une vie.

7

Bureau de l'adjoint à la culture et autres lieux

Lundi 11 mars 2024
10 h 32
(Trente-six jours avant la disparition)

Tirée à quatre épingles, coiffée, maquillée comme pour un jour de fête, Odile était apparue dans le bureau de Marc Garand sans se douter de l'impact qu'elle produirait chez son « maître après Dieu » – elle avait coutume de le désigner ainsi en dehors de ses heures de travail – tant elle était excitée à l'idée de retrouver le docteur Martin Blach en fin d'après-midi. Sa chevelure blonde dévalait en arabesques, son pull échancré laissait deviner la naissance en V de ses seins, sa jupe de cuir noir s'arrêtait au-dessus du genou et elle avait volontairement omis collants et culotte, détail qui ne manquerait pas de générer chez son amant la plus adéquate des érections. Elle s'était attelée à la tâche immédiatement après son arrivée, sous le regard discret, mais admiratif, de monsieur l'adjoint, espérant ainsi, en enchaînant les dossiers, en déjeunant sur le pouce à midi, en reprenant le labeur avant même la sonnerie de 13 h 30, en filant à la salle de spectacle pour rencontrer les artistes en préparation de la représentation du vendredi et en clôturant la journée par une courte réunion *organisationnelle* autour de la venue du sosie de Mortimer Smautf (le célèbre chanteur pour dames), espérant donc ainsi réduire à rien le temps qui la séparait de Martin.

Marc Garand est un homme au charme désuet. Il est élégant, porte des cravates à la fantaisie parfois trop appuyée, s'enquiert régulièrement de la santé de ses collaboratrices, prend à cœur sa mission émancipatrice, consent aux compromis utiles à l'aboutissement de ses projets. À la mairie, son positionnement politique est clair : il n'est ni de droite ni de gauche. Il déteste les étiquettes, méprise les clivages, prône la tolérance à l'égard de tous les points de vue. Son style pompidolien n'est pas sans provoquer quelques moqueries chez les modernes, mais il jouit d'une telle reconnaissance à tous les échelons de la pyramide municipale que son côté vieille France passe pour la garantie de ses compétences. Il est père de deux garçons partis trop tôt vers les cieux radieux promis par leurs ambitions. Son épouse, Monique Garand née Tudouic, retraitée de la fonction publique, regarde ses journées s'écouler depuis son fauteuil à commande électrique, les jambes sur le repose-pied. De temps à autre, Marc Garand lui suggère de bouger un peu, de rejoindre une association, de faire du bénévolat, de lire un livre. Monique répond « oui, oui » et rejoint ses pensées nostalgiques. Avant, c'était mieux.

Marc Garand est penché au-dessus d'Odile. Il fixe l'écran de l'ordinateur d'icelle. Il plonge aussi, de temps à autre, subrepticement, dans son décolleté, mais juste d'un œil, de la moitié même d'un œil. La programmation culturelle 2024-2025 sera bientôt bouclée. On pourra passer aux festivités, aux événements de l'été, à l'exposition sur le Tour de France, qui traversera la commune en juillet.

L'adjoint relit en même temps qu'Odile la note d'intention d'un artiste programmé et trouve cette littérature beaucoup trop « intello ». Sa ligne éditoriale est la suivante : pour les gens, pas de prise de tête. Il s'assoit sur une chaise aux côtés de sa secrétaire pour poursuivre sa lecture sans risquer la lombalgie. Les seins d'Odile, vus d'en haut, ça l'épuise.

Et ce sosie, dont le nom échappe à Garand, est-ce bien judicieux ? Mortimer Smautf ? Non ! Mortimer Love ? C'est ça ! Lors de la réunion, il y a fort à parier que les cultureux s'en donneront à cœur joie. Serait-il politiquement pertinent d'annuler la soirée ? demande Odile. À cette question, il répond, à mots couverts, qu'il ne souhaite pas donner raison à l'intelligentsia locale. Celle-ci milite pour une programmation élitiste éloignée des zones d'intérêt d'un public qu'il connaît bien. Est-ce déshonorant d'offrir aux gens ce qu'ils demandent ? Il ne transigera pas sur ce point ; il est le responsable de la saison culturelle ; il n'a aucun ordre à recevoir de « conseillers » sans aucune expérience de terrain. Alors ? Alors il ne sait pas. Odile reste fixée sur l'écran, main droite sur la souris, en attendant la conclusion de sa hiérarchie. L'adjoint s'est tu, a examiné longuement le profil d'Odile, son oreille rose pâle aux exquises translucidités, une mèche bouclée de cheveux blonds de sa tempe à son cou, les ombres et les éclats de lumière sur sa gorge, sa nuque, l'os saillant de sa clavicule et son creux sombre. Puis les muscles du bras de l'homme se sont tendus afin d'accompagner sa main jusqu'à l'épaule d'Odile. Maintenant, cette main, la gauche, est posée là et nous v'là bien,

Marc Garand le regrette déjà. Avant de concrétiser son étreinte par une pression des doigts sur cette partie du corps d'Odile, le fonctionnaire se reprend, comme extirpé subitement d'un mauvais rêve, et met fin à ce contact en espérant qu'il ne sera pas interprété comme un abus de pouvoir, un geste répréhensible, une agression. Je me comporte comme un salaud, se dit-il sur-le-champ.

« Pardon », murmure Garand. « Pardon ? » prononce la secrétaire qui n'a qu'à peine senti le poids de cette main sur elle, toute concentrée qu'elle est sur son imminent rendez-vous avec le docteur Martin Blach dont elle aime la voix, les mains, les baisers gourmands et le si beau sexe de chêne clair.

« … Heu… » (il toussote) « juste… simplement, je voulais… noter que… » (ne s'est-elle aperçue de rien ?) « Voyons cette question plus tard, voulez-vous ? » Puis Marc Garand, dans un soupir de lassitude factice, se lève à regret, erre sans but, tripote de la paperasse d'un air inspiré et prétexte une entrevue avec monsieur le maire pour quitter les lieux. Dans le couloir, il téléphone à son épouse. Comment va-t-elle ? Monique répond que tout va bien pourquoi ? Non, c'était juste pour avoir, pour savoir, par rapport à – qu'est-ce qu'il raconte… ? Et lui ? Comment se porte-t-il ? Bien, bien, non, non, ben comme ça, en rentrant, il passera par la boulangerie. Du pain, il y en a. Ah bon.

Les pensées d'Odile pour le corps du médecin de famille sont interrompues par Hervé qui, ce matin, a laissé tomber son humeur massacrante dans son thé vert comme une météorite. Il est de plus en plus énervé, de plus en plus aigre. Voilà. C'est le mot. Aigre. Ses leçons sont magistrales, les échanges avec lui confineraient à la joute sans fin si

Odile ne se résignait pas neuf fois sur dix au silence et, pour couronner le tout, il est maintenant obsédé par un nouvel employé qui attise chez lui une haine insurmontable. Odile n'a pas choisi Martin pour l'amour seulement, mais aussi pour l'oxygène, pour entendre la voix d'un homme heureux, pour qu'une part d'elle-même résiste à la tristesse. Alors elle n'attend que l'heure du rendez-vous.

À 17 heures, elle sautera derrière le volant de son Audi toute neuve et filera au cabinet de Martin. Ils s'enlaceront, s'embrasseront comme des jeunes gens avides et Odile dirigera le grand sexe de Martin en elle.

Plus tard, elle rentrera doucement par les rues de la ville, pensive, actionnera le portail, laissera la voiture dehors, claquera la portière, poussera la porte d'entrée, accrochera sa veste et son sac au portemanteau et, au moment où elle constatera qu'Hervé est déjà rentré, qu'il est affalé dans le canapé devant l'écran de son portable, qu'il murmure un bonjour à peine audible et qu'à la question d'Odile sur son heure inhabituelle de retour il répond par un borborygme désinvolte, une goutte de sperme coulera sur l'intérieur d'une de ses cuisses. Elle se rendra par conséquent à la salle de bains.

Pendant le dîner, en présence de sa mère, Nicole, qui est venue partager les lasagnes, Odile observe sa famille depuis un lieu intérieur d'elle-même, secret. Hervé parle. Il dit qu'à l'abattoir, ça ne tourne pas comme il veut. Il y a des éléments perturbateurs. Il est irrité. Il regrette presque d'avoir embauché ce nouveau, une espèce de nain bigleux, épais comme une carte de crédit, qui a créé des liens suspects avec deux anciens. On ne mélange pas le travail et l'amitié. Pourtant, intercale Nicole, c'est souvent au travail qu'on tisse des relations. D'accord, mais lui, il a une boîte à faire tourner. Il aime rappeler cette évidence.

Odile n'écoute pas. Elle regarde les bouches en mouvement. Ça mastique des mots, ça mastique de la nourriture. C'est du pareil au même. Le volume sonore des échanges est réduit au minimum et parvient à ses tympans par ondes sourdes et graves. Odile ne cherche pas à comprendre. Cela n'a aucun intérêt.

Eddy, en face d'elle, engloutit la pâtée. Avec son strabisme, que cet enfant est laid ! Odile tente illico d'effacer ce jugement de son esprit, mais n'y parvient pas. D'une part, cet enfant est laid et, d'autre part, ce qui est dit est dit. Une mère peut-elle penser cela de sa progéniture ? La preuve que oui, mais ce constat ne s'établit pas sans douleur et sans honte.

Hervé dit quelque chose, se déplace vers le réfrigérateur, revient s'asseoir. Nicole lève les yeux au ciel. Les assiettes se vident. Tara s'en va. Son père l'incite à rester à table – c'est du moins ce qu'Odile devine au ton employé par son époux. Tara ne répond rien, n'obéit pas, disparaît dans l'escalier.

Odile perçoit un regard d'Hervé dirigé vers Eddy. Doit-elle y lire du regret, une pointe de mépris peut-être, une sorte de désolation ? Pense-t-il, comme elle, que cet enfant est laid ? Puis il ébauche un très léger sourire. Un sourire d'amour ? De pitié ? De fierté ? Un rictus réflexe sans signification particulière ? Hervé devine-t-il l'homme futur dans cet adolescent et en est-il consterné ? Qu'espère-t-il exactement ? Que veut-il en faire, de ce fils ? Que peut-il en faire ? Odile sait qu'Eddy ne répond pas aux attentes de son père. Odile sait que l'admiration d'Eddy pour son père n'est pas réciproque et que l'hypocrisie règne entre les deux êtres. Un regard de déception. Voilà. La grande déception d'un père. Le rêve brisé. Que faire ? Comment les aider ? Elle ne sait pas. Elle s'en fout. Hervé lui fait un signe, mais elle n'y comprend rien. Faut-il répondre par oui ? Non ? Lui passer le sel ? Débarrasser la table ?

Odile éprouve une sensation de vide, de ratage complet. Est-ce possible de s'être, à ce point, trompée ?

8

Bureau d'Élodie Moreau

Vendredi 15 mars 2024
11 h 56
(Trente-deux jours avant la disparition)

Qui peut refuser un dîner à la plancha ?

C'est la question qu'Hervé Snout pose à Élodie Moreau, sa secrétaire, avant de rentrer chez lui pour déjeuner.

Qui ?

La veille au soir, il était rentré avec plus d'un kilo de viande sous le bras. Il avait même effectué un crochet par la poissonnerie du centre pour y acheter une douzaine de gambas – c'est pas bon, les gambas, peut-être ? Dans sa musette, donc, des gambas, du filet de bœuf, des lamelles de poulet, des petites tranches de gigot d'agneau, des patates, des poivrons, des oignons, des tomates, des courgettes et des champignons, des herbes aromatiques et des sauces ; on avait tout préparé ensemble, Eddy avait coupé la viande, Tara les légumes, on avait dressé le couvert sur la terrasse tellement il faisait beau ; la plancha, en plus, c'est ludique, les enfants adorent ça (enfin, normalement) et ça crée une ambiance vraiment conviviale.

Eh bien, Élodie Moreau le croira si elle veut, Tara a à

peine touché à la viande. Un ridicule blanc de poulet carbonisé, et encore.

On fait des efforts, on prend des initiatives pour égayer le quotidien, on se coupe en huit et c'est toujours le même manège, ça ne va jamais. Hervé Snout ignore si sa secrétaire a l'intention d'avoir des enfants, mais si toutefois, il lui conseille de bien réfléchir avant de se lancer dans cette aventure. Pour l'instant non ? Elle fait bien ! Elle a le temps. Qu'elle profite un peu au lieu de s'enfermer ! Oh, loin de lui le regret d'avoir procréé avec Odile et l'envie de renier sa descendance – une idée fort saugrenue et très laide –, mais Élodie est jeune, et charmante, l'avenir lui tend les bras, qu'elle ne s'encombre point l'existence pour le moment (s'enfermer, c'est un peu exagéré), qu'elle vive sa vie !

C'est sur le mot *charmante* qu'Élodie tique. Sur sa prononciation un peu chuintante, sa deuxième syllabe prolongée et l'espèce de retenue qu'Hervé Snout exprime dans un geste pâteux d'évidence. Elle s'apprête à devoir être celle qui rappelle les distances.

De plus, ce n'est pas pour mettre des arguments dans sa besace, mais les scientifiques sont très clairs sur le sujet des protéines animales. Lui, sa fille, Tara, il estime qu'elle a déjà des carences. Elle est toute maigre, toute pâlotte, presque muette, et d'un calme… effrayant. Triste. Elle est triste. Voilà. Eddy, encore, ça peut aller, il a de l'appétit, mais Tara… Rien qu'un petit bout de poulet et des légumes qu'elle ne trempait même pas dans la sauce. Ah, on s'est amusés, ça faisait peur ! Heureusement qu'on ne va jamais au restaurant, ce serait de l'argent balancé par les fenêtres. Après, ils disent qu'on ne se divertit pas, qu'on ne fait jamais rien en famille. Et en plus, c'est ma viande, la viande qui sort de mon abattoir, le bœuf, l'agneau, tout ça, c'est fait chez moi! Alors bon, moi, je...

Il est adossé au chambranle de la porte qui sépare son bureau de celui d'Élodie, bras croisés, un pied replié devant l'autre et posé sur la pointe.

Élodie Moreau est une jeune femme à chevelure claire, au teint diaphane, un peu maigre. Ses yeux sont d'un bleu transparent, ses lèvres fines, et son nez, indicateur de sa volonté farouche et de son caractère trempé, donne à son profil une ligne hellénique proprement idéale. Ses oreilles sont percées de plusieurs anneaux et elle porte un diamant à la narine gauche. Après une licence de droit, tout alla de mal en pis; elle fut contrainte d'accepter n'importe quel emploi pour subvenir à ses besoins premiers. Accessoirement, elle est ceinture noire de hapkido, traduisible par *la voie de l'énergie intérieure*, un art martial dévastateur.

Elle écoute sagement le monologue du patron qui lui demande son sentiment. Est-ce qu'elle refuserait un dîner à la plancha, elle? C'était la question. Eh bien... Le silence qu'Élodie ménage ici est inquiétant. Snout s'attend au pire. Élodie ne consomme de la viande qu'exceptionnellement. Information qui laisse le directeur pantois.

Mais... exceptionnellement, c'est-à-dire?

De temps en temps, chez des amis, mais Élodie, pour elle-même, n'achète pratiquement jamais de viande.

Il n'en revient pas. C'est pour ça qu'elle est maigre comme un clou, pense-t-il. Ah bon? Vous savez que pour la mémoire, c'est très... pour les facultés cérébrales, tout ça... il y a des éléments dans la viande qu'on ne retrouve nulle part ailleurs, et puis pour les muscles, disons, la force physique, voyez ? Bon. Enfin, elle fait comme elle veut… Quand elle aura des enfants, elle comprendra. Question de responsabilité parentale.

Avec le thème de l'enfance, Hervé Snout est persuadé qu'il fait mouche. Élodie Moreau va réagir, d'une manière ou d'une autre, contrainte d'admettre que, tout de même, on ne plaisante pas avec la sécurité des enfants. Eh bien non ! Elle dit rien ! Mais elle pense. Elle pense que faire des mômes dans ce monde en sursis, cela n'a aucun sens. Le directeur estime que le silence de sa secrétaire est indubitablement l'expression de son doute. Et les gens qui doutent, ça fait chier dans le panier jusqu'à l'anse !

Il referme la porte derrière lui et va jeter un œil par la baie vitrée. Gustave Romonde range des outils. Il se prépare à partir. Raybert et Troquet ont déjà regagné le vestiaire. Il est à peine midi. Faudrait peut-être voir à ne pas trop bousculer la pendule. Snout en profite pour descendre et coincer Romonde dans un renfoncement de la salle d'abattage des cochons. Il glisse les mains dans les poches de son jean. Romonde le dégoûte. Ses yeux chassieux, ses cheveux fibreux qui s'en iraient par poignées si l'on tirait dessus, sa bouche à moitié ouverte et ses chicots jaunâtres. Qu'est-ce que c'est que ce plan foireux à la Raybert ? Pourquoi lui a-t-il mis un tel nigaud dans les pattes ?

Est-ce que Romonde croit que Snout ne le voit pas en faire le minimum ? L'employé ne répond rien, regarde droit devant lui, vers le torse du directeur. Croit-il qu'il est là pour se la couler douce ? Gustave esquisse un mouvement négatif de la tête, la peur au ventre. Snout lui conseille de repartir sur de bonnes bases à compter d'aujourd'hui et accompagne son avertissement d'un toc-toc de l'index sur le front du salarié. C'est un conseil, non un ordre, entendons-nous bien. On est là pour travailler ensemble, n'est-ce pas? Période d'essai ou pas, s'il s'avère que le profil de Romonde est incompatible avec le poste, on pourra rompre la collaboration. Est-ce clair?

D'après le regard de Gus, c'est très clair.

« Bientôt, tu me supplieras de te venir en aide », susurre Snout dans une oreille de l'ouvrier avant de poser un doigt sur sa bouche. Chut.

Le cœur de Gus se tord dans sa poitrine. Oui, il a compris : motus.

Snout rejoint son burlingue, prend sa veste grise, s'assure machinalement que son trousseau de clés est bien au fond de sa poche et se fige devant le perroquet d'aluminium à boules noires. Il inspire. Son expiration est sonore. Une vague de froid le pénètre. Un frisson le parcourt. Une sensation mélangée. Une mixture amère de culpabilité et de jouissance. Et cette dualité le malmène sans qu'il puisse y poser des mots.

Hervé Snout n'est pas un psychopathe. Il est comme tout le monde, capable de ressentir des émotions, des joies, des peines. Il a des états d'âme. En même temps que ce frémissement jouissif, il se sent fautif. Mais de quoi? De se comporter avec Gustave Romonde comme un salaud? Pas du tout! Loin de là! Cet employé lui tape sur le système, voilà tout. Ce corps rachitique, cette faiblesse, cette servilité, cette incapacité à se défendre seul, à ouvrir sa gueule de souffre-douleur! Il voudrait saisir ce nain par les épaules et le secouer jusqu'à le démantibuler. Qu'il comprenne un peu !

Les salauds ont une pleine conscience de leurs saloperies. Ils savent que la saloperie est un acte susceptible de générer de la honte. Les hommes politiques connaissent ce processus. Alors, ils jugent la saloperie utile ou pragmatique ou inévitable pour diminuer le niveau de honte en eux. Et la saloperie se convertit en impératif, en challenge, en conseil. Qu'est-ce que, chez Snout, cette culpabilité qui surnage et s'entête ? La jouissance devient prioritaire par nécessité. Elle place la honte au second plan et l'efface. Le principe de réalité (je fais du mal) est posé en deçà du principe de plaisir (je me fais du bien). Mais il ajoute à ces deux principes celui qui allie l'utile à l'agréable : secouer le nabot, oui, mais avec pédagogie. Expliquer les choses, prendre du temps pour se faire comprendre, cela n'a rien de honteux, n'est-ce pas ? Il y a une dimension formatrice à ses interventions. Et puis on n'a rien sans rien, merde !

Alors fautif de quoi ? Si Snout était un vrai salaud, il ne se poserait même pas cette question. Par conséquent, il y a autre chose en cet homme, qui mijote doucement, qui frémit dans sa gorge et l'empêche de déglutir.

Ceci : Qu'est-ce qu'il fait là ?

La question lui apparaît soudain dans toute son énigmatique crudité. Son poing se referme sur le trousseau de clés. Des parties saillantes du métal pénètrent presque dans sa paume. Ses mâchoires se contractent, ses lèvres se pincent. De quelle profondeur remonte son angoisse ?

Il n'est que le directeur d'un petit abattoir de province, rien d'autre, au milieu d'un petit pays de l'hémisphère

Nord, perdu dans l'immensité du cosmos, un homme minuscule, anonyme, géologiquement inexistant. Quelle trace laissera-t-il de son bref passage sur terre ? L'hameçon de ce problème-là s'est planté dans sa poitrine à l'endroit du cœur et l'épais fil de nylon tire vers le haut, soulève Hervé Snout au-dessus de lui-même, l'invitant à examiner la situation tragique dans laquelle il végète. Quelle trace ? Quelle marque nécessairement profonde dans la chair de l'histoire pour qu'elle résiste à l'érosion ? Il ne comprend pas pourquoi cette énigme surgit aujourd'hui. La réponse tombe.

Aucune. Aucune trace. Rien. Le néant.

Hervé Snout ne peut se satisfaire de ce qu'il imprime dans les mémoires en tant que père, en tant qu'époux, en tant que fils. L'insuffisance de ces trois empreintes lui saute à la figure. Ses parents sont trop vieux pour comprendre ; sa femme, sa fille, il n'a plus aucune prise sur elles ; son fils ? Quel avenir a-t-il, son fils, avec ce visage ingrat, ce regard dissymétrique, cette intelligence d'haltérophile ? Ah, il mange de la viande, il se fait respecter dans la cour de l'école, certes oui ! Quelle réussite ! Un débile, une intellectuelle et une frigide ! On est servi !

Quant à directeur d'abattoir – cela se révèle à lui dans ce moment de tétanie –, rien ne peut l'en consoler. Abattre des animaux par trains entiers, les découper, les livrer, tonne après tonne, faire tourner la machine, tenter, vaille que vaille, d'ignorer la routine, passer pour l'ordure de service, gérer de la viande, de bœuf ou d'humain, quel est le sens de tout cela ?

En cet instant douloureux, Hervé Snout se demande ce qu'il fout là. Quelle est sa place dans le monde ? Qui est-il vraiment ? Qui se souviendra de lui ? Il ne peut plus se contenter de cette petitesse. La modestie n'est pas son fort. Il mérite mieux, mais la consécration ne viendra de nul autre que lui. Alors que faire ?

Pour tourner, la machine, elle tourne. Voilà au moins une source de fierté. Sa viande, elle alimente les rayons, elle est bonne, elle est tendre ; ses employés, ils font le boulot. Le temps de ses employés lui appartient. Cela lui coûte assez cher, d'ailleurs. Et son propre temps de vie, il en est l'unique propriétaire. Il pourrait se contenter de cette double possession, de ce pouvoir extraordinaire, dont il jouit sans que le moindre scrupule l'assaille. *Quiconque nourrit un homme est son maître.* Mais non. Cela ne lui suffit plus.

C'est ce que nous supposons depuis notre poste d'observation : Hervé Snout ne questionne pas le fait de gérer de la viande morte, c'est une affaire entendue. Il est submergé par une angoisse existentielle puissante. Quelle trace laissera-t-il ? Il en revient toujours à la même cruauté. Sa tétanie perdure. Sa femme ne le désire plus, ne le reconnaît plus comme l'homme de sa vie ; sa fille lui est étrangère, son fils lui ressemble trop. L'édifice de sa famille craque de partout. Il n'a pas vraiment d'ami sur qui compter en cas de coup dur et sur son lieu de travail, il est seul.

La reconnaissance ? Il travaille, oui, il ne compte pas ses heures, il est courageux, il mène sa barque, oui. Les félicitations d'Odile sont déjà très anciennes.

Donc ? Pourquoi est-il sur terre ? Pour quelle mission ? Quel remerciement ? Il en a assez de ces équipes de bras cassés, il en a assez de ce Gustave Romonde, de ces Raybert et Troquet, ces Pinoche et ces Declerk, assez d'être l'entraîneur d'une bande d'alcoolos. Il faut que ça bouge, qu'il se passe quelque chose, qu'un événement ait lieu, qu'un tremplin se présente à lui et qu'il le prenne à toute vitesse. La célébrité arrive à ceux qui savent prendre leur envol.

Son poing se referme plus fort sur le métal des clés. Son visage change de forme, se déplisse, ses narines se dilatent. Un nouveau frisson le traverse, plus intense, plus ample, qui le déstabilise, augmente sa jouissance et diminue sa culpabilité, car, un jour ou l'autre, il faut bien se délivrer de cet empêchement moral qui réfrène les pulsions de liberté ! Si l'on désire se distinguer de la masse des anonymes, des résignés, des soumis à l'ordre de l'imperceptibilité, si l'on envisage la singularité la plus éclatante, il n'y a d'autre choix que l'action. Créer l'événement.

Le frisson n'en finit pas. Ne devrait-il pas enfourcher son vélo, rentrer chez lui, ouvrir le réfrigérateur, s'emplir l'estomac, et le cerveau avec les informations télévisées, admirer le boulot de préparation des Jeux olympiques par les équipes du ministère, faire une bonne nuit, et retourner au travail, valider la livraison du jour, saluer les employés, avoir un mot gentil pour Élodie et passer un coup de fil à Odile pour lui annoncer que, ce soir, on ira au restaurant avec les enfants, et puis retrouver la maison et la chambre, le lit et le sommeil ? Mais non ! Ce n'est pas ça. Il n'y a aucun événement dans ce programme, aucun tremplin, nul horizon. C'est plat, c'est triste, c'est de la merde ! C'est à devenir dingue ! L'abattoir jour et nuit !

Ce n'est pas qu'il déteste son métier, non, les animaux, les salariés, on s'en arrange. Non, c'est plus profond. Le problème est au cœur du magma narcissique. Et cela, il n'en sait rien, Hervé Snout. Il ne parvient pas à trouver les mots pour définir son état, le juger et prendre des dispositions. Ce qu'il ressent résiste à la définition. Il est pris de vertiges, il sature. Qu'est-ce que j'ai, qu'est-ce que j'ai ?

Ou alors tuer quelqu'un. C'est une idée, ça ! Tuer quelqu'un est un acte qui, à l'évidence, laisse des traces. Prenez J. S. John Sutton. Très célèbre en Amérique et dans le monde depuis que ses crimes ont fait l'objet d'un film d'horreur non moins célèbre intitulé *L'Éternité*. Personne n'oubliera jamais cet homme qui torturait ses victimes féminines avant de les achever, de les dépecer et d'en déguster les morceaux les plus tendres, le cœur, le foie, le filet des aisselles, la vulve. Tout le monde connaît John Sutton, originaire de Plymouth.

Tuer quelqu'un, juste pour combler un besoin de reconnaissance, y mettre tout son cœur, toute son imagination, inventer des procédures, chercher l'inédit, l'inouï, provoquer la sidération générale par le choix des outils, le discours de justification, le rire de satisfaction, la joie retrouvée, le soulagement. Être un certain Snout ! Snout le tueur !

Le frisson persiste et Hervé Snout craint brusquement d'être secoué par ce frisson en permanence et pour le restant de ses jours. Le frisson cessera quand il aura quitté sa place, là, comme un piquet devant son perroquet, quand il aura lâché ses clés, dont les parties saillantes vont finir par lui percer la peau et le faire saigner, quand il aura enfourché sa bicyclette et sera rentré chez lui et aura mangé ses deux œufs au plat en regardant un reportage sur le champion de France du saut à la perche qui se prépare pour les Jeux de Paris 2024. Et dont l'ambition est, eh bien, de laisser une trace dans l'histoire de cette discipline.

Il pédale vers chez lui. Il a exceptionnellement choisi d'emprunter le raccourci, par la rue Vilin, en omettant que cet itinéraire l'obligerait à longer les grilles du collège ou en sous-estimant l'impact de cette proximité avec l'établissement. Quand il en aperçoit l'entrée, il est à nouveau pris par le frisson de tout à l'heure. Il s'arrête, pose un pied, essoufflé, le front bas, gorge nouée. Des élèves passent sur le trottoir, sac à l'épaule, vêtus de sombre. Contraint de rebrousser chemin, Hervé Snout constate que son angoisse diminue à mesure qu'il s'éloigne du collège.

9

Bar du Kahoua

Samedi 16 mars 2024
18 heures
(Trente et un jours avant la disparition)

Gus est juché sur un tabouret de bar, genoux pliés et talons sur un barreau, tête rentrée dans les épaules, comme un oiseau hirsute qui vient de se prendre une sauce. Il ne dira rien à Gab. Ni des menaces proférées par le patron ni de ses textos menaçants. Il a trente-deux ans, il serait temps qu'il sache se défendre seul, sans l'aide d'un grand frère. Dans la cour, il ne craignait rien. L'intrépide qui se risquait à la moquerie avait affaire à Raybert et se retrouvait la gueule en vrac en moins de deux. Aujourd'hui, Gus doit se prouver à lui-même qu'il est un adulte indépendant, capable d'endurer, de tenir tête, de résister.

Il sirote son demi en compagnie de Gab et Jo. Ce dernier est déjà bien amoché, il va falloir le raccompagner chez lui. Quatre clients tapent la belote sur une table du fond. Olga a posé des bouquets un peu partout. Olga adore les fleurs. Les couleurs, affirme-t-elle souvent, c'est la vie. Alors il y a des fleurs sur les tables, sur le bar, sur le rebord des fenêtres, dans les toilettes et sur des étagères parmi les matriochkas multicolores.

Maintenant, elle accroche des tableaux. Des tableaux de fleurs, forcément. Parce qu'elle réalise des collages, Olga. Sur des supports de petits formats avec des papiers découpés. Elle plante des clous et y suspend ses compositions. Elle demande à Gab ce qu'il en pense et Gab répond qu'Olga réussit tout ce qu'elle entreprend et il la regarde amoureusement. « Non, mais sérieux ! » proteste-t-elle avec son accent de Russie orientale. Et Gab confirme. Tout est beau. Olga est belle, ses fleurs sont belles, son bistrot est un havre de paix et de repos.

Gus observe Olga et Gab. Ils s'aiment. Ils ont de la chance. Jo, lui, n'observe rien du tout. À cette heure, il n'y a plus grand-chose à tirer de lui.

Gus boit une gorgée et repose son verre en essayant de masquer son air soucieux derrière un sourire figé, un sourire qui n'atteint pas les yeux. Il est moins loquace que d'habitude. L'angoisse suinte et Gab s'en aperçoit. « Ça va, Gus ? » « Ça va. » Gab rappelle à Gus qu'il peut se confier et Gus répond qu'il sait. Pas d'inquiétude. Et le boulot ? Ça va, c'est le début, il s'adapte. Alors Gab n'insiste pas et se tourne vers Olga qui poursuit la décoration florale de son établissement, un bouquet de pensées ici, du lilas là, avec en toile de fond sonore les échanges des joueurs de cartes, trèfle, belote, rebelote et dix de der.

Jo bascule et tousse un peu.

La petite rue de la vieille ville est silencieuse.

Une fenêtre a été fermée à l'espagnolette.

Au Kahoua, il n'y a jamais de musique. Seulement celle des clients qu'Olga n'incite plus à parler doucement puisque les habitués ont vite compris que la gueulante n'est pas le style de la maison. Ici, on ne s'enfile pas des vodkas cul sec jusqu'à ce que mort s'ensuive. L'indulgence d'Olga, seul Jo en bénéficie, parce qu'il est discret dans son addiction et qu'il s'en va toujours après l'avant-dernier verre. Comme disait l'autre : celui qui dépasse l'avant-dernier verre devient une loque. Et Olga ne veut pas de loque chez elle. *Un dernier pour la route* est l'expression de l'accidenté dans un futur plus proche qu'il ne l'imaginerait s'il n'était pas plein comme une barrique.

Le téléphone portable de Gus vibre dans la poche ventrale de son survêt à capuche. C'est un texto de Snout. « Fais bien attention à ce que tu racontes à tes potes. HS » Gus ne répond pas, efface le message, finit son demi, descend du tabouret et annonce qu'il rentre. « Déjà ? » fait Gab. Gus prétexte la fatigue accumulée dans la semaine ; il faut tout de même se lever à 4 h 30 tous les jours, puis il a des trucs en cours. Gab propose de le déposer en voiture, mais Gus décline. Il va marcher un peu. Jo, qui n'en est pas encore à l'ultime pastis, profite du départ de son collègue pour lui emboîter le pas.

Plus tard, vers 21 heures, alors que Gus coud des perles colorées autour du cou d'une poupée pour tromper l'anxiété, qu'Olga et Gab, après fermeture du Kahoua et bref dîner en tête à tête, sont enlacés sur le lit de leur chambre du premier étage et regardent les premières images d'un film sur une Fleur Albin, jeune femme courageuse qui fonda en 1980 une imprimerie à Damas (Syrie), Jo, lui, est assis au bord de son lit défait. Voûté, il dodeline de la tête, feuillette l'album qui rassemble ses photographies de passantes et se demande, dans un éclair de lucidité, ce qu'il va devenir si ça continue comme ça. Il boit encore et soliloque sur le thème de cet amour perdu qui a causé sa perte. Les images défilent lentement. Il les examine toutes et lit les légendes. Natacha sur les marches de la mairie (jupe courte cuir noir) ; Natacha près du kiosque ; Natacha place Paul-Hébert.

Chez Gus, l'angoisse s'est en partie dissipée. Le collier de la poupée est terminé, le matériel rangé. Gus est allongé, le visage vers la fenêtre. C'est une nuit sans étoile. Demain, dimanche, il restera au lit le plus longtemps possible. Puis dans l'après-midi, il ira passer une heure ou deux avec ses parents. Être chez eux sans son frère, c'est profiter de leur attention tout entière, répondre à leurs questions, manger une part de gâteau que Nadine a improvisé, car Gus prévient toujours au dernier moment, bricoler dans la cour avec Alain, ou s'endormir sur le canapé et puis, finalement, rester dîner parce que, tant qu'il est là, on a qu'à finir le pot-au-feu, qu'est-ce qu'il veut qu'on fasse de tout ça, c'est trop pour deux. Alors d'accord. Nadine est toute guillerette. Pendant qu'elle remet la marmite sur le feu et qu'elle dresse le couvert pour trois dans la cuisine, Alain propose une partie de dominos. Gus observe son père qui renverse la boîte sur la table du salon. Les pièces noir et blanc glissotent et s'avalanchent avant de se stabiliser et d'être retournées face cachée par les deux joueurs. Chacun en prend sept et la partie commence. Gus pose le double six.

Juste le bruit des dominos que l'on glisse sur le chêne et là-bas, dans la cuisine, les pas de Nadine, les verres et les assiettes qu'elle sort du placard. Juste le vrai silence entrecoupé des bruits de la maison. Et les parfums de cette viande mijotée, cuite et recuite dans son bouillon, de l'oignon piqué de clous de girofle, de l'ail et du céleri, qui se diffusent un peu partout, recouvrent les odeurs du papier journal, du vieux bois des chaises, du gilet d'Alain aux manches effilochées, des fleurs en plastique, du buffet des années 1950 récupéré on ne sait plus où et son fouillis de vieilleries. Parfums, silence et petits bruits offrent à Gus le sentiment d'exister dans un monde vivable.

Alain déplace un domino. Il est bientôt l'heure de passer à table, le soleil est couché, la lumière s'affaiblit dans le salon. Nadine apparaît. Ben pourquoi ils n'allument pas le plafonnier, on ne voit plus rien ! Elle appuie sur l'interrupteur et fait demi-tour en disant qu'on mange dans cinq minutes.

10

Salle d'abattage des bovins

Lundi 18 mars 2024
9 h 02
(Vingt-neuf jours avant la disparition)

Gus et Gab ont pris place sur la plateforme depuis laquelle on abat les bêtes d'un coup de matador dans le crâne. Gab en réexplique le maniement à Gus qui suit avec attention chaque geste de son frère. Ouverture de la culasse, amorce, positionnement du canon au milieu du front de la vache, juste sous le chignon, déclenchement.

Gus ponctue par des oui et des hmm. Il est tendu, inquiet, appréhende le moment où il devra appuyer sur la détente. La leçon se déroule dans les meuglements et les coups de sabot contre les parois métalliques de la logette. Les peurs emplissent l'espace. Celle de Gab est enfouie au plus profond de lui par des années de pratique, de bonnes doses d'alcool, parfois de cocaïne, et de silence. Maintenant, le cannabis s'est substitué à la coke. C'est moins dangereux. À la sortie de l'abattoir, l'excitation mauvaise, provoquée par les bruits, le sang, les odeurs, les cris, la peur, le dégoût, la colère, attise la violence, donne des envies de baston. Avec la coke, Gabin devenait le roi du monde, mais les descentes étaient de grands plongeons dans les larmes et la morve. Le risque de perdre Olga fut déterminant.

Gus se tient d'une main à la rambarde de la plateforme ; il va falloir prouver qu'il est capable de donner la mort sans trembler. Son regard échoue subrepticement sur les yeux de la vache. Les globes oculaires cernés de cils blonds semblent secoués de spasmes, appellent dans toutes les directions, les paupières ne se ferment plus. Des larmes coulent. La vache pleure. On dirait qu'elle supplie. C'est ce que dit Gus à Gab. Il entend la supplication. Il ne devrait pas penser à cela, mais cette supplication d'animal est l'effrayant écho de ses supplications d'enfant quand sa mère débutait une séance de torture. Implorer tant et plus n'interrompait pas le trajet de la pointe incandescente de la cigarette vers le bras glabre de Gus, dans la pliure du coude, où la peau était fine, ni n'empêchait la porte de l'étable d'être bloquée certains soirs, et qu'il fallait, pour la nuit glaciale, se recroqueviller, nu, dans la paille à côté du veau, et attendre. Mais ne pense plus à cela, Gus, c'est loin, c'est fini, pense à la maison de Nadine et Alain, pense aux parties de pêche avec Gabin, pense à ton petit vélo à guidon chromé au fond de la cour. Tu ferais mieux de te concentrer sur la technique et, froidement, accepter ta fonction. La vache ne pleure pas, ne supplie pas, ce n'est qu'une bête, elle ne comprend rien et ne peut te reprocher ce que tu es en train de lui faire. Ne te compare pas à la vache, ne te compare pas à ta mère. Ici, nulle supplication, nulle jouissance. Il n'y a que de la technique.

Gab place l'amorce dans la culasse et tend le matador à Gus. Soudain, il doute de la pertinence du choix de Gus pour occuper ce poste. Enfin, ce qui est fait est fait.

Snout vient d'arriver. Il a accroché sa veste au perroquet et observe la scène depuis l'étage. Son attention se porte davantage sur Raybert que sur Romonde. Gabin Raybert. Un bel homme, influent et calme, sérieux dans le travail, ponctuel. Mais Snout en est persuadé maintenant : Raybert est trop proche de Romonde pour ne pas le connaître depuis longtemps, bien avant l'embauche de ce nain de jardin. Et d'avoir tenu secrète cette relation est une atteinte à la confiance que Snout lui portait. Une atteinte à son autorité. Troquet non plus n'a rien dit, ce poivrot ! Voilà ce qu'ils font de la confiance qu'on leur accorde, ces prolos alcoolos ! Tout ce qu'ils cherchent, c'est grappiller une heure par-ci, trois côtes de porc par-là. Ça prend des airs consciencieux, ça se dit réglo et il suffit de tourner le dos. Regardez-moi ce bigleux trembloter de tous ses membres ! Un peu de tenue, bordel ! Snout, ça le dégoûte, ce comportement de petite merde.

Gus approche le matador de sa cible. « Elle bouge trop ! » Mais non, elle ne bouge pas, c'est impossible, les vérins hydrauliques maintiennent solidement sa tête renversée en arrière. Il faut qu'il pose l'arme ici, à l'endroit précis désigné par le doigt de Gab, et qu'il appuie sur le bouton noir. Sans attendre des heures sinon, la vache, elle va s'énerver et sa viande sera moins tendre.

D'en bas, Jo encourage Gus. Allez, Gus, dis-toi que c'est comme un objet et pis voilà !

Pour Jo-le-tueur, c'est facile ! Combien de milliers d'animaux a-t-il abattus depuis qu'il turbine ? Vingt ans de matador dans le poing. Quinze bœufs, vingt cochons, trente agneaux par jour ? Trois cent cinquante mille bêtes tuées à lui seul. Soixante-dix mille tonnes de viande.

Snout note la main réconfortante de Raybert dans le dos de son copain. Preuve qu'il a les yeux en face des trous. Si on y passe des plombes, à ces simagrées, la cadence va ralentir, la productivité en pâtir et les gains diminuer. Pas besoin d'un grand talent de mathématicien pour parvenir à cette conclusion.

Gus savait qu'il allait rencontrer des problèmes. Il en a même fait un cauchemar la nuit dernière : il essayait d'abattre un cochon dans le hall de son immeuble devant les regards vides de quelques badauds. Il lui trouait la boîte crânienne plusieurs fois de suite au matador, mais le cochon saignait sans mourir et s'échappait et s'engouffrait dans l'ascenseur. Gus retrouvait ensuite la bête chez lui en train de fouiller du groin dans ses cartons et de dévorer ses sculptures de chiffon.

Pédagogue, Gab exhorte Gus à franchir le pas. Jo enchérit : quand on l'a fait une fois, après, ça va tout seul, on ne se dit plus qu'on tue une bête.

La vache plie ses jambes, ses flancs frémissent, de l'écume blanche coule sur son cou, elle donne l'impression de vouloir bondir hors de la logette.

Depuis son bureau, Snout est consterné. Sa colère monte. Il connaît sa colère. Quand elle se déclare, il a toutes les peines du monde à la réfréner. Et puis, avouez qu'il y a de quoi ! L'animal devrait être déjà pendu par les pattes, décapité et coupé en deux.

À plusieurs reprises, Gus parvient à placer le matador sur le front de la vache. La tête de l'animal ne bouge pas. C'est Gus qui tremble. Il retire le pistolet, le repose – « Vas-y, merde ! » fait Gab –, le retire encore, et puis glisse, vise à côté, faiblit, grimace, retient son souffle. Pourquoi Gab s'énerve comme ça contre moi ? Le matador au bout de son bras pèse une tonne, ne se pose jamais au bon endroit, trop à droite, trop en haut. Gus recommence, pourrait abandonner là, tendre l'arme à son frère, lui dire « tiens, fais-le, toi » et qu'on en finisse, mais la machine est emballée. Gus braille lui aussi, et puis ça glisse encore trop bas et trop à gauche et son pouce involontairement appuie sur la détente et la longue tige d'acier propulsée fait exploser l'œil de la vache qui pousse un long meuglement aigu. Gus crie en même temps. La tige n'a atteint aucun organe vital. Du sang mélangé à l'humeur aqueuse de l'œil dégouline de l'orbite. La vache hurle, Gus est tétanisé.

Gab a croisé ses bras derrière sa tête et soupire, Jo prend son air agacé, les poings sur les hanches, et Snout débarque.

Alertée par le vacarme, Élodie Moreau s'est autorisée à pénétrer chez le directeur et se fige derrière les vitres. La façon dont Snout arrache le matador des mains de Gus la sidère. Une vraie brute.

Combien ça coûte ? L'amorce, combien ça coûte ? Et la bête, hein, combien ça coûte un constat de maltraitance ? Snout vocifère et feint de ne rien entendre aux appels au calme de Gab. Et le temps qu'on y passe ? Combien ça coûte ? Le temps, c'est de l'argent ! Voilà une évidence qui n'a pas encore atteint le cervelet du débile ! On lui a expliqué comment ça marche, cette merde, on lui a expliqué ou pas ?

Gus ne sait pas dans quel sens bouger la tête pour apporter une réponse. Gab est à deux doigts de dire à Snout de fermer sa gueule, mais il se retient. Pourquoi ? Le salaire ? Le sien et celui de Gus ? La maîtrise de soi ? Le souhait de voir Gus se sortir seul de cette impasse ?

Snout s'abstient de désigner Raybert comme le mauvais formateur et préfère poursuivre avec Romonde, qui ne sait plus où poser ses yeux ni que faire de ses mains. Il y a des milliers de types comme lui à la porte de cette usine, des crevards à genoux pour un contrat d'une semaine, des types à la rue qui dorment dans leur bagnole, qui chient dans les parcs ! Ceux qui sont pas contents, ils dégagent ! Nom de Dieu de merde ! C'est pas compliqué !

Le boss ordonne à Troquet de lui lancer une amorce si c'est pas trop lui demander à ce putain d'abruti d'alcoolo ! Et l'amorce, elle va là ! Pigé ? Elle va là, l'amorce, et après on ferme le truc, comme ça, clac, et on appuie sur ce putain de bouton, là !

Le patron colle le canon du matador sur le front de Gus et il hurle : « Et pis tu tires ! »

Gab intervient en déviant in extremis l'arme. « Attention à pas trop dépasser les bornes », prévient-il. Pendant une seconde, qui lui paraît une éternité, Snout regarde Raybert dans les yeux et y constate le bouillon de haine. « Quoi les bornes ? Quelles bornes ? » Alors il se retourne vers la vache qui continue de hurler. « Et pis tu tires ! Bordel ! Tu la butes cette putain de bestiole et on n'en parle plus ! Pigé ? Pigé ? CLAC ! PIGÉ ?! »

La vache s'effondre. Crâne percé. Ses mamelles se vident d'un coup et aspergent Jo des pieds à la tête. Snout descend de la plateforme. Un peu de silence.

Enfin.

Avant de remonter dans son bocal, il fait volte-face et annonce : « Les équipes sont mal foutues. On va changer ça. »

11

Abattoir (plusieurs lieux)

Lundi 25, mardi 26 et mercredi 27 mars 2024

Lundi
(vingt-deux jours avant la disparition)

Affecté au poste de saigneur dans l'équipe B, Gus traversa le parking quelques minutes avant 14 heures et y croisa Gab et Jo qui s'apprêtaient à sauter dans la 208, pressés, surtout Gab, d'aller se doucher pour se débarrasser des odeurs, du sang sous les ongles et de tout ce qui pouvait être accroché à ses cheveux. Une pluie fine et tranchante avait eu le temps d'imbiber la capuche de Gus pendant son trajet effectué à reculons depuis chez lui. Gab lui tapa affectueusement l'épaule et l'encouragea à ne pas se laisser marcher sur les pieds et à lui faire des bilans détaillés tous les soirs. Gus rassura son grand frère comme il put et se dirigea fissa vers le vestiaire ; arriver à l'heure était plutôt une bonne idée.

Gab le regarda s'éloigner et un frisson d'appréhension l'enveloppa tout entier. Peut-être aurait-on dû négocier le maintien de Gus dans l'équipe A, malgré les excuses présentées par Snout après l'événement du lundi précédent et le motif invoqué : Zachary Pinoche aurait sollicité un poste de nuit pour des raisons financières ; il fallait donc renforcer l'équipe de Labrosse. Admettons.

Jo demanda à Gab pourquoi il ne démarrait pas la voiture. Gab répondit que si ses parents, Nadine, Alain, et lui-même bien sûr, n'avaient pas accueilli ce garçon vingt ans auparavant, il serait mort. Dans les semaines qui suivirent son installation, il leur fallut beaucoup de vigilance, de douceur, de calme, d'attention au plus petit signe. Gus était si fragile, méfiant, donnait l'impression de marcher continuellement sur des œufs, sursautait au moindre bruit et d'un de ses yeux coulait une larme, comme une fontaine de souffrance permanente qui refuserait à jamais de se tarir.

Jo exprima ses plus sincères remerciements pour ces informations qui lui permettaient de mieux comprendre les comportements parfois troubles de Gus, promit à Gab que tout se passerait bien pour son frère, proposa d'aller poursuivre l'échange au bistrot devant une omelette et un demi et, pour cela, le moteur, il fallait le mettre en route. Jo se remettait doucement de son malaise éthylique du vendredi soir, qui l'avait mené aux urgences, où il avait patienté, au bas mot, six heures sur un brancard avant qu'une langoustine en blouse vînt lui poser une perfusion de morale (c'est pas bien de boire comme ça), de conseils (vous devriez arrêter), de culpabilisation (vous pensez aux gens qui vous aiment ?). Personne ne m'aime, madame, mais si vous souhaitez vous dévouer, c'est pas de refus. Il lui fallait donc reprendre quelques forces et une omelette d'Olga accompagnée d'un demi léger était, selon lui, la plus efficace des ordonnances. Gab tourna la clé.

Gus est sur le banc de son vestiaire. Franck Labrosse et Kevin Declerk dans le vestiaire voisin. Il enlève sa chaussure gauche, une vieille basket, dont la semelle se décolle du talon, s'empare de sa botte blanche de travail et glisse son pied à l'intérieur. Il stoppe le mouvement. Quelque chose de mou empêche ses orteils d'atteindre l'extrémité. Il retire son pied de la botte et y enfile sa main. Le mou est froid et humide. Sa main ressort de la botte couverte de sang et une saleté de graisse jaune s'est nichée sous ses ongles. Ça pue la charogne. Il avait bien remarqué une odeur de viande avariée dans le vestiaire, mais était resté à mille lieues de s'imaginer que des comiques s'étaient adonnés à ce genre d'exquise plaisanterie.

Il secoue sa botte pour en extraire la chose. Une tranche de foie de veau à moitié pourrie tombe sur le ciment. Le service d'accueil a œuvré, la journée commence bien. Dans le vestiaire voisin, sous les crânes rasés s'échangent des clins d'œil complices.

Gus gagne la salle d'abattage des ovins au bout du long couloir. Un agneau bêlant, pattes liées, attend sur le banchet. Pince électrique aux poings, Labrosse s'approche du nouveau. D'après Gus, Zak, il est où ?

Zak ? Gus saisit à peine la question. Il entend dans cette syllabe le bruit d'un couteau sur une gorge.

Oui, Zachary ! Labrosse reproche à Gus d'être responsable du chamboulement des équipes. Par sa faute, Zak a rejoint celle de nuit. Il commence à 22 heures et termine à 6. Au milieu des bougnoules et des bamboulas. Qu'est-ce qu'il en pense, le nain ?

Declerk passe la seconde couche tout de suite en disant que Pinoche est comme son frère, ils sont toujours ensemble, tant niveau loisirs que niveau professionnel. Alors ?

L'agneau bêle.

« Alors quoi ?

— Alors qu'est-ce qu'on fait ? demande Labrosse en avançant d'un pas, pince ouverte. Hein ? Il y pense aux autres, qui vont se coucher à 7 heures du matin, été comme hiver, à cause de petits connards de son espèce ? Il croit qu'on va abandonner Pinoche, allez hop, pfiout, aux oubliettes ? Sait-il que Pinoche "fait les bites et les culs" toutes les nuits ? Sait-il ce que cela signifie, "faire les bites et les culs" ? A-t-il déjà coupé le pourtour de l'anus d'un cochon pour lui retirer le rectum d'un coup sec et tout ce qui va avec ? »

Ça tourne au vinaigre. Gus le sait. Il sait aussi que s'il s'écrase, ce sera pire. Mais que faire ? Que dire ? Quelle stratégie adopter ?

L'agneau bêle.

Labrosse ne lui laisse pas le temps d'organiser sa défense.

« Alors ? On fait quoi ?

— On s'occupe de l'agneau ? »

Labrosse n'en revient pas. *On s'occupe de l'agneau.* S'il n'avait pas à maintenir la pince électrique sous le menton de Gus, les bras lui en tomberaient. En plus, il se fout de la gueule du monde. Declerk y croit, à ça ? À peine. S'il ne se retenait pas, le Declerk…

« On s'occupe de quoi ? Hein ? De quoi ? »

C'est sur le quoi que l'extrémité de la pince percute Gus au diaphragme. Son souffle est coupé. Il se plie en deux avec la sensation que sa poitrine est prise dans un étau.

Alors, on s'occupe de l'agneau ? C'est ça qu'il disait, le gnome ?

Gus reprend sa respiration, se relève.

Va falloir comprendre un peu comment ça marche, ici. C'est quoi les règles et tout ça. Maintenant, pour pouvoir réfléchir à son aise, il va rester debout, là, au milieu de la salle d'abattage, sans bouger jusqu'au soir, compris ? Declerk passe sa main sur son crâne chauve et lance à Gus un regard de Viking. Compris ? Et il a de la chance qu'on ne s'occupe pas de lui avant l'agneau qui, un instant plus tard, cesse de bêler.

Les huit heures de station debout sont émaillées de moqueries, d'insultes, de regards haineux, de jets de morceaux d'abats dans la figure, d'offrandes de colliers tahitiens en intestins. Vingt agneaux sont abattus dans l'après-midi, vingt vaches, dont sept en pleine gestation, douze cochons le soir.

Depuis sa position, Gus peut observer tous les faits et gestes des tueurs et saigneurs couverts de sang, entendre les cris des bêtes mal étourdies dont on tranche néanmoins les pattes, la peur décuplée des jeunes animaux, les coups assénés pour qu'ils avancent.

C'est vers 22 h 30 que Gus arrive au Kahoua. Gab et Jo l'attendent depuis le dîner. Ils veulent le compte rendu de la première journée.

Gus fait bonne figure. Les douleurs aux jambes le font asseoir dès son entrée. Ce n'est pas facile de changer d'horaires du jour au lendemain, informe-t-il d'emblée, ça casse le rythme d'un seul coup, c'est fatigant. Il a abattu deux cochons avec les pinces. Il s'en est bien sorti. Sinon, il s'occupe du transport des viscères et, bon, ça va.

Et les autres ?

Ça va, ça va… Il les connaît à peine, de toute façon. Alors il ne peut pas dire. On verra comment ça évolue. Mais quand même, il préférait faire équipe avec Gab et Jo, c'est sûr.

Mardi
(vingt et un jours avant la disparition)

Le directeur se tient debout bras croisés devant la porte du vestiaire de Gus. Quand ce dernier débarque, en trottinant parce qu'il est 14 h 02, Snout lui indique du pouce la pendule puis la direction dans laquelle le retardataire doit regarder. Gus retire son blouson gris acrylique en s'interrogeant sur ce qu'il a bien pu faire, car le visage du patron ne respire pas la joie de vivre. Il fait un pas dans la pièce et remarque vite que son tablier de travail n'est plus qu'un pendouillis de lambeaux accroché à la patère. Quelqu'un l'a lacéré avec méthode. Un boulot d'artiste. Au cutter.

Gus est sidéré par le sabotage. Ce n'est pas lui qui a fait ça, il le jure, ce n'est pas lui. Pourquoi aurait-il détruit son tablier ? Il ne comprend pas.

Snout, lui, comprend qu'il va falloir racheter un tablier, car les employés doivent être munis de protections réglementaires et ça, c'est encore un coût.

Gus, qui sent des fourmis dans ses mains – il ne supporte pas de devoir se justifier –, comprend de travers. Il n'a fait aucun coup, ce n'est pas son genre, il est sérieux, il ne souhaite qu'une chose : travailler dans de bonnes conditions en respectant le matériel…

Un coût. Pas un coup, un coût. Snout accompagne sa correction par ce geste du pouce et de l'index universellement reconnu signifiant le pognon. Et respecter les horaires, ce serait bien aussi, cale le directeur avant de revenir au sujet qui le préoccupe aujourd'hui : la lacération du tablier. Qu'est-ce qu'il va faire avec ce truc ? C'est irréparable, ça ne se recoud pas, c'est du plastique, et ça ne se recolle pas non plus. De ce fait, Gus ne peut pas travailler sans protection, ce n'est pas possible.

Contraint de trouver une solution, Gus propose, pour le moment, d'utiliser le tablier de Gab, ou celui de Jo.

De Gab ?

De Gabin. Rayb…

Mouais. Alors ça, c'est envisageable aujourd'hui, admettons, mais on ne peut raisonnablement pas se partager ce type de matériel individuel, c'est chacun le sien, comme les bouchons d'oreilles, rapport à tout un tas de motifs de sécurité et d'hygiène ; on épargne à Gus la lecture du règlement affiché dans le bureau du directeur et dans chaque vestiaire. Donc, oui, mais non. Du coup, qu'est-ce qu'on fait ?

Cris des cochons dans la stabulation.

Gus est embêté, il ne voit pas d'autres options. Alors c'est le silence entre les deux hommes. Le patron se tripote le menton, visage baissé, regard en coin vers le salarié qui stationne au milieu du vestiaire comme une asperge trop cuite. C'est horripilant. Hervé Snout est exaspéré par le comportement de ce Romonde. Molasse, clébard servile, certainement fourbe, faux cul, à déblatérer dans le dos des autres.

Il rompt par conséquent ce temps de suspension. Va falloir acheter un nouveau tablier. Et pour garantir la logique de cette entrevue, il répète que cela représente un coût.

Gus opine. Eh bien, oui, c'est un coût. Il en est désolé.

Oh, monsieur Snout également en est désolé et ne voit qu'un moyen d'amoindrir les frais de fonctionnement de son entreprise : retenir sur le salaire de Gustave Romonde la somme correspondant à l'achat d'un tablier neuf. Il ne voit que ça.

Mais ce n'est pas Gus qui…

Bien. On ne va pas s'éterniser, on a perdu assez de temps comme cela, les collègues attendent, les animaux aussi, au travail. Et le directeur tourne les talons.

Gus examine le tablier en loques. C'est les autres. C'est les autres qui ont fait ça. Et il va se taire, et il va payer. Il n'ira rien rapporter à son frère ; passerait encore pour une lavette ; à son âge, ça ne se fait plus ; pas être le petit protégé toute sa vie ; épargner les soucis à Gab ; lui doit déjà beaucoup ; les autres se vengeraient ; la période d'essai se terminerait par des remerciements. S'adapter, encaisser, progresser dans l'endurance. Il enfile le tablier de Gab.

C'est en début de soirée, pendant une pause, que Declerk a une idée de génie. Il se rend dans la réserve des déchets, fouille dans un chariot PAT, en extrait une tête de vache, enfonce sa main droite puis son avant-bras dans l'œsophage et vient se positionner en embuscade dans le couloir des vestiaires.

Au moment où Gus sort, il surgit face à lui, tête de vache en avant. Il secoue l'énorme face de marionnette flétrie et, en poussant puissamment son bras dans les chairs froides de la gorge, fait jaillir par la bouche sa main rougeâtre en émettant des meuglements suraigus. Gus sursaute, recule de deux mètres, trébuche et chute en arrière. Son crâne heurte le plateau du banc de métal. Sonné, il s'immobilise devant le spectacle de ses deux collègues hilares.

À 22 heures, Gus ne prend pas la direction du Kahoua, où Gab l'attend pourtant comme convenu. Il file dans la nuit jusqu'à la cité Toits et Joie et s'enferme à double tour. Il s'assoit lourdement sur son lit. Ses mains pendent entre ses cuisses. Des larmes coulent sur son visage exténué. L'odeur de mort lui colle à la peau comme une couche adipeuse. L'employé d'abattoir pue ; l'employé d'abattoir doit faire le deuil de sa propre odeur.

À Gab, qui téléphone, Gus répond qu'il est fatigué, qu'il a préféré rentrer directement. Il viendra demain. Il veut prendre une douche et se coucher vite. Oui, tout s'est bien passé. Non, il est juste fatigué. Il ne va pas travailler à ses bonshommes, ce soir. Peut-être dimanche. C'est une période d'adaptation, il ne peut pas tout faire.

Avec les autres ? Ça va. Rien à dire.

Mercredi
(vingt jours avant la disparition)

La diarrhée de Gus s'est déclarée en arrivant à l'abattoir. À plusieurs reprises dans l'après-midi, il a été contraint de quitter son poste. Labrosse a fini par le traiter de chieur et Declerk de merde-au-cul.

Snout avait été clair dans ses instructions : aucune trace. Une grosse pression, mais aucune trace. En échange du service, quelques kilos de bidoche, ça ira ?

À 16 h 04 et douze bœufs plus tard, Gus s'est à nouveau rendu aux toilettes, suivi discrètement par Labrosse qui a bloqué la porte par l'extérieur en coinçant le dossier d'une chaise sous la poignée. Sacré blagueur, ce Labrosse. Il informa le *pue-la-chiotte* qu'il pouvait maintenant mariner paisible dans ses odeurs d'excrément.

Abandonné, Gus tira profit de sa réclusion comme n'auraient pu l'imaginer ses harceleurs. Enfin, il put souffler, seul sur le trône, en espérant que ce moment durerait le plus longtemps possible.

Quand sa mère et sa grand-mère l'enfermaient pour la nuit au sous-sol, c'était malgré le froid, l'humidité et les rongeurs que Gus se réjouissait de sa captivité. Il grelotterait, il tomberait d'épuisement à l'aube, mais, au moins, il ne verrait plus leur sale gueule pendant plusieurs heures d'affilée.

Sur le couvercle baissé, Gus reprend des forces. Ses pensées s'enchaînent sans logique. Le travail, la fatigue, les bêtes égorgées qui remuent encore, les giclures de sang qui piquent les yeux, les vessies et les sphincters qui se relâchent après la mise à mort ; Nadine, Alain, Olga, Gab et Jo, les habitants de son oasis ; la poupée en cours de fabrication, le dimanche qui approche, le prochain apéritif au Kahoua ; garder le secret de ses souffrances actuelles, tenir le coup jusqu'à ce que les tortionnaires se lassent et capitulent; travailler à son autonomie.

Il marine, oui, mais eux aussi, de l'autre côté de la porte, qui s'estiment libres bien que cloîtrés dans l'exiguïté de leurs certitudes. Eux aussi sont petits, prisonniers de leurs courants d'air cérébraux. Malgré toute l'énergie dépensée, ils échoueront à transformer l'autre en bête. Ils échoueront parce que leur ambition est irréalisable. Ont-ils seulement conscience de cette ambition : déshumaniser l'autre, l'identifier à sa merde? Ont-ils seulement conscience de leur propre malheur? Du grotesque de leur existence en ce monde qui les ignore?

Quarante minutes plus tard, c'est Élodie Moreau qui décoince la chaise et découvre le salarié blafard. Gus se lève, l'air désolé, honteux de sa situation, s'excuse et regagne son poste. La secrétaire n'a pas à demander à Gus de lui confirmer que ce sont bien les deux abrutis de l'équipe qui l'ont enfermé là-dedans. Elle va les trouver. Ils sont en train de passer le jet sur le banchet. Elle ferme le robinet. Les deux types se retournent vers elle.

Élodie Moreau les regarde avec mépris. Est-ce qu'ils s'estiment intelligents d'agir de la sorte? Ils ne répondent pas, font descendre sur leur face ahurie un voile interrogatif. Sont-ils fiers de leur stupidité? Ils s'offusquent.

« Qu'est-ce qu'elle a, la poufiasse? »

Élodie Moreau s'avance vers l'auteur de l'insulte et se positionne à portée de pieds. Un yop tchagui aurait des effets si foudroyants que la jeune femme attendra d'y être contrainte. Tout d'abord, elle transperce l'homme du regard, face à lui, sans bouger, poings serrés. Ses yeux s'écarquillent et rougissent en un instant. Labrosse sourit jaune. Une femme le défie. Il aimerait faire un geste, se gratter le nez, poser ses mains aux hanches, mais le regard le paralyse. Son sourire s'estompe. Élodie Moreau prend la parole pour prévenir la pauvre fiente analphabète en train de se liquéfier que s'il s'avise de la traiter à nouveau de poufiasse, elle fera subir à son corps d'athlète des dommages irréversibles.

« Ah, ouais ? » fait le potentiel tétraplégique.

C'en est trop. Élodie Moreau fait lentement demi-tour. Entre les insultes de ceux-là et la façon dont Snout prononce le mot *charmante*, à aucun moment elle ne peut pénétrer en ces lieux d'un pas serein. Cet univers n'est pas le sien. Ici, elle se sentira toujours reluquée, réduite à de la viande. Aucune relation égalitaire ne pourra jamais s'établir avec ces mâles frustrés. Sous les crânes rasés, l'espace est saturé par un mécanisme rudimentaire, dont la fonction est d'émettre des réactions à chaud, d'étouffer toute velléité d'analyse, de contaminer la structure cérébrale du sujet par le virus de la peste émotionnelle. Pas d'échange possible. Avec Snout, c'est idem. Elle ne sera jamais rien d'autre qu'une subalterne aux ordres, un rouage remplaçable, une collaboratrice dévouée, une femme. Elle décide par conséquent de démissionner.

Avant de s'éloigner, elle rouvre le robinet. Declerk, qui tient le tuyau à bout de bras en direction, sans le savoir, de Labrosse, demeure immobile. Il attend les ordres. L'eau jaillit et vient inonder le chef des pieds à la tête.

La secrétaire remonte dans son bureau et range ses affaires.

Ayant entendu l'altercation, Hervé Snout pousse la porte. « Que se passe-t-il, Élodie ? Il faut se calmer ! Pourquoi se mettre dans des états pareils pour une simple plaisanterie ? » Il sourit, joue au diplomate, son personnage est tellement au-dessus de ça !

« Je ne vais pas continuer », lâche la secrétaire en attrapant sa veste et son sac.

Entre-temps, Labrosse et Declerk, vexés par cette « salope », envisagent de choper Gus et de lui enfoncer le bras dans l'anus d'une vache morte. Gus tournerait assurément de l'œil avec son bras plein de merde ! On se fendrait la gueule ! Un jour, ils avaient fait subir cela à un intérimaire ; il s'était sauvé en chialant, on n'avait plus revu sa tête.

Bon. Il faut réagir de façon mesurée et raisonnable – Hervé Snout s'approche d'elle, son petit museau pointu en avant –, ne pas agir sur des coups de tête – il diminue la distance –, ce ne sont que de pauvres gars qui s'amusent entre eux. Quoi de plus naturel ? On doit les comprendre, ils n'exercent pas un métier facile, ils sautent sur les occasions de se divertir à peu de frais.

En rentrant son abdomen proéminent, Hervé Snout pose sa main sur l'épaule d'Élodie Moreau.

« Retire ta sale patte, gros porc ! »

À son poste, Gus, qui ne sent plus ses bras, trie les organes des bovins abattus ce jour, les boyaux, les abats, les poches des panses immenses et leur farce de végétaux broyés. Il est observé par Labrosse et Declerk qui ne vont pas laisser passer l'agression de la secrétaire sans réagir. Il y a quand même des limites.

Il est 21 heures à l'horloge de la salle d'abattage. Gus pousse un chariot MRS rempli de déchets vers la réserve. Il n'entend pas les deux types fondre sur lui. Quand il sent la tenaille d'une main se resserrer sur sa nuque, c'est trop tard. Ses deux bras sont tirés en arrière et cadenassés dans son dos. De tout leur poids, les deux types renversent Gus en avant et lui enfoncent la tête dans les boyaux. Il tente de se débattre, mais impossible de se libérer de l'étau ; son torse est cisaillé par le rebord du chariot, ses pieds ne touchent plus le sol que par leur pointe ; sa respiration est interrompue ; qu'inspirerait-il s'il emplissait à nouveau ses poumons ? Du sang ? Ses pieds remuent, cherchent appui, jambes tendues, puis ses genoux flanchent, il ne résiste plus, seule persiste une tension dans ses doigts et des spasmes dans ses épaules.

Labrosse et Declerk l'extraient du chariot. Gus s'effondre, désarticulé, la figure couverte de tous les rouges de la gamme. Les gars sortent leur téléphone et immortalisent la scène.

C'est le seau d'eau de Declerk qui ramène Gus à la conscience. Il suffoque, se redresse et retombe, reprend son souffle comme il peut, vomit tout ce que son estomac contient sous les rires et les airs dégoûtés. À Labrosse, Declerk et Pinoche, on ne fait pas des coups pareils. Ça lui rentre bien dans le crâne, au nabot ? Hein ?

Ils sortent de la réserve en checkant poings serrés. Et la prochaine fois, ils lui en feront manger.

Mais il n'y aura pas de prochaine fois. Gus parvient à se lever et c'est titubant qu'il se dirige vers son vestiaire. Il se libère de son tablier qu'il laisse tomber, retire ses bottes, attrape son blouson, ramasse ses chaussures et s'enfuit en direction du bistrot.

Le bistrot a fermé il y a deux heures. Jo est rentré chez lui par ses propres moyens, doucement. Olga et Gab sont montés à l'appartement, ont dîné sobrement et attendent Gus, enlacés sur le canapé. Le frangin devrait arriver dans une heure, mais voilà qu'il frappe à la porte, trois, quatre, cinq fois, urgemment, et qu'il continue de frapper jusqu'à ce que Gab lui ouvre. Le sang et la sueur se mélangent sur le visage de Gus, qui regarde son grand frère d'un air suppliant.

12

Bureau d'Hervé Snout

Jeudi 28 mars 2024
9 heures
(Dix-neuf jours avant la disparition)

Le bureau de la direction est un triangle isocèle. Un des trois côtés est une courbe vitrée offrant une vision semi-panoptique des salles d'abattage du rez-de-chaussée. Le meuble de verre et d'acier derrière lequel Hervé Snout est assis chaque jour supporte un ordinateur dernier cri avec écran large ultramince (quatre millimètres), plusieurs piles de dossiers, une lampe à bras articulé, un téléphone professionnel, des miniatures de plomb peintes (façon rétro) représentant les animaux de la ferme. En face, une étagère en L dans l'angle formé par les deux côtés rectilignes du triangle. À droite, la porte d'entrée sur laquelle est fixé l'écriteau DIRECTION. À gauche, près du fauteuil du patron, la porte de service donnant accès à l'espace secrétariat. À droite de cette porte est affiché le tableau récapitulatif de la répartition des équipes, leur constitution, les horaires. Sous ce tableau, un petit réfrigérateur avec bières et sodas. À l'opposé, la photographie encadrée d'une vache blanche qui regarde en direction de l'objectif.

Il suffit à Hervé Snout de faire pivoter son siège de cent quatre-vingts degrés pour avoir une vue générale des activités de ce bâtiment. De gauche à droite : la réfrigération, la réserve, la section tri, la salle d'abattage des bovins, celle des ovins, celle des porcs, la découpe, le local technique, le couloir qui distribue les vestiaires. Dans le cadre de cet établissement, l'architecture disciplinaire s'avère nécessaire et suffisante parce qu'elle permet au directeur une surveillance globale des activités et une coordination efficace des salariés. Un bilan peut s'effectuer en un clin d'œil. Tout problème, humain, technique, peut être surmonté rapidement.

Élodie Moreau n'ayant jamais pris l'habitude de fermer sa porte à clé quand elle quittait les lieux, c'est aisément que Gabin Raybert a pu traverser le bureau de la secrétaire vers 8 h 45 et patienter dans celui d'Hervé Snout jusqu'à 9 heures en faisant les cent pas sur le linoléum imitation marbre gris clair.

Aussi, quand le directeur arrive, le salarié est disponible, remonté à bloc, prêt au renversement de la vapeur.

Hervé Snout s'apprête à demander à Raybert, en commençant sa phrase par « je peux savoir », ce qu'il fait précisément dans le bureau de la direction, par où est-il passé, y a-t-il été invité, a-t-il préalablement pris rendez-vous, et de quel droit, d'abord, on pénètre chez le directeur sans autorisation ? C'est pour une augmentation ? Un arrêt maladie ? Bon, alors, qu'est-ce qu'il fait là, Raybert, avec son air patibulaire ? On peut savoir ? Ne devrait-il pas plutôt se trouver à son poste de travail avec ses collègues, non mais dites un peu !

Seulement, le patron a juste le temps de prononcer le premier mot de sa tirade, à savoir le pronom « je », ce qui est en réalité très suffisant pour un homme aussi centré sur ses problématiques personnelles, ses fonctions, ses désirs, son nombril, que Gabin Raybert le colle d'une main à la mince paroi qui sépare la pièce du couloir. Il n'y a plus de secrétaire à côté, on est tranquille. Snout est interdit, il se tait. Raybert, qui n'est pas du genre à tortiller du cul pour couper les cheveux en quatre, informe le patron que Gustave Romonde réintégrera l'équipe du matin dès mardi 2 avril à 6 heures. Par conséquent, cet enculé (ce sont ses mots) de Zachary Pinoche pourra reprendre ses horaires précédents avec les deux fils de pute (encore ses mots) de son équipe. Première chose. Deuxième chose : à partir de maintenant (Hervé Snout écoute attentivement, car il sent que c'est plutôt prudent rapport à son intégrité physique), s'il arrive quelque chose à Gustave Romonde, Gabin Raybert en tiendra Hervé Snout pour responsable et les conséquences seront telles que ce dernier ne peut aujourd'hui les imaginer. Ensuite et pendant qu'on y est : le salaire du personnel de cette entreprise sera augmenté dès le mois prochain de vingt pour cent du net, c'est-à-dire que nous passerons de 1 430 euros (largement en dessous de la moyenne nationale) à 1 716 euros mensuels (fourchette basse). Et Gabin Raybert précise qu'il s'agit bien du net et non d'on ne sait quel brut auquel on soustrairait on ne sait quelles charges ; maintenant, on parlera du net, c'est-à-dire de ce qui préoccupe vraiment les gens, disons ce qui atterrit dans leur poche. Évidemment, l'entreprise prendra à sa charge l'achat d'un tablier neuf pour Gustave Romonde. D'autre part, cela fait des années que les salariés réclament l'instauration d'un système de tickets-restaurant et le remboursement de leurs frais de transport. Ces deux revendications seront satisfaites dans les plus brefs délais, c'est-à-dire dès la fin du mois en cours.

Pour conclure : à la moindre anicroche, au moindre mot de travers à l'endroit de Gustave Romonde, à la moindre plainte ou à la moindre entrave au nouveau règlement énoncé à l'instant, Snout, on lui fera bouffer ses couilles.

Est-ce clair ?

Hervé Snout a les yeux rougis par le feu des menaces. Il bafouille une demi-onomatopée et le rictus qu'il esquisse reste coincé dans ses commissures baissées. Il pourrait dire, par exemple : « Je peux vous licencier sur-le-champ pour cela, vous savez ? C'est une faute très grave ! » D'ailleurs, il se lance, mais est interrompu après son *je* par la réitération de la question conclusive de Gabin Raybert, qui prend Snout à la gorge. Oui, il pourrait, mais il n'en fera rien parce qu'il a peur pour ses couilles (dixit Raybert), il sait qu'il risquerait gros à ce petit jeu et il doit vraiment avoir une pleine conscience du danger qui vient de s'abattre sur lui. Un danger réel. Alors ? C'est clair ?

Snout ébauche un mouvement du menton ressemblant à s'y méprendre à un acquiescement.

Bien. Très bien. Maintenant, le patron est invité, toujours avec une main autour du quiqui et une clé au poignet droit à la limite de lui tresser le radius avec le cubitus, à entrer en lui-même pour constater, déjà, les premiers signes d'un changement radical de comportement. Sent-il qu'il est en train de devenir un directeur d'entreprise à l'écoute de ses collaborateurs sans lesquels son abattoir serait vide ? Sent-il la métamorphose ? Il était un type odieux, sûr de son bon droit, assoiffé de pouvoir, abonné aux petites magouilles avec quelques clients du coin, grossistes, restaurateurs et commerçants, auxquels il fourguait de la bidoche réglée en liquide directement dans sa fouille, spécialiste de la facture mal fagotée et de la viande trop vieille vendue pour de la fraîche à des cantines industrielles (ça aussi, Gabin Raybert, il pourrait l'ébruiter), et il se transforme, là, maintenant, en gars sympa, aimable, diplomate, généreux et honnête. Ça fait du bien, non ? Gabin Raybert n'attend pas la réponse. À partir de cette seconde, Hervé Snout doit savoir que chaque fois que ses pulsions de merde frôleront la surface, sa vie (travail, famille, testicules et renommée) sera en jeu. Il peut toutefois poursuivre son boulot sans risque. C'est à lui de voir.

Est-ce clair ?

Acquiescement.

Gabin Raybert apporte (en desserrant son emprise) quelques détails : Gustave Romonde est en congé jusqu'au lundi de Pâques inclus, payé ; le temps d'habillage et de déshabillage sera désormais compté dans le temps de travail ; donc, on quittera l'atelier tous les jours à 13 h 45 ; et enfin, c'est Gabin Raybert qui ira prévenir lui-même Franck Labrosse et Kevin Declerk qu'ils retrouveront incessamment leur fils de pute (*sic*) de collègue. Si c'est bon comme ça, motus sur les magouilles.

Temps de suspension ; accord tacite ; on est faits pour s'entendre.

Raybert lâche la glotte à Snout et change de latitude.

À 14 heures précises, Gab est dehors avec Jo. Sur le parking, Labrosse sort de son Hyundai IONIQ. Il se dirige vers l'entrée des artistes. Sur son chemin, l'obstacle Raybert interrompt son trajet. Labrosse fait « quoi ? » et une gifle monumentale lui visse la tête d'un demi-tour, entraînant épaules, torse, bassin, genoux dans une espèce de *flash dance* centrifuge qui le place de dos par rapport à son adversaire. Il reprend son souffle, ses esprits et une seconde baffe, plus destructrice encore que la première, qui lui écrase l'oreille droite, lui déchire la membrane du tympan et le fait valdinguer sur le bitume. Là-bas, au bout du parking, Pinoche a éteint le moteur et, par prudence, est resté au volant. Il espère que les agresseurs s'en iront sans remarquer sa présence.

13

Au Kahoua

Dimanche 31 mars 2024
22 h 08
(Seize jours avant la disparition)

Nadine avait apporté une de ses spécialités : le fondant de poire avec nappage de caramel maison en arabesque. Le gâteau qui mettait tout le monde d'accord. Alain avait méticuleusement ôté la peau d'un saucisson avant de le couper en rondelles régulières ; une activité qui était devenue, au fil des années, une sorte de spectacle modeste, mais attrayant. Alain le savait et mettait un point d'honneur à améliorer sa performance à chaque essai. Les rondelles devaient avoir toutes, exactement, la même épaisseur. Pour cela, il utilisait son couteau. Gus et Gab avaient toujours connu ce couteau. Ils en savaient le poids pour l'avoir soupesé mille fois, le système d'ouverture et de fermeture, le tranchant de la lame, la patine qui s'était, en quinze ans, épaissie et avait foncé le bois et l'acier du manche.

Quand Alain sortait son couteau de sa poche pour couper des rondelles de saucisson, Gab et Gus se replongeaient dans un plaisir enfantin, souriaient ensemble au souvenir que la représentation convoquait en eux, réentendaient leurs rumeurs d'admiration, humaient à nouveau le parfum fumé de la viande sèche, jusqu'à ce que Nadine, ouverte à l'ironie et volontiers iconoclaste, feigne l'impatience en grondant son mari pour ses manières d'artiste.

Gus avait offert à Olga un bouquet de tulipes rouges.

Gab et Olga avaient passé l'après-midi à préparer pâtés de légumes, samoussas au fromage et autres amuse-bouches.

Dès leur arrivée, Nadine et Alain avaient remarqué la fatigue et la mélancolie de Gus, mais Gab les avait rassurés en aparté : un petit souci au boulot, rien d'important, tout était rentré dans l'ordre. Nadine avait regardé Gus, son fils. Sa figure d'enfant, ces yeux pleins de tristesse, comme embués depuis toujours et pour l'éternité. Si Gab disait que le souci était réglé, alors elle voulait bien le croire. Gus était un hypersensible; de certaines choses, il faisait une montagne. Que s'était-il passé à l'abattoir? Ce n'était pas le moment d'en parler. Comme d'habitude. Nadine ne s'était pas fatiguée à répéter son sentiment à propos de ce métier. On savait ce qu'elle en pensait. Un boulot de dingue. Pas un travail pour ses enfants à elle. Tuer des bêtes toute la journée, qu'est-ce que ça voulait dire? Oui, il fallait bien gagner sa croûte, d'accord, elle n'était pas contre, mais passer huit heures par jour là-dedans… Et puis Gus, il était trop… il n'était pas assez… enfin bon, ça n'allait pas. Ça l'inquiétait, Nadine. Mais elle n'avait rien dit, ce dimanche. Pour ne pas gâcher la fête.

On avait pris l'apéritif sur une des tables du bistrot, puis on avait dîné et englouti le gâteau de Nadine jusqu'à la dernière miette. Olga avait chanté *Dorogoï Dlinnoyu*, la tour Eiffel de la chanson russe, et on avait bu un petit verre de vodka.

Nadine avait vu la larme de Gus déborder de sa paupière et couler sur sa joue blanche, et s'en était émue et l'avait essuyée d'une phalange et mis cette larme sur le compte de l'alcool.

C'est au moment de partir qu'Alain eut sa quinte de toux. Une crise plus forte que la précédente. Nadine lui tapa dans le dos, mais rien n'y fit, l'homme dut s'asseoir plusieurs minutes pour que son souffle revienne. Nadine confia à Gabin qu'elle ne cessait de le supplier d'aller faire des examens. Il refusait ; ce n'était rien, une petite toux, pourquoi s'inquiéter, allez, rentrons.

Dans son garage, Alain avait inhalé des gaz d'échappement pendant quarante ans sans passer au travers des particules. Gabin avait essayé de convaincre son père de procéder à une révision de routine, mais non. Têtu comme une mule, il était.

Mais ce n'est rien ! Toute façon, faut bien mourir de quelque chose !

« Ah ben ça, c'est malin, c'est intelligent d'dire ça ! » râla Nadine.

Gus et les parents viennent de partir. Les rideaux à motifs floraux sont tirés derrière la devanture du bistrot. Une fenêtre a été laissée entrebâillée dans la partie restaurant et une autre dans la cuisine sur la cour intérieure, créant un léger courant d'air frais qui malmène les volutes des cigarettes d'Olga et Gab, assis face à face, de part et d'autre de la table couverte des restes du dîner. Détendus, ils profitent du silence encore empli des voix de leurs invités. C'était une belle soirée. Tout se passera bien pour Gus désormais.

Alain devrait consulter. Il faudra que Gab se lève à 4 h 30, en pleine nuit, pour aller là-bas, mais n'y pensons pas, laissons le temps s'écouler sans le précipiter.

14

Cuisine des Snout

Mardi 16 avril 2024
6 h 32
(Cent soixante-dix-sept minutes avant la disparition)

Hervé Snout tient l'anse d'un mug fantaisie sur lequel est imprimé un personnage bedonnant dans une chaise longue avec cocktail, rondelle de citron et paille coudée. La légende de l'illustration est la suivante : *C'est qui le CHEF ?*

Il le porte à sa bouche et boit une gorgée de café. Il écrit quelque chose sur une feuille de papier qu'il plie en deux. Il a fort mal dormi. Il est encore secoué par l'agression de Gabin Raybert. Il avait pensé, le jour même, au dépôt d'une main courante à la gendarmerie, mais avait exclu cette éventualité étant donné les menaces de son salarié à propos de ses divers arrangements avec certains clients. Une affaire de fausses factures ou de viande pas fraîche dans les cantines scolaires et c'en était fini des établissements Snout. Et puis, concernant ses testicules, Raybert avait su le convaincre. La médiocre fréquence de ses relations sexuelles avec Odile ne justifierait jamais le sacrifice des deux tiers de sa virilité. Avec ces brutes, il faut s'attendre à tout.

Dans les jours qui suivirent cette agression, pour se changer les idées, il partit à la recherche d'une nouvelle secrétaire et sélectionna une certaine Timothée Nochère, quarante-deux ans, au chômage depuis plus d'un an, et dont le profil correspondait aux critères. La candidate se rendit à un entretien, répondit sagement aux questions et signa un contrat à durée déterminée de six mois renouvelables avec deux semaines à l'essai.

Il effectua également une commande de tickets-restaurant pour le mois d'avril et proposa à ses salariés un forfait transport représentant un remboursement mensuel de cinquante pour cent. Ce fut accepté ; il considéra cela comme une victoire personnelle. En revanche, pour l'augmentation des revenus, ce n'était pas si simple, les montants dépendaient de nombreux paramètres, l'ancienneté, les horaires jour/nuit, la nature des postes. Il devait voir cela avec le comptable, il ne pouvait rien promettre… Si, si, il étudiait la question, mais, justement, cette étude prendrait un certain temps, il ne pouvait pas, comme cela, du jour au lendemain… Tout à fait, on se reverrait bien sûr avec les délégués du personnel dans quelques semaines… quelques jours, oui, tout à fait, quelques jours.

Il reprend une gorgée de café. Son visage est aussi fermé que la Pologne de Jaruzelski.

Depuis quinze jours, quelque chose bout en son intérieur. Il produit d'intenses efforts pour paraître aimable de 9 heures à 18 heures, mais dès qu'il passe la porte de son domicile, son irascibilité reprend le dessus et explose dans toutes les directions. De ce fait, Odile et les enfants font les frais de cette aggravation des humeurs snoutiennes.

Il se sent piégé, rabaissé, contraint d'agir en totale contradiction avec ce qui l'a toujours animé. Pour employer un terme devenu, hélas, tabou : le pouvoir. Mais pourquoi ne pas l'admettre, finalement ? Il n'y a pas de honte, si ? Le pouvoir n'est pas honteux, si ? Hervé Snout aime diriger, il aime observer ses employés travailler depuis l'étage supérieur, il aime dominer la situation, être le capitaine du navire et mener son vaisseau vers des horizons qu'il a lui-même définis en fonction de ses ambitions, de sa vision de la réussite, de son goût pour les challenges, de la réalité du marché et de la concurrence. Les abattoirs Snout, c'était son projet.

La réussite aussi est honteuse ? Mais oui, bien sûr !

Hervé Snout ne peut plus souffrir ce genre de discours réactionnaires, ces comportements liberticides. Oui, il y a des gens qui réussissent mieux que d'autres, oui, et alors ? Faut-il les en blâmer ? Oui, il y a du pouvoir, évidemment ! Du pouvoir partout ! Et celles et ceux qui détiennent du pouvoir ne se sont pas forcément octroyé d'autorité les outils qui permettent de faire avancer les choses, ce ne sont pas seulement des héritiers, des égoïstes, de méchants bourgeois ! Mais des hommes et des femmes qui ont eu des projets et qui les ont réalisés grâce à leur énergie au travail, à leur ténacité, à leurs sacrifices. Le pouvoir, ce n'est pas seulement de la domination ; c'est aussi de la compétence. (On a l'impression d'enfoncer des portes ouvertes !) Le pouvoir, c'est d'abord de la responsabilité, et cette responsabilité, elle est exercée au service de qui ? de quoi ? Le pilote de l'Airbus, ce commandant (quel vilain mot !) de bord, il exerce bien une responsabilité déterminée par une fonction précise et met des compétences, les siennes, à la disposition d'une clientèle pour que sa mission de enfin bon quoi merde ! Vous voulez que les avions se pilotent tout seuls ? Que vous l'acceptiez ou non, il y a des gens qui ouvrent la voie, qui prennent des risques, qui sont des guides, des visionnaires. C'est comme ça.

Cette modification des rapports n'était pas prévue dans son plan. Lâcher quelques piécettes pour des tickets-resto, soit, pourquoi pas – pour ce que ça coûte –, mais bouleverser les relations de subordination, ça, non ! Il y a des limites ! C'est ce qu'il a dit et répété à Odile, qui n'a rien saisi, cela va sans dire. Elle lui a rétorqué qu'il ferait bien de lâcher du lest. C'est ne rien comprendre à ce qui est en train de se dérouler au sein de son entreprise ! Lâcher du lest… bon, laisse tomber.

Hervé Snout est seul, dramatiquement seul. Depuis deux longues semaines, il se sent abandonné.

Qui reconnaît son talent, hormis ceux qui viennent négocier (entre nous : lui extorquer !) de la bidoche à un prix misérable et paient, comme ça, de la main à la main ? Et la mafia des grossistes, qui se la coltine ? Qui le félicite pour ses gains de productivité ? Qui admire ses innovations ? Cela, reconnaître, féliciter, admirer, il est obligé de le faire seul ! Sinon, comment pourrait-il poursuivre son aventure sans ce minimum d'observation positive sur lui-même ?

Parfois, des heures durant, il reste à son bureau, statique, la tête dans les mains, à se demander ce qu'ils font, tous, en bas. Ils travaillent, certes, ils travaillent. Mais Hervé Snout se met à culpabiliser dès qu'il jette un œil par la baie vitrée pour voir un peu, justement, comment le travail s'effectue. Il cul-pa-bi-lise ! Non mais vraiment, on marche sur la tête !

Non ! Cela ne durera pas (il vide son mug). Ce n'est pas possible (il remplit son mug) ! Cette entreprise, c'est la sienne ! LA SIENNE ! Il l'a reprise, il l'a ressuscitée, à bout de bras, sans compter ses heures, en surmontant sa fatigue, ses inquiétudes et les obstacles qui se levaient devant lui. Il y a mis toute son âme, tout son ADN, toute son énergie. Quoi qu'il en coûte, Hervé Snout a été l'homme de la situation (il lève son mug vers le plafond pour trinquer à lui-même). Et le plus beau, c'est qu'elle marche, la bête ! Des tonnes de viande livrées chaque mois aux quatre coins du département ! Et en conservant une dimension artisanale, oui, madame ! Artisanale ! Alors ! Quoi de plus réjouissant ?

Il faut reprendre les rênes (il boit une lampée de café). Tenir son rang (et une seconde, nom de Dieu !). Ce ne sont pas les poivrots qui vont faire la loi chez lui ! Non mais dis ! Manquerait plus qu'ça !

Odile apparaît en chemise de nuit. Elle s'étonne qu'Hervé soit déjà habillé, prêt à partir. Il s'en va plus tôt aujourd'hui ?

Oui, ça dérange qui ?

Hervé se lève, sa tasse reste sur la table, à côté de la feuille de papier pliée.

15

Vestiaires de l'abattoir

Mardi 16 avril 2024
8 h 46
(Quarante-quatre minutes avant la disparition)

Après trois vaches abattues dans les règles de l'art grâce à un matador ferme et précis, Gus est en pause dans le vestiaire. Il sirote un café fade dans un gobelet en carton. Gab et Jo grillent une cigarette sur le parking. Quatrième canette de la journée pour Jo.

Un troupeau de moutons a été livré ce matin. Les bêtes bêlent bruyamment dans les bouveries. Le vétérinaire a inspecté le chargement, a fermé les yeux sur deux fractures de pattes postérieures, une mâchoire brisée, trois entailles profondes sur des crânes, a donné à Raybert le double du bordereau et s'est éclipsé. D'autres bruits proviennent des bâtiments annexes : souffleries, rails, scies, hachoirs. Les cochons crient dans les stabulations, les sabots jouent du tambour dans les couloirs de contention.

Gus a retiré ses bottes blanches tachées de sang. Ses orteils prennent l'air. Ses paumes sont rouges. Il respire par la bouche. Le patron ne lui a pas adressé la parole depuis deux semaines. Il semble avoir décidé de laisser son employé tranquille. Gus est détendu. Le travail est pénible, mais Gabin est là, qui veille, alors tout va bien maintenant.

Une cigarette entre deux doigts, une canette dans une main, Jo alterne les prises. Jo ne boit jamais d'eau. Il étanche ses soifs à la bière, au vin blanc, au Martini, au pastis.

Gab est allé à pas lents jusqu'au grand portail d'entrée pour se dégourdir les jambes. Il fume, une main dans une poche, le tablier ensanglanté, face au rond-point, l'air pensif.

Gus renfile ses bottes, se lève et pousse sur ses jambes pour que ses talons s'y logent convenablement. Il s'apprête à sortir du vestiaire quand Snout apparaît dans une de ses chemises à carreaux habituelles. Son visage est grave. Sa peau un peu verte, ses yeux brillants. Au bout de son bras gauche, un seau de dix litres de sang tenu par l'anse d'un poing décidé. Sans un mot, il attrape le seau par en dessous de la main droite, prend son élan et en balance le contenu sur Gus. Dix litres de sang épais et tiédasse viennent de vêtir l'employé d'une robe écarlate et puante.

À la suite d'une apnée de plusieurs secondes pendant laquelle Snout a posé le seau au sol et ses poings à ses hanches et qu'un silence lourd s'est abattu sur les deux hommes, Gus relève ses paupières. Deux trous blancs ouverts dans son visage dégoulinant. Deux trous blancs au centre desquels une pastille noire frémit de rage. Ses épaules sont bloquées en position haute et ses bras loin de son corps, comme les ailes d'un cormoran mazouté, maintenus immobiles par la stupéfaction.

Alors, Snout sourit, émet des gloussements caustiques. Là, les pendules sont à l'heure. On va pouvoir reprendre le travail en sachant qui dirige qui et comment. Dans une situation complexe, les méthodes pour reprendre les rênes ou tenir son rang peuvent revêtir une forme de radicalité, mais une fois que les choses sont dites, la machine huilée, le travail peut continuer.

Gus ne bouge toujours pas. Il regarde Snout intensément. À la pendule en forme de tête de cochon, il est 8 h 49. Ses lèvres se séparent. Du sang pénètre dans sa bouche. Il cligne des yeux une fois. Ses cils se collent entre eux puis se décollent en se décourbant. Au bout de ses bras, ses doigts se plient dans un mouvement lent de chaque phalange pour former deux poings. Le sang coule dans ses bottes, son cou et sur son torse. Il n'est plus qu'une masse visqueuse à l'intérieur de laquelle la colère monte.

Jo rêvasse sur le parking.

Gab est toujours à l'entrée, clope au bec.

Le sang a éclaboussé les murs, les casiers individuels, la table et les chaises, la cafetière, l'affiche de la Vache Qui Rit. Une large flaque s'étend mollement sur le carrelage blanc autour de Gus. Les sons mous des gouttes se détachant de lui pour tomber dans la flaque ponctuent le silence.

La voix de Snout résonne dans la pièce. « Une vraie pomme d'amour », ironise-t-il.

Ce seront les derniers mots prononcés par cet homme, les derniers de son existence.

Gus, ce garçon si frêle, est brusquement inondé par une colère si monumentale que, sans penser aux conséquences de son acte, il se précipite sur Snout, tête baissée et force démultipliée.

Par le coup de tête au plexus, Snout est projeté contre le mur du couloir ; le choc est si violent que son crâne s'y fend possiblement de la nuque au front, comme une pastèque. Il tient sur ses jambes, mais vacille, respiration interrompue. Il tente avec des gestes confus de repousser Gus, mais voit trouble, est pris de vertiges, et les coups de poing se mettent à pleuvoir en énormes grêlons sur son visage bientôt tuméfié, et les coups de genoux percutent son abdomen, dans lequel la rate et l'estomac ne résistent pas à l'éclatement, et atteignent ses testicules broyés à l'instant du choc dans leur sac. Puis les coups, sur le visage encore, gonflé par la première salve, que Gus aplatit, cassant nez, dents, arcades et pommettes. La colère est si puissante que ses soixante kilos semblent s'être augmentés d'un zéro. Les sangs se confondent dans les giclées, sang animal et sang humain, tandis que Gus, ahanant, continue de frapper partout, d'entrer dans les chairs de Snout en le tenaillant de ses doigts recroquevillés enfoncés dans sa gorge d'où émergent des sons glauques d'organes ballottés et meurtris. Quasi inconscient, Snout en sac d'os s'effondre en esquissant de brefs signaux de détresse, mais Gus poursuit le carnage à coups de pied dans la figure du méconnaissable, étendu sur le dos. L'enragé s'élance, saute en l'air et retombe à pieds joints sur la poitrine de Snout, qui vomit vers le ciel une longue gerbe de sang et de nourriture, puis Gus l'attrape par une cheville, le traîne sur plusieurs mètres et le saisit alors simultanément par le col et la ceinture et se sert de sa tête comme d'un bélier pour défoncer la porte du local technique et celle du frigo. Gab et Jo débarquent en pleine tuerie. Gus leur hurle de ne pas s'approcher, hurle tellement que les deux autres sont stoppés net. Ce qui tombe alors sous la main de Gus est une caisse d'inox vide ; il en frappe Snout de toute sa puissance inouïe puis le traîne encore, sous les regards sidérés de Gab et Jo, vers la section des porcs et, dans un ultime effort, soulève le corps inerte par la nuque et le pantalon, le place à la verticale et, en poussant un cri strident, vient l'empaler par le menton sur un crochet de boucherie.

La carcasse de Snout pendouille.

Snout n'est plus.

Il est 8 h 59. Timothée Nochère arrive dans une minute.

16

Section des porcs

Mardi 16 avril 2024
9 heures
(Trente minutes avant la disparition)

Dans la tête de Jo, c'est la mélasse des questionnements d'un naïf, presque inconscient de l'urgence : qu'est-ce qui s'est passé ? Pourquoi Gus a fait ça ? Quand aura-t-on le temps de nettoyer ?

Dans celle de Gus, bras ballants au milieu de la pièce, une sorte de gouffre. Il a comme glissé à l'intérieur de lui-même et regarde la paroi sombre et poisseuse qui l'entoure.

Gab avait pressenti que Gus finirait par fuir cet endroit, mais jamais n'avait imaginé que la fuite prendrait ces proportions. Son frère vient de tuer un homme. Il est là, piquet dégoulinant de sang, hébété par son geste, maigre comme un plant de poireau qui n'aurait pas repris malgré les bons soins prodigués, face au cadavre se balançant en martyr au gibet des cochons.

Pendant un temps trop long, la sidération fige les hommes. Le monde vient de s'écrouler. Un autre monde apparaît, obscur, sans futur.

Gab doit fournir un effort surhumain pour s'extirper de

ces ténèbres. Il prononce le prénom de son frère, « Gus », comme une adresse à un enfant fautif.

Que faire maintenant ?

Pragmatique, il espère que la secrétaire aura du retard. Il exclut d'emblée pompiers et flics. Il regarde Gus hors service. Jo qui bafouille. Snout qui pendouille. Il écoute alentour. Aucun bruit de porte pour l'instant, aucun bruit de moteur. La rumeur des machines dans les autres bâtiments. Celle des bêtes. Les moutons bêlent d'impatience. Il jette un œil aux restes de Snout. Chemise en lambeaux, pantalon sur les chevilles, pied sans chaussure. Ça dégoûte Gab, ça l'affole, ça le responsabilise.

Soudain, l'avenir lui saute au visage comme une larve de xénomorphe : les gardes à vue pour eux trois ; l'instruction ; la reconstitution ; le procès pour meurtre ; la condamnation de Gus à vingt ans de réclusion criminelle (avec circonstances aggravantes étant donné la sauvagerie de l'acte) ; Gus en taule parmi les truands ; lui, Gab, condamné pour complicité, et Jo idem.

Il arrache cela de sa figure. L'inenvisageable doit être tenu à distance. Des promesses ont été faites, jamais trahies jusqu'à présent. Gab doit rester le protecteur de Gus, son petit frère. Plus que jamais, sa vie est entre ses mains. Il l'a sauvé vingt ans plus tôt ; ce secours ne s'est pas interrompu après l'accueil chaleureux. La flamme de la fraternité ne s'est jamais éteinte. Gus a toujours eu besoin de la présence rassurante de son frère, de ses parents. Pendant des années, il a été porté à bout de bras, soutenu quotidiennement. Poursuivre ce soutien sans lequel il se serait dissous, le consolider, démontrer que rien ne pourra jamais grignoter ni trancher le lien qui les unit constitue la seule et unique option. Il faut agir vite et efficacement. Et on ne commencera pas par la dentelle. La chronologie imposera son ordre : planifier, dégrossir, traiter chaque point, corriger le tir si nécessaire, fignoler, finaliser.

Gus est toujours immobile. Jo dans l'expectative. Timothée Nochère en retard.

Gab dit à Jo qu'il faut tout faire disparaître. Il ne voit que ça. Jo préfère-t-il se livrer à la police ? Être incarcéré pour complicité de meurtre ? Partir en cavale ? Jo articule un *non* sans se rendre vraiment compte de ce que cela implique. Est-ce que l'expression *tailler dans la masse* atteint le cervelet de Jo ? Jo produit un *ah* interrogatif auquel succèdent des gestes avec le tranchant de la main droite.

C'est ça.

Il comprend.

Alors on s'y met.

— Gab décolle les vêtements du corps ensanglanté de Snout, cherche la seconde chaussure, la trouve dans un recoin de la section et tend le paquet à Gus.
— Gus tient les habits sur ses avant-bras, mais ne bouge pas.
— Gab claque des doigts devant le visage de Gus et lui ordonne d'aller brûler tout cela au chalumeau dans la grande bassine.
— Gus s'en va, hagard, allume le gaz et enflamme les tissus.
— Gab prend deux couteaux, en tend un à Jo et fait glisser Snout sur le rail jusqu'au banchet.
— Timothée Nochère a tenté de laver les dégâts de son insomnie sous la douche ; elle quitte son appartement situé à vingt-cinq minutes de l'abattoir.

— Gab et Jo décrochent Snout et le posent sur la table de découpe. Ils affûtent les lames.
— Gus regarde les vêtements se réduire en cendres.
— Les dialogues des deux hommes sont réduits à la portion congrue ; interjections, signes de main, mouvements de tête, acquiescements minimaux par des sons de gorge à petit volume.
— Jo prend position derrière la tête de Snout, lance un dernier regard à son camarade et entreprend de la détacher du corps en tranchant l'œsophage, la trachée-artère, les veines et les chairs du cou puis aborde les cervicales. Il tire le corps vers lui pour que la tête tombe dans le vide et que le sang s'écoule au sol vers les bondes d'évacuation.
— Gab effectue des gestes similaires pour les mains et les pieds à cette différence près qu'il utilisera le tranchant de la feuille pour séparer les éléments de l'ensemble en sectionnant os et cartilages.
— Le sang de Snout recouvre le sol. On marche dedans.
— Jo, lui, d'un geste de boucher professionnel, insinue la pointe de son désosseur entre deux vertèbres et les désolidarise aisément.
— Gus vide les cendres dans le caniveau au fond du bâtiment et passe le jet dans la bassine.
— La tête de Snout, qui ne ressemble plus vraiment à une tête, est fendue en deux au couperet et emportée dans la réserve et enfouie sous les déchets d'un chariot MRS.
— Gab fait de même pour les extrémités, dont il a préalablement coupé tous les doigts au sécateur électrique ;

il regarde la pendule ; on est dans les temps (si Timothée Nochère veut bien attendre encore un peu avant de débarquer).

— Gus est chargé de passer le chalumeau sur les deux faces du corps pour brûler tous les poils.

— Gab et Jo réduisent à la scie les bras et avant-bras en morceaux de jarret, en carrés filet, en épaules à rôtir et en palettes. La chair est rosâtre sous la couche de peau.

— Snout s'est vidé entièrement de son sang.

— Gus nettoie le sol au jet et attaque le couloir.

— D'autres jarrets et jambons sont taillés dans les membres inférieurs.

— Les deux découpeurs constatent que la viande humaine est d'une teinte très voisine de celle du cochon. L'on dit qu'elle en aurait les qualités gustatives (avis partagé par le bourrelier Albert Massy, plus célèbre dans les années cinquante sous le surnom de « cannibale du 17e arrondissement »).

— Timothée Nochère est en route ; elle s'arrête au tabac pendant quatre minutes.

— Le corps sans tête et démembré est à nouveau suspendu à deux crochets afin de procéder au tranchage symétrique, à l'éviscération et au tri des abats.

— Jo utilise la scie colonne pour couper Snout en deux.

— Gab récupère boyaux, poumons, foie, estomac, rate, cœur, dans une caisse d'aluminium.

— Gus va répartir le contenu de cette caisse dans plusieurs chariots de déchets en enfouissant bien les morceaux dans le fond, au cœur des viscères bovins.

— Les parties génitales de Snout sont jetées par Gab au même endroit ; il s'assure rapidement qu'elles se fondent bien dans les entrailles des bêtes.
— Gus regarde les deux quartiers de Snout se balancer sans bruit.
— Gab et Jo entament le fessier pour en faire des pointes, des rouelles, des escalopes ; quand à peine trente minutes suffisent pour découper un bœuf, un tiers de ce temps devrait suffire pour un homme.
— Gus reprend le nettoyage du couloir.
— Ils produisent des travers, des côtes et des filets mignons en travaillant le torse et le dos.
— Les morceaux de Snout sont répartis dans des caisses de livraison de viande de porc que Jo est allé chercher dans la réfrigération. Humain et porc s'y confondent.
— Gus nettoie le vestiaire à grande eau ; il asperge murs, table, armoires, chaises, banc.
— Jo passe le jet sur le banchet et tout autour et dans les rigoles et sur les murs.
— Gab vérifie que les déchets sont indétectables dans les MRS et va aider Gus.
— Timothée Nochère est à dix minutes.
— Gus dégage l'eau et le produit nettoyant à la raclette.
— Jo range les outils après les avoir passés sous l'eau bouillante.
— Gab monte chez Snout, prend sa veste, ses clés, ses cigarettes, son briquet en argent, sa sacoche de cuir contenant portefeuille, carte bleue, permis de conduire, téléphone. Les clés, le briquet et le portable gagnent une poche de Gab.

— La veste et la sacoche sont brûlées avec les cigarettes.
— Gus rince serpillière et balais.
— Jo aligne les caisses de viande le long de la cloison de la section des porcs ; on y ajoutera une couche supplémentaire avec les morceaux des animaux abattus la veille et on glissera ces caisses prêtes à être livrées dans la réfrigération de la boucherie.
— Gab se rend sur le parking, prend la bicyclette de Snout, détache les deux roues et cache le tout dans le coffre de sa voiture.
— Sans les masques réglementaires, Gus et Jo fignolent en pulvérisant du nettoyant industriel pur un peu partout.
— Timothée Nochère entre sur le parking et se gare.
— Gab ferme le coffre.
— Timothée Nochère, en retard de trente minutes, trotte vers le bâtiment sans voir Gab, monte à l'étage et s'installe devant son ordinateur.
— Gab fait le bilan de l'effacement des traces.
— Gus suit Gab dans tous ses déplacements.
— C'est l'heure de la pause. Jo boit un verre de blanc. Gab examine le vestiaire. Gus regarde Gab.

Les trois hommes sont assis sur le banc. Chacun dans ses pensées. Liés désormais les uns aux autres par d'autres attaches que celles de l'amitié. Gab est le seul à saisir tous les enjeux de cette nouvelle relation. Ils ne pourront plus se regarder comme avant. Ils sont marqués, au fer, du même sceau.

17

Chez Gus, chez Jo, chez Gab

Mardi 16 avril 2024
14 h 32
(Cinq heures et deux minutes après la disparition)

À genoux, tête dans la cuvette, Gus vomit le contenu acide de son estomac. Ses intestins vont lui sortir par la bouche. Une sueur acide perle à son front. Les yeux embués de larmes, il hoquette et gémit.

En le déposant au pied de son immeuble, Gab lui a dit de ne pas bouger de chez lui, d'essayer de dormir, du moins de s'allonger, de détendre ses muscles, de respirer lentement et de revenir à l'abattoir le lendemain comme si de rien n'était. Gus a opiné, obéissant. Gab savait que ce programme était trop ambitieux, mais y avait-il un autre choix ? Pas un mot. À personne. Compris ?

Oui, compris. Gus suit scrupuleusement les conseils de son grand frère. Il s'allonge, essaie d'infléchir le rythme de sa respiration pour ralentir les battements de son cœur. Son cœur battra-t-il indéfiniment à cette vitesse ou explosera-t-il bientôt dans sa poitrine ? Gab a raison : faire preuve de maîtrise, contenir ses émotions. Alors Gus contient, cherche l'immobilité totale, l'immobilité cadavérique. Ne pas bouger jusqu'à demain. Commencer par une minute, puis cinq, puis, à force de concentration, parvenir à dix, puis une demi-heure, une heure, une nuit. Sans bouger. Tout passera. Les angoisses diminueront, les idées noires s'effaceront. La patience est tout. Sache que le temps est ton allié, Gus. La confiance dans le temps est ta planche de salut.

Il sait qu'il ne pourra trouver le sommeil ; des tourments l'en arracheraient, comme des hameçons ôtés de sa gorge d'un coup sec ; et ceux d'antan s'insinueraient entre deux sursauts. Les bras le long du corps, il inspire par les narines et expire par la bouche entrouverte. Tout doucement. Juste un filet. Être attentif au souffle.

Ses larmes s'en vont glisser sur ses tempes et se perdre dans ses cheveux. Sa vie est un cauchemar. Sa mère aurait dû le noyer dans le tonneau.

Gab est rentré chez lui parce qu'il avait besoin de respirer, lui aussi. Il a fait beaucoup pour Gus, aujourd'hui, comme toujours depuis toujours. C'est grâce à lui que Gus est encore de ce monde. De ce monde, mais seul. Plus seul que le dernier des agneaux du camion, quand tous les autres ont cessé de chialer et qu'il faut emprunter le couloir de contention jusqu'à la porte battante, la pince électrique, le couteau sur la gorge. Encore une fois et comme toujours, seul, malgré l'amour de son frère, de Nadine, d'Alain, seul, parce que aucun d'eux ne souffrira jamais avec lui, autant que lui.

Gus ne se remettra pas de cette épreuve. Il sanglote, maintenant. Comment a-t-il pu oublier son frère à ce point ? Et ses parents ? Qu'ils n'apprennent pas le drame. Cela les tuerait. Pardon, marmonne Gus. Pardon. Ne rien dire. À personne. Protéger Nadine et Alain. Ne jamais trahir leur amour. Faire ce que dit Gabin. Demain, Gus trouvera un moment pour s'excuser auprès de lui. Et il ne dira rien, d'accord, il ne dira plus rien.

Chez lui, un verre à la main, Jo échappe aux images de Snout se balançant au crochet, de Snout débité et réparti dans les caisses de viande, en examinant la photographie d'une femme. Celle qu'il a aimée. Celle qu'il aime. Natacha sur une chaise du salon ; Natacha sortant du bain.

Il se souvient de Natacha sur une plage de l'Atlantique. Ils avaient ramassé des cailloux ronds, polis par le ressac, des débris de coquillages, des éclats de nacre, avaient marché longtemps sur le sable durci par l'eau, avaient atteint la grande falaise blanche. Ils étaient restés jusqu'au soir face au spectacle des vagues se brisant sur les rochers dans des déchirures dissonantes. Ils avaient attendu la nuit. Le soleil avait peint des cartes postales, et c'était très bien.

Gab est sous la douche, robinet tourné vers le glacial. Il essaie de refroidir l'anxiété. Il n'a rien dit à Olga, mais son visage crayeux a parlé pour lui. Elle en a déduit quelque malheur. On ne peut rien lui cacher, à Olga. Elle a l'œil pour déceler les petites misères de son homme. Mais quand Gabin lui révélera la catastrophe, comment réagira-t-elle ? L'eau dégouline sur son corps épuisé, vidé de ses forces. Aujourd'hui, tout s'est écroulé. Il ferme les yeux, s'adosse à la paroi carrelée et froide. La chute est vertigineuse, infinie. Maintenant, Gabin Raybert est coupable de complicité de meurtre, de non-assistance à personne en danger, d'acte de barbarie, de recel et d'atteinte à l'intégrité du cadavre de la victime. Comment vivre avec cela, cette horreur sur les épaules ? Et l'écœurement, la honte, l'enlisement, la solitude, car Olga s'en ira, n'est-ce pas, elle tirera un trait définitif sur Gabin le tueur, l'impossible humain qu'elle s'évertuera à oublier, celui dont elle fuira la souillure. Olga quittera Gabin. L'effondrement ne fait que commencer.

18

Collège Apollinaire

Mardi 16 avril 2024
14 h 40
(Cinq heures et dix minutes après la disparition)

Ailleurs, dans la salle 106, au premier étage du collège Apollinaire, Tara Snout suit de loin un cours de mathématiques sur les figures planes, le théorème de Pythagore, celui de Thalès, les sinus et les cosinus. Elle a hâte de rentrer pour aller courir et réfléchir tranquillement à un autre cours, celui de sa vie.

Ce cours-là sera fort différent de tout ce qu'elle aura pu expérimenter sous la contrainte jusqu'à présent. Les sinus et les cosinus, dans la bouche de ce professeur blasé qui ne croit plus lui-même à l'utilité de l'enseignement des mathématiques, sonnent comme des ordres absurdes. Elle n'y comprend rien, c'est du serbo-croate, du javanais. Son père aura beau lui répéter que les mathématiques, ma petite fille, relèvent de ce qu'il y a de plus fondamental dans la vie, il faut qu'elle ait bien cela en tête et qu'elle n'oppose pas systématiquement à cette réalité – avec des notes lamentables – une espèce de je-m'en-foutisme très regrettable, Tara n'y attachera aucun crédit. Eh bien, elle s'en mordra les doigts ; elle peut faire confiance à son père sur ce point. Elle haussera les épaules, comme d'habitude, et n'en fera qu'à sa tête. Tant pis pour elle. C'est tout ce qu'il aura à rétorquer, Hervé Snout, tant pis.

Ce que son père préfère ignorer – il n'est pire aveugle que celui qui ne veut pas voir –, c'est que Tara est déjà loin devant. Elle a déjà réfléchi à tout cela, les contraintes, l'effort, la compétition et l'adaptation et le présentéisme et toutes ces bêtises. Elle n'est pas contre les mathématiques, mais contre les programmes et les méthodes d'apprentissage. C'est pourtant simple ! Son père ne veut pas bouger. Il est enraciné dans ses certitudes. Alors, forcément, sa fille, qui, elle, est en mouvement, s'éloigne. C'est d'une logique ! Tara a toujours le sentiment que son père parle depuis un sommet par lui seul atteint. Il se meut uniquement sur une ligne verticale quand elle se déplace sur un plan horizontal. Forcément, ils ne peuvent pas se comprendre. Hervé veut que sa fille choisisse une destination alors qu'elle préfère les étapes. Deux pensées inconciliables. La pensée d'un parpaing et celle d'un ruisseau.

Eddy Snout, assis parmi ses congénères dans la salle 108 du même collège, assiste à un cours de français ayant pour thème : Regarder le monde, inventer des mondes ; pour chapitre : Interroger le réel par la fiction ; et pour notion : Le roman naturaliste. Le professeur, ayant échoué jusque-là à éveiller chez ses élèves le moindre intérêt pour la littérature du XIXe siècle, leur fait lecture d'un extrait de *L'Assommoir*, chapitre premier, deuxième paragraphe : « Quand Gervaise s'éveilla vers cinq heures, raidie, les reins brisés, elle éclata en sanglots. Lantier n'était pas rentré. Pour la première fois, il découchait. »

Eddy, Zola, il s'en branle parce que, grâce à son père, il pourra entrer à l'abattoir et, un jour, peut-être, ce sera lui le directeur. Hier soir, il l'a entendu dire à sa mère : « Tu me fais chier. » Son père, il dit les choses, il a de la franchise. Faut savoir se faire respecter. D'ailleurs, Louis Réol, le fayot du premier rang, un jour, Eddy lui défoncera le portrait.

Il pense à Maeva, une fille du collège. Il attend de voir, mais il va bientôt passer à l'action.

« Elle regardait à droite, du côté du boulevard de Rochechouart, où des groupes de bouchers, devant les abattoirs, stationnaient en tabliers sanglants ; et le vent frais apportait une puanteur par moments, une odeur fauve de bêtes massacrées. »

Eddy lève les yeux vers le professeur. Qu'est-ce qu'il raconte, son Zola ? Elles ne sont pas *massacrées*, les bêtes ! Heureusement que son père n'est pas là pour entendre ces conneries !

19

Hôtel de ville

Mardi 16 avril 2024
14 h 48
(Cinq heures et dix-huit minutes après la disparition)

De son côté, Odile Snout est montée avec l'adjoint à la culture au dernier étage de l'hôtel de ville, précisément dans la salle désaffectée que monsieur Garand a pour ambition de rénover et de transformer en lieu d'accueil pour les artistes plasticiens du territoire. Il veut pouvoir solliciter les acteurs locaux, leur offrir des conditions d'exposition dignes de leurs multiples talents et, ainsi, faire rayonner la ville au-delà de ses frontières. Pour l'instant, le grenier abrite des archives poussiéreuses sur des étagères d'un autre temps, du mobilier obsolète, des cartons oubliés, des ordinateurs hors d'âge.

Sous une ampoule nue, Odile, poitrine dévoilée, la main gauche palpant ses seins tour à tour, se caresse le sexe en scrutant Marc Garand.

Hier soir et ce matin, Hervé l'a envoyée balader sans ménagement. Il y a des jours où, vraiment, elle ferait sa valise. Alors cela fait bien longtemps déjà qu'elle a remarqué les regards de l'adjoint sur elle. Il est sympathique, attentionné, plutôt bel homme et – c'est ce qu'elle a confié à sa collègue du bureau d'à côté –, parfois, elle a besoin de… (en faisant un geste d'éventail avec sa main et en soupirant un bon coup).

Marc Garand, sous la seconde ampoule de la pièce, se masturbe énergiquement. Son érection est un peu molle, mais ça devrait le faire. Poète, il ne regarde pas à la dépense et complimente en des termes plus qu'élogieux les rondeurs d'Odile, leur teinte de chair qui s'orange à la lumière et tout ce qui lui passe par l'esprit, leur parfum de poire, leur forme ceci, les tétons cela.

Pour sa part, Odile savoure son bol d'oxygène ; Hervé est tellement odieux ces temps-ci ; et ce message tombé sur la table de la cuisine comme une feuille morte – « Notre couple ne serait-il pas en train de vivre son plus grand naufrage ? » –, elle n'en a pas saisi la portée. Comment ce lyrisme a-t-il pu apparaître sous la plume de son mari, lui qui n'a jamais rien écrit d'autre que des chiffres et des bilans (et quelques cœurs sur des Post-it pendant la période faste de leur amour) ? Qu'est-ce qui lui a pris ? La dispute de la veille est-elle à l'origine de cette littérature inédite ? En plus, ce soir, c'est son dîner d'anniversaire… ça va être drôle, tiens…

L'adjoint à la culture a promis à Odile que, s'il obtient les financements pour la rénovation de ce lieu, elle sera la première artiste exposée. Si, si, il apprécie énormément ce petit tableau qu'elle a accroché dans son bureau, il croit beaucoup à son talent. Odile en serait enchantée, cela va sans dire, mais son travail mérite-t-il… Mais oui ! Bien sûr que oui ! N'en parlons plus.

Sa peinture jouirait d'une reconnaissance flatteuse. Locale, certes, mais tout de même. Odile Snout ne serait plus seulement la secrétaire de ou l'épouse de, mais l'artiste peintre qui inaugurerait la nouvelle salle municipale des expositions. C'est tentant. Ça vaut le coup d'essayer.

Enfin, il lui faudrait aller plus régulièrement dans son atelier ; travailler plus sérieusement. La peinture, celle qui génère les plus belles sensations, ne tombe pas du ciel ; elle nécessite de s'atteler à la tâche, elle réclame au peintre un peu d'abnégation et de courage. Elle le sait, Odile, qu'elle n'attache pas assez d'attention à ce travail, incompatible avec le dilettantisme. Mais elle n'a pas le temps ! Le bureau, les enfants, les courses, les repas, le ménage (heureusement que madame Cissampelos vient deux fois par semaine). Ils ne se rendent pas compte, vraiment !

À quel sacrifice est-elle prête ? Hervé sera-t-il d'accord pour une diminution du confort financier dans lequel vivent le couple et les enfants depuis tant d'années ? Et pour quel motif ? La peinture ? Oui, très bien, et donc ? À tous les coups, il répondrait par ce mélange d'ironie et de mépris dont il a coutume. Odile ne devrait pas prier Hervé de réfléchir à la possibilité d'un aménagement. Odile devrait l'imposer. Déjà qu'il a fallu faire des pieds et des mains pour qu'elle ait cet atelier ! Alors, maintenant qu'il est là, elle aimerait bien en profiter un peu plus, voilà tout. Si elle pouvait, elle y passerait tout son temps. Ce n'est pas très compliqué à comprendre, si ? Et si elle négociait un temps partiel ?

Marc Garand gémit doucement, se tient d'une main à une poutre le temps que sa convulsion s'apaise, halète une vingtaine de secondes et retrouve progressivement son souffle. « Merci », dit-il à Odile. « Merci, merci. »

Que les choses soient bien claires : Odile ne dévoile pas sa poitrine à l'adjoint dans le but d'obtenir des faveurs. Prétendre cela serait faire preuve d'une totale méconnaissance des désirs profonds de cette femme. Non seulement elle n'attend rien, ne souhaite rien en retour, ne vend ni n'achète rien, mais, précisément, elle prend. Elle quitte l'univers de la famille Snout, elle respire un air différent, elle est une autre, libre.

« De rien, le plaisir est aussi pour moi. »

20

Salle d'eau, appartement d'Olga

Mardi 16 avril 2024
15 h 24
(Cinq heures et cinquante-quatre
minutes après la disparition)

Gab est sur le bidet, une serviette de bain sur le dos. Il pleure, perdu. Il ne s'en sortira pas seul.

Debout devant lui, Olga le supplie de lui confier les causes de ses larmes. Il sanglote. Elle s'approche, prend la tête de Gab dans ses mains et l'applique sur son ventre, lui prodigue mille caresses de réconfort en susurrant des invitations au calme. Elle est là, elle peut tout entendre, elle saura le rassurer, elle est sa première confidente. Plonge-t-il à nouveau dans une période dépressive comme il en a connu au début de son expérience à l'abattoir ? Est-il arrivé quelque chose à Alain ou Nadine ? À Gus ? Qu'il parle enfin !

Gab n'a jamais rien dévoilé à Olga ni à quiconque à propos de son travail. L'abattoir est un lieu qui ne laisse rien filtrer, ni par son architecture, ni par sa signalétique, ni par la parole de ses agents de production. On ne parle jamais de ça. Mais le ça de ce jour est tout autre.

Olga insiste.

Alors Gab commence. Sa voix est grave et chevrotante. Il énonce tout dans le désordre. Le cadavre de Snout, Gus couvert de sang, la secrétaire en retard, la tête et les déchets, le harcèlement par les deux brutes, la découpe méthodique, Gus tétanisé les mains rouges, l'odeur du désinfectant, la répartition des morceaux, les tortionnaires en action, la complicité de Jo, l'effacement des traces, les larmes de Gus, la peur et le dégoût, l'envie de vomir, le sang partout, le sang absolument partout.

Gab sanglote et tousse à s'étouffer.

Olga est abasourdie, muette de stupeur. Qu'ont-ils fait ? Ce n'est pas possible ! Ils ont tué le patron ? Elle lâche la tête de Gab, recule de deux pas jusqu'au mur et pose ses mains sur sa bouche. Ce n'est pas possible ! Des images défilent instantanément et à toute allure devant elle : gyrophares, uniformes, portes de prison, couteaux, usine, giclées de sang, box des accusés, parloir, cadavre, viande, visage de Gus, tabassage, meurtre. Qu'est-ce qu'on va faire ? Qu'est-ce qu'on va devenir ? Gab répond, d'une phrase alambiquée entre ses reniflements, qu'ils n'ont pu agir autrement, qu'il n'y avait que cette solution, sinon c'était la prison, la prison à vie.

Toujours sous l'emprise de la stupéfaction, Olga répète : « Vous l'avez tué, vous l'avez découpé, vous l'avez distribué dans des caisses de viande, vous l'avez fait disparaître, vous avez assassiné un homme et l'avez coupé en morceaux et vous êtes rentrés chez vous ! Mais vous êtes des… » Olga ne prononce pas le mot *monstres*. « Vous avez tué un homme ! » Gab tend une main. « Ne me touche pas ! » feule-t-elle. « Tu as tué un homme et tu penses que… » Olga se tait.

Oui, tout cela, ils l'ont fait, oui, et ils ont tout effacé, tout nettoyé et…

Et il pense sérieusement que personne ne les a vus ni entendus ? Que, dans les bâtiments annexes, nul ne s'est douté de rien, n'a rien perçu, ne les a pas surpris dans leur sauvagerie ? Que la secrétaire est sourde et aveugle ? Que la famille de la victime ne signalera pas sa disparition ? Qu'il n'y aura ni enquête, ni interrogatoire, ni appel à témoins ? Qu'ils ne seront pas, eux-mêmes, pauvres fous inconscients, les premiers suspects ? Qu'ils échapperont au procès, à la condamnation ? Que la vie va continuer son petit bonhomme de chemin ? Qu'ils ne seront pas poursuivis toute leur pauvre vie par cet acte ? Que ce geste ne leur grignotera pas l'âme jusqu'à l'os ? Comment Gab a-t-il pu sombrer à ce point dans la naïveté ?

Tout est effacé ! Gab répète qu'il n'y a plus aucune trace, plus rien !

Olga est effarée par ce délire. Rien n'est effacé ! Rien ne sera jamais effacé ! Espèce d'idiot ! Malade !

« Arrête de gueuler sur moi ! » crie-t-il, la figure rouge et trempée de larmes.

Et le sang ?

Mais dans un abattoir, il n'y a que ça ! Du sang ! Partout ! Du sang de porc, du sang de vache, de mouton ! On dégouline de sang, on marche dedans, les murs en sont aspergés, on en a jusque dans la bouche ! Du sang, de la merde et du sang ! Gab s'est levé, s'est rapproché d'Olga, tout près. Elle ne veut pas de ses yeux implorants ni de ses mains sales.

Et du sang d'humain maintenant ! ajoute-t-elle.

Oui, d'humain ! Mélangé à tout le reste ! Il n'y avait personne à cette heure, personne ! Et la secrétaire a déboulé quand tout était terminé ! Les autres bâtiments sont trop loin pour que des employés de la boucherie aient entendu quoi que ce soit ! Et le nettoyant, c'est du solvant avec de l'ammoniaque, ça brûle tout !

Mais (Olga soupire pour recouvrer son calme) comment Gab peut-il proférer de telles absurdités ? Les flics, ils vont se pointer à l'abattoir pour interroger un par un les employés. Et si ce n'est Gab qui crache le morceau, ce pauvre Gus avouera tout ! Ou ce sera ce poivrot de Jo ! Et ils finiront au trou tous les trois ! Comme tous les criminels !

Gab a cessé de pleurer. Il regarde Olga et lui répond avec un geste d'impuissance. Elle quitte la salle d'eau.

Voilà. Il n'aurait jamais dû proposer ce boulot à son frère. On ne peut travailler dans un tel endroit sans devenir fou. Ceux qui le peuvent sont déjà fous, ou deviennent alcooliques et drogués, perdent l'entendement et toute capacité à penser leur situation. Ils sombrent. Peut-être que Gab a sombré.

Après un long temps de silence, interminable pour Gab qui n'a osé bouger de la pièce, persuadé que tout était fini entre eux, et réflexif pour Olga, qui s'est recroquevillée dans son large fauteuil de rotin, cette dernière regagne d'un pas déterminé la salle d'eau. Elle se poste devant son compagnon livide.

« Que reste-t-il de Snout ? »

Elle a posé cette question sur un air que Gab connaît bien. L'air granitique d'Olga quand elle a décidé que ce serait comme ça et pas autrement.

Gab lève les yeux. Ses clés… son briquet… son vélo, répond-il en toute confiance. Son portable…

Bon. Dans une sorte d'élan désespéré, Olga lui demande d'aller découper le vélo de Snout en petits morceaux à la meuleuse, d'en remplir deux sacs à gravats et d'attendre la nuit avant de les balancer dans le fleuve du côté de l'usine de pneumatiques ; il n'a qu'à entrer la voiture dans la cour du café et profiter de l'absence de vis-à-vis. Les clés, le briquet, elle se charge de les jeter dans l'eau depuis le pont de Troyan ce soir même. Le portable, on le démonte, on brûle la puce, on jette la batterie dans le puits de la cave, on brise le reste au marteau et on saupoudre les débris dans le fleuve également.

Gab regarde Olga, admiratif et décontenancé à la fois.

Le sang ? demande-t-elle.

Tout est nettoyé à l'acide, au Karcher, jusque dans les moindres recoins, aspergé, badigeonné de Javel. Il a tout vérifié, plus une trace.

Elle produit une moue peu convaincue. Il y a toujours des traces. Et ses effets personnels ? Une veste, une sacoche ?

Brûlés. Réduits en cendres et jetés aux égouts avec un demi-mètre cube de flotte par-dessus. Les empreintes sur les poignées de porte : effacées. Les couteaux, les hachoirs : lavés et passés à la flamme du chalumeau. Les tabliers, les bottes : plongés dans un bac de chlore. Que peut-il rester ?

« J'en sais rien, moi ! Ce qu'il reste ! J'ai tué personne, moi ! »

21

Boucherie de la grande surface et autres lieux

Mardi 16 avril 2024
17h32
(Huit heures et deux minutes après la disparition)

À son arrivée, Labrosse fut étonné par l'exceptionnelle propreté des lieux et lâcha à l'attention de ses collègues que *les enculés du matin* (ce champ lexical n'engage que son utilisateur), pour une fois, ils avaient bien lavé leur *merde.* Sol nickel, outils rutilants. On pouvait se mettre au travail dans des conditions optimales.

Pinoche et Declerk narrèrent en gloussant de fierté leur soirée avec la prostituée de la croix des Frisons. Ils donnèrent à deux voix moult détails sur leurs performances respectives, les chronos, les positions, les orifices, les gémissements sincères de la *salope* et ses tarifs attractifs. Labrosse écouta ses disciples d'un air blasé ; il avait connu cela, plus jeune. Maintenant, il était passé à autre chose.

Lui, en plein milieu du dîner, il avait cassé la gueule à la femme qui partage son existence au motif que l'entrecôte avait été oubliée dans la poêle. Déjà que le matin, il avait trouvé sa brosse à dents à elle dans son verre à dents à lui ; on l'avait pourtant dit et répété depuis quinze jours que, désormais, c'était deux verres à dents, chacun le sien ; c'est quand même pas compliqué à saisir, il suffit de se le mettre dans la tête une bonne fois et, le matin donc, il n'avait rien dit, pratiquement, rapport à la brosse à dents. Alors, là, l'entrecôte, ç'avait été la goutte d'eau. Il ne put se retenir. « C'est parti tout seul. »

Pinoche et Declerk ont ouvert les avant-bras, paumes vers le plafond, béats de certitudes, et ont produit un léger haussement d'épaules pour signifier à leur référent que oui, là, évidemment. Et on était allé couper une vache en deux.

Vers 17 heures, le chauffeur du camion klaxonna dans la cour devant la grande porte des frigos. L'absence du directeur contraignit Labrosse à assurer l'accueil. Il désigna au livreur les palettes destinées aux centres commerciaux. Une cinquantaine de caisses de boucherie, des quartiers de bœuf pour les grossistes, des boîtes de viande préparée, des demi-cochons, des agneaux débités. On enchaîna avec l'inspection du vétérinaire. Quand le camion fut plein, Labrosse s'empara du bordereau et monta à l'étage pour le présenter à la secrétaire, laquelle y apposa le tampon de l'établissement et une griffe approximative. Savait-elle où se trouvait le patron actuellement ? Eh bien non, elle n'en savait rien. Il poussa un long soupir parce que si on se met à faire le travail des autres, maintenant, va falloir que ça suive niveau salaire, mais que cela reste entre nous, compris ? Timothée Nochère comprit instantanément. Il redescendit avec la paperasse et abandonna le livreur à sa livraison.

Le boucher en chef de la plus importante grande surface de la ville, monsieur Brodin Antoine, s'empare d'une des caisses fraîchement livrées et en vide le contenu sur son billot. Filets mignons mal dégrossis, pièces à escalopes, carrés de côtes de porc de deux kilogrammes s'y étalent dans un bruit flasque. Le boucher entreprend de trier les morceaux par catégorie. Il effectue ce travail les yeux fermés et à une vitesse incroyable. Trente-cinq ans d'expérience, ça cale un rythme. Il sépare les côtes à la feuille aiguisée comme une lame de bistouri, les répartit dans des barquettes individuelles que le commis recouvrira de cellophane, taille dans le jambon de belles escalopes de deux cents grammes et les aligne en trio dans des barquettes plus grandes. Les filets mignons, un peu trop frais et roses à son goût, seront réservés dans un frigo de maturation pendant quarante-huit heures.

Côtes et escalopes sont mises en rayon par une employée portant charlotte sous l'œil avisé de madame Grifalconi, qui demande à la jeune femme si, à son avis, la viande est bien fraîche. Elle est tout à fait fraîche, elle vient d'être livrée, aucun souci à se faire, bonne soirée. Madame Grifalconi estime que l'employée n'est pas très aimable, mais bon. Madame Grifalconi choisit une côte de porc dans son emballage, scrute un instant l'étiquette – viande d'ici ; préparée le 16 avril 2024 ; poids net 180 g ; prix à payer 3,92 € ; origine France – et lâche l'aliment dans son chariot.

Il est dans les 18 h 30 quand la vieille dame descend du bus et s'engage dans la rue Simon-Crubelier. Il ne fait pas trop froid pour un 16 avril ; le printemps commence beaucoup plus tôt, asteure ; c'est plus comme avant.

Elle est soudain doublée par la petite Snout qui trottine sur le trottoir comme une chevrette et qui pourrait dire bonjour en passant, mais bon. L'éducation qu'elle reçoit de la part de ses parents, et en particulier de monsieur Hervé, qui est toujours très aimable, lui, ne doit pas porter tous les fruits escomptés. C'est comme ça. Il faut avouer que madame Snout ne donne pas toujours (madame Grifalconi insiste en elle-même sur le *toujours*) le meilleur exemple. Enfin, nous n'allons pas refaire le monde aujourd'hui ; le monde est ce qu'il est ; à son âge (madame Grifalconi est née en 1941), elle n'en a plus la force.

Tara est déjà loin. Elle a pris la première à gauche et a disparu dans la rue Honoré-Marcion. Elle maintient l'allure. Elle regarde sa montre. Elle court depuis une heure et seize minutes. Elle pense à Leïla depuis le début de son entraînement. Elle aimerait réussir à lui dire une chose importante. Oh, ce ne sera pas pour demain, elle doit affiner son idée, qui est encore très floue, l'apprivoiser, la justifier, l'argumenter, mais elle est sur le chemin, elle avance doucement, chaque foulée la rapproche de l'échéance. Bien sûr, cette chose importante, il faudra l'assumer, savoir surfer sur la houle qu'elle aura provoquée, ne pas se laisser engloutir par la morale des autres. Pour le moment, Tara regarde le chemin s'ouvrir devant elle.

Tiens, madame Grifalconi vient d'apercevoir sa voisine d'en face, madame Snout, derrière la vitre de la fenêtre de la cuisine. Elle est juste passée en coup de vent, mais madame Grifalconi l'a bien vue. Monsieur Hervé est-il rentré ? Elle ne voit pas sa bicyclette qu'il laisse de coutume sous l'auvent du garage. Elle referme sa porte à double tour, laisse la clé dans la serrure, accroche son coupe-vent doublé polaire, enfile ses chaussons et va mettre sa côte de porc au réfrigérateur.

Elle allume la télévision et prend un reportage très intéressant en cours de diffusion ayant pour thème la place forte que prendra la culture au sein du projet Paris 2024 et la manière dont les Jeux pourront rassembler les acteurs culturels et sportifs autour de trois idées-axes simples : l'exigence, le partage, l'accomplissement de soi, afin que ces JO historiques soient aussi une olympiade culturelle. Les milliers d'événements artistiques démontreront aux spectateurs à quel point le sport et l'art s'appuient sur des valeurs communes.

Sur le volet de la sécurité, le gouvernement français jouera la carte de l'innovation grâce à un arsenal de caméras haute définition munies de capteurs de mouvements, de drones capables de détecter les comportements suspects d'un individu dans une foule, d'identifier un bagage abandonné, de repérer les véhicules d'apparence douteuse. La technique de perturbation du signal de géolocalisation de drones malveillants sera également au point. Périmètres de sécurité avec palpation, tireurs d'élite, service de déminage, tout sera fait pour sécuriser l'espace public et protéger les vingt millions de visiteurs. Réussir la fête, voilà l'objectif des autorités exécutives. Le budget sera à la hauteur des ambitions : 200 millions d'euros. Ces technologies de pointe devraient seconder efficacement les cent mille agents de sécurité, gendarmes, policiers et agents privés, qui œuvreront pour le bon déroulement de l'événement. Paris 2024 : l'intelligence artificielle au service du sport.

Odile rallume le feu sous le bœuf bourguignon. La sauce s'épaissira un peu, son velouté n'en sera que plus doux aux papilles et tout le monde sera content. Hervé ne devrait plus tarder maintenant. D'habitude, il rentre plus tôt, mais il n'est pas 19 heures. On n'est pas obligé de se mettre à table pile-poil tous les jours de la semaine à l'angélus ! Et ce soir, on fête ses quarante-cinq ans ; le repas s'éternisera peut-être un peu (Odile espère qu'il sera de bonne humeur, car ce matin, elle n'a même pas pu lui souhaiter un bon anniversaire ; il était tellement énervé ! Pour quelle raison ? Elle n'en sait rien ; et ce petit mot qu'il lui a laissé sur la table de la cuisine, elle l'a encore en travers du gosier, mais enfin bon, oublions cela et profitons des bons moments de la vie) ; ensuite, on pourrait peut-être regarder un film tous ensemble ? Ou faire un jeu ? Ou mettre de la musique et danser ? Danser, c'est improbable, Hervé ne danse pas, mais peut-être que les enfants ? Enfin, on verra.

22

Vestiaire de l'abattoir

Mercredi 17 avril 2024
6 h 10
(vingt heures et quarante minutes après la disparition)

Jo enfile ses bottes blanches et démarre au calva. Contraint et forcé, son estomac accueille la première gorgée d'alcool avec une contraction quand aussitôt la deuxième dose se répand. Les parois de la poche se rétractent de dégoût comme les branchies d'une huître aspergée de citron.

Accoudé à la table, la mine démolie, Gab attend que le café soit prêt. Il n'a pas dormi. Avec Olga, ils ont retourné la situation dans tous les sens. En cas d'enquête judiciaire, il sera difficile de traverser les mailles du filet sans encombre. Le juge d'instruction aura pour tâche de passer l'abattoir au peigne fin. Un fragment de cheveu fera l'affaire ; un nanogramme de sang extrait d'une encoignure démontrera que Snout a été abattu ici. Est-ce que Gus est prêt ? Et Jo ? Sont-ils conscients que leur liberté ne tient qu'à un fil ?

Le visage blanc de Gus est envahi de tics. Une larme coule sur sa joue. Il regarde Gab, son frère, d'un air désolé. S'il faut, il va se dénoncer et le problème sera réglé. Gab lui lance un œil sévère voulant signifier que ça, c'est trop tard, on est tous dans la merde, mon vieux. Gus ravale sa proposition.

Les flics vont se pointer, explique Gab à voix basse. C'est incontournable. Debout face à Gus et Jo, immobiles sur le banc, il s'adresse à eux comme un enseignant convaincu, intensément investi dans son rôle éducatif. Nous devons nous tenir prêts à répondre aux questions. Donc, nous n'avons rien vu, rien entendu, ni Snout arriver à vélo ni Snout monter dans son bureau. Nous étions au travail de 6 heures à 14 heures sans interruption, point final. Est-ce que c'est clair ? Jo ?

Pour Jo, oui, ça convient comme ça, et il replonge dans son godet. La pensée que Jo se suicide traverse Gab comme une fulgurance, mais une autre priorité s'impose.

Gus ?

… oui ? … Il faut dire quoi, déjà ?

Rien !

Gus répond qu'il est d'accord, les mains bien à plat sur le tablier neuf qui recouvre ses cuisses. Rien du tout. Mais si les gendarmes, ils demandent pourquoi on n'a pas vu le patron ?

On le voit jamais, le patron ! On est au boulot, nous ! Le nez dans la bidoche pendant huit heures ! On le voit pas ! Pigé ? On embauche à 6 heures, on prend en charge un certain nombre d'animaux selon un programme préétabli en fonction des livraisons, on fait une pause à 9 h 30, une seconde à midi et on s'en va à 14 heures. On ne voit pas la lumière du jour. On enchaîne les bestiaux. Le patron, on ne le croise que rarement. Quand il descend, il donne une instruction et ne s'attarde jamais ici. Et puis Gus, il est nouveau, il ne sait rien, il ne voit rien. Gab s'approche de lui, pose les mains sur ses épaules et demande s'il a bien compris.

Ben, oui. Gus a compris. Gus n'est pas un imbécile.

Alors très bien.

Gab sort du vestiaire pour rejoindre la salle d'abattage des bovins. Les bêtes attendent dans la stabulation.

Dix vaches plus tard, Timothée Nochère est à son ordinateur. Elle s'étonne de l'absence du directeur. Il doit, ce jour, lui faire un topo sur le nouveau logiciel de gestion des livraisons d'animaux vivants, qui intégrera la traçabilité, les bilans vétérinaires, un volet prévention, élimination et maîtrise des risques sanitaires, un autre informatif sur la réglementation et mille autres options très utiles. Elle n'y comprend rien. Un semblant de formation accélérée serait le bienvenu.

Elle descend au rez-de-chaussée, il est 9 h 08, toujours pas de directeur dans les parages et les employés, eux, ils sont en train de couper des animaux, ils répondent à peine. On est verni. Bon. Elle remonte.

La secrétaire se demande brusquement si elle va tenir longtemps dans cette ambiance macabre, faisant par là moins référence à l'attitude des hommes qu'à cette odeur permanente de mort qui s'insinue jusque dans les touches de son clavier, dans les tissus de ses vêtements, dans ses cheveux qu'elle est contrainte de laver tous les soirs. Ce n'est pas une odeur franche de cadavre en décomposition, non, pas une pestilence, mais plutôt un fumet vicieux, un nuage invisible, un mélange de poils cramés au chalumeau, d'excréments, d'urine, de viande fraîche, de sabots et de cornes brûlées, un relent organique dont la définition à elle seule est une épreuve. Une odeur qui aurait cette qualité d'intégrer la peur et serait en quelque sorte l'haleine du lieu, sa singularité première. Depuis plus de deux semaines, Timothée Nochère n'est jamais entrée dans ces murs l'esprit tranquille. Les cris, bien sûr, les stridences des porcs, les meuglements profonds et interminables des bœufs, les bêlements des agneaux qui se débattent jusqu'à la décharge d'électricité, le bruit des bouses qui s'éclatent sur le ciment ou celui des jets de lisier des cochons affolés (parce que les estomacs ne sont jamais tout à fait vides malgré la diète préparatoire au voyage), tout cela lui parvient évidemment et elle ne sait si elle cessera un jour d'être dégoûtée par cette bande sonore en prélude au silence des chairs affaissées. L'odeur de la mort, voilà qui est nouveau pour elle. Elle n'a encore jamais emprunté les couloirs sans retenir sa respiration. Elle a connu l'odeur moite des pressings, l'odeur grasse des stations-service, l'odeur chargée des cuisines de cafétéria, l'odeur fétide des élevages de poulets en batterie, l'odeur de la sueur des hommes dans les ateliers. Celle de l'abattoir est à part. Elle dépasse tout. Elle provoque une nausée universelle. Elle projette la secrétaire dans sa propre viande, sa finitude, la puanteur de sa mort.

De retour au premier étage (il est 9 h 12 à la pendule publicitaire de la société Hourcade, matériels de réfrigération – chambres froides, vitrines, saladettes réfrigérées), Timothée Nochère décroche le téléphone.

« Établissement Snout, bonjour !... Tout à fait... Ah, bonjour, madame Snout, enchantée... Oui... Ah, non, monsieur Snout n'est pas encore arrivé... Non... Eh bien, il n'était pas là hier, déjà, du coup, je n'ai pas pu... Non... Son vélo ?... Ah, non... Mais déjà hier... Ah non, le vélo, je ne sais pas… Non, pas vu… Oui, toute la journée d'hier… et ce matin, du coup… Je suis désolée… Ce matin non plus, non… Peut-être, je ne saurais dire… Voilà… D'accord… Très bien, je vous… Bien sûr, vous pouvez compter sur… De rien, madame Snout… Au revoir, madame Snout, au plaisir… Oui, merci, belle journée à vous aussi… Au revoir… »

23

Le Trapèze, salle de spectacle et autres lieux

Samedi 20 avril 2024
20 h 48
(Quatre jours après la disparition)

Olga et Gab patientent dans le hall d'accueil du théâtre municipal. Malgré leur manque d'enthousiasme, ils ont jugé plus judicieux de ne rien bouleverser à leurs projets et s'apprêtent à assister à une représentation d'un spectacle musical, dont ils ont oublié le titre. Il faut convenir qu'ils ne sont vraiment pas dans leur assiette, n'ont que trop peu dormi ces quatre dernières nuits et n'ont qu'une envie : rentrer. De plus, Gab et le théâtre, ça fait deux. On est mal assis, il fait trop chaud dans la salle, on se demande pourquoi les acteurs se drapent pour des choses aussi simples ou prennent un malin plaisir à faire semblant de comprendre des choses aussi compliquées. Et c'est long, mais long! De plus, on rencontre toujours des gens qu'on aurait préféré éviter. D'ailleurs, tenez, comme un fait exprès, c'est bien leur veine en ce moment, mais le hasard, n'est-ce pas, n'est-il point étranger aux désirs de ceux qu'il atteint, voici qu'ils tombent nez à nez avec Élodie Moreau, l'ex-secrétaire de Snout. Manquait plus qu'ça.

Elle a coiffé ses cheveux blonds en une sorte de fouillis retenu par des pinces et une baguette chinoise. Olga remarque qu'elle porte un tatouage multicolore sur l'avant-bras, trois pensées rouges dans leur feuillage et ces mots gravés dessus :

La vie
c'est chaud
mais on
se laisse
pas faire

La tension subséquente raidit davantage le corps de Gab, qui tend sa main avec regret et présente succinctement sa femme. Quand Élodie Moreau demande des nouvelles de l'abattoir, Gab n'a d'autre possibilité que d'informer celle-ci de l'absence de Snout. La taire ferait de lui un suspect puisque, un jour ou l'autre, et pour tout dire incessamment, la secrétaire démissionnaire lirait le journal local. Alors oui, forcément, Gab, aux premières loges, est au courant. Élodie Moreau s'en étonne. Il n'est pas venu depuis combien de temps ? Quatre jours. Sans explication. Et s'il ne refait pas surface, la police sera prévenue, suppose-t-il. Olga ne se défait pas de son sourire artificiel.

Pourquoi la police ? réagit l'ancienne salariée. Il est peut-être tout simplement en congé, en vacances.

Gab sent un frisson furtif le parcourir, car, dans sa grande fébrilité, il n'avait pas envisagé cette éventualité toute bête ; mais il rétorque dans la seconde que la femme du directeur a téléphoné à la nouvelle secrétaire pour lui faire part de son inquiétude. D'après Timothée Nochère, madame Snout était franchement anxieuse. Donc, Gab réitère : si la police est prévenue, il faut s'attendre à être interrogé.

Jusqu'à présent, il ne s'en sort pas trop mal, pense Olga.

« Soit », prononce Élodie Moreau qui se souvient des regards concupiscents de Snout quand il pénétrait sans frapper dans son bureau par la porte de service. Elle acceptera volontiers de répondre aux questions des enquêteurs.

Elle se souvient alors de la voix de Snout, parfois amicale, parfois lascive, de ses sourires qu'il espérait séduisants. Elle s'était toujours méfiée de ce type. Un jour, il avait posé une main sur son épaule. Elle sent encore la pince de ses doigts se refermer sur elle, le dégoût immédiat qu'elle avait connu, son recul et sa réaction violente. Heureusement, désarçonné par le refus catégorique de la secrétaire de se laisser palper, il n'avait rien tenté d'autre, avait juste mâchouillé quelques insultes et procédé sur-le-champ à son licenciement. Si elle n'avait pas opposé une résistance ferme et définitive à l'emprise patronale, à cette tentative de la soumettre à la loi d'un moyenâgeux droit de cuissage, le bougre serait passé à l'acte. Elle en est persuadée. Élodie Moreau admet intérieurement que ses certitudes peuvent paraître exagérées, mais auprès de qui ? Des hommes ? Il n'y a que les femmes libres pour comprendre cela.

« Eh bien je répondrai aux questions », répète-t-elle avant d'ajouter à mi-voix : « S'il a disparu, c'est tant mieux ! C'était un gros porc ! »

Circonspects, Gab et Olga gardent le silence. La secrétaire ne rechigne pas à exposer ses profondes convictions, qu'elle confiera peut-être aux fonctionnaires de police. Cela aurait pour avantage de détourner leur attention, de diriger leurs recherches du côté de chez madame Snout, par exemple. Madame Snout était-elle au courant des plaintes formulées par la collaboratrice licenciée ? Que pense madame Snout de ces allégations ? Madame Snout a-t-elle déjà subi des violences de la part de monsieur Snout ?

Les portes de la salle de spectacle s'ouvrent. Olga et Gab saluent l'ancienne secrétaire et gagnent leurs places.

Il est 21 heures, la représentation commence.

Au même instant, sur la piste du stade Louis-Foulerot éclairée par de puissants projecteurs, Tara Snout court depuis deux bonnes heures. Elle va bientôt s'arrêter et rentrer chez elle, mais avant cela, elle aimerait savoir ce qui se passe dans sa famille. Elle n'a pas revu son père depuis lundi dernier, des gendarmes sont venus interroger sa mère, Eddy a une mine déconfite, la maison elle-même paraît fiévreuse. Elle a le sentiment qu'un édifice est en train de se fissurer, de poursuivre sa lente désagrégation entamée depuis plusieurs années déjà avec, toutefois, ces temps-ci, une accélération du processus. Elle a conscience que quelque chose brinquebale, que ce n'est pas d'hier, que ses parents ne sont plus heureux – l'ont-ils jamais été ? – et qu'Eddy sombre dans une dépression carabinée. Quelle est sa place à elle dans ce chaos ? Sa fonction ? Est-ce à elle de faire en sorte que le dialogue se réinstaure ? Que les sentiments se partagent ? Est-ce aux enfants de colmater les fuites ? Que faire ? A-t-elle un autre rôle à jouer que le sien ? Pour le moment, elle ne peut qu'attendre, la patience est sa meilleure alliée ; avec elle, la tristesse, les regrets et l'inquiétude n'en seront que plus supportables. Mais un jour, oui, elle se le promet, elle s'en ira, elle prendra le strict nécessaire, nouera solidement ses lacets et se mettra à courir et ne s'arrêtera plus jusqu'à trouver. Trouver le lien, le silence, les autres et la vie. Fuir les névrosés qui ne veulent que l'abîme, le bruit, la fureur, leur nombril et la mort.

Sur ces pensées, elle quitte la piste.

Concomitamment, du côté de la cité Toits et Joie, une lumière jaune est allumée au dernier étage du bâtiment B. Gus vient de s'emparer d'une grosse caisse en plastique et en tire une à une des poupées de chiffon, ses bonshommes. Il en compte soixante-quatre. Le sommeil a déserté sa vie. Compter des poupées de chiffon ne rime à rien. Ce qui l'exténue le plus est l'effrayante pensée selon laquelle il ne dormira plus jamais, le repos lui est dorénavant interdit, il sera, pour le restant de ses jours, un homme qui veille. Gus est un criminel, un tueur. Quel tueur peut dormir sur ses deux oreilles ?

24

Salle à manger du capitaine Obrisky

Samedi 20 avril 2024
21 heures
(Quatre jours après la disparition)

Chez le capitaine Daniel Obrisky, c'est la fête. Il a invité son lieutenant, Simon Malassi, qui n'a pas osé refuser ce dîner en tête à tête pour de basses raisons d'infériorité hiérarchique. Le repas est terminé (poulet acheté à la rôtisserie avec ses patates grillées, camembert, vin rouge, café), on attaque les boissons d'homme.

… et quand Mélanie, elle est partie, il n'a pas compris pourquoi, Obrisky. Il s'est retrouvé tout seul comme un con dans sa maison à ruminer sur les causes de ce départ, ses responsabilités à lui, celles de Mélanie, et les enfants dans tout ça et, surtout, le bilan, le fameux bilan en forme de claque…

Simon Malassi signale du menton qu'il comprend.

… alors là, le Daniel, il est tombé de haut. Mais vraiment : le vol plané sans parachute avec atterrissage sous forme de purée. Parce que, déjà, un premier mariage (loupé), un enfant (une fille de quinze ans qu'il n'aperçoit que sur les réseaux sociaux), un divorce, un second mariage (re), deux enfants (franchement, des fois, on fait des trucs…)

et… enfin bon, ça fait deux échecs coup sur coup, quand même… Il vide son verre.

Simon Malassi exprime sa totale empathie par un mouvement négatif de la tête et un pincement approprié des lèvres.

… alors, lui, maintenant, Obrisky, il ne va pas y aller par quatre chemins : les bonnes femmes, si elles veulent faire des gosses toutes seules, d'accord, eh ben, si c'est comme ça, très bien, mais lui, il n'est plus client. Il ne sera jamais plus client. Et il remplit le verre de son invité. C'est un vieux rhum, c'est du bon, ça peut pas faire de mal.

Simon Malassi place un *ben oui* diplomatique tout en faisant un geste restrictif de la main pour signifier que bon… pas plus haut que le bord.

… et les mômes, alors là, on va voir ce que ça va donner, hein ! Des générations de tarés, qu'elles nous préparent ! Tiens, c'est comme la mère Snout. Qu'est-ce que vous voulez que ce soit d'autre que l'explosion d'un couple ? Vous avez remarqué comment elle parle de son mari ? (On peut se dire tu, peut-être, non ? Juste pour ce soir, disons.) Tu vois un peu le tableau ? Le type, il s'en va. Comme ça. Sans prévenir. Du jour au lendemain. Sans un mot d'explication. Et elle, elle feint l'étonnement ? Mais pourquoi il s'en va ? Ben parce qu'il en peut plus, tiens, qu'il s'en va, tiens ! De l'air, madame, de l'air ! Il s'asphyxie ! Il a besoin de changer d'atmosphère ! Et son atmosphère, c'est elle ! La routine, les reproches, les regards en coin et le plafond de la cuisine à lessiver, merci ! Eh ben oui, il a préféré y aller tout seul, à la pêche ! Et si ça s'trouve, il n'est pas parti et elle l'a buté ! Parfaitement ! Pourquoi pas ? Puisqu'elles n'en veulent plus, des bonshommes, ben elles les butent, c'est tout !

Simon Malassi ose tout d'abord une lippe sceptique et enchaîne avec un *peut-être* aussi sceptique que sa lippe.

… mais oui ! Tiens ! Pourquoi qu'elle ne l'aurait point occis, son conjoint ? Ça s'trouve, il est au fond du puits, dans le fleuve, éparpillé en petits quartiers dans la forêt ! Faudrait pas croire tout de suite que la Snout, c'est un ange ! Malgré qu'elle soille jolie… oui, oui, on les a devinées, les émotions du Simon face aux beaux yeux de la suspecte *number one* ! Tiens, il en r'prendra bien un p'tit !

Simon ébauche un étonnement.

… mais toute façon, il s'en fout, Daniel, voilà. Malassi veut savoir la vérité ? Et ben la voilà : le capitaine Daniel Obrisky, un quart de siècle de maison, il s'en bat le cristallin comme de sa première contredanse. Là.

Silence. On refait le plein. On trinque, on bascule.

… alors on va aller se faire chier la bite (ce sont les termes exacts du capitaine qui, épisodiquement, en état de faiblesse, de colère ou de désespoir, se laisse aller à l'insanité libératrice) à rechercher un type qui s'est tiré de son plein gré parce qu'il en avait plein le cul ? Non, mais ça va pas, non ?

Simon Malassi rappelle à toutes fins utiles que monsieur Snout est parti les mains dans poches.

… mais ! (Alors là, ça le fait bien marrer, Daniel, parce que ça, c'est bien une réflexion de débutant !) Et comment elle a fait, Mélanie, à ton avis ? Eh ben, la méthode, elle est simple, la voici : elle a emporté des petits sacs de vêtements, un par-ci, un par-là, chez sa copine, progressivement, sans que je m'aperçoive de rien (il n'a jamais compté ses culottes !) et elle a dit aux gosses de se la boucler. Et le jour J, il n'y avait plus que son sac à main et en voiture Simone. Voilà la méthode. Ah c'est bien, c'est raffiné. Alors que ce soit au tour des hommes, un peu, y a rien qui m'choque. Là.

Simon Malassi ne va pas tarder à rentrer, maintenant.

… alors donc, lundi, on récupère l'*orgranigamme* de la boîte et on se répartit les interrogatoires… ça devrait aller vite de toute façon on va pas y passer nos dimanches. Il faudra questionner aussi le personnel *anidmistra*, *adnimistratif*… enfin, les secrétaires, quoi… et pis le voisinage… ça sera plié en deux jours…

Simon Malassi s'est levé, il indique par un mouvement du torse qu'il est sur le départ, mais Obrisky ne bouge pas de sa chaise.

… tu sais, moi, je fais encore deux ans et j'arrête. Ah oui. J'arrête dans deux ans. J'ai fait ma demande. Plus que deux ans et hop, j'apprends la photographie. Ah non, ça suffit les conneries ! Ma vie n'est pas une existence et inversement. Non mais, t'as vu comment qu'on s'emmerde ? Pour c'qu'on gagne, merci bien ! Ah non, non, non…

Le capitaine vide son verre et c'est titubant qu'il accompagne son invité jusqu'à la porte.

Faudrait pas que Simon Malassi tombe sur une patrouille et souffle dans le ballon parce que, là, avec ce qui circule dans ses veines, il se ferait ramasser comme une châtaigne.

25

Bureau du capitaine Obrisky et deux lieux de l'abattoir

Mardi 23 avril 2024
13h48
(Sept jours après la disparition)

Le capitaine Obrisky et le lieutenant Malassi ont dressé la liste des personnes à interroger et se sont réparti les noms.

Obrisky : Franck Labrosse, Kevin Declerk, Zachary Pinoche, Élodie Moreau, Maurice Marcia (dit Momo), Nadir Zarbi (dit la Mouche), Thiago Coucoune (dit Babar).

Malassi : Gabin Raybert, Joseph Troquet, Gustave Romonde, Timothée Nochère.

Le lieutenant est actuellement dans le vestiaire de l'équipe A tandis que son supérieur est à la gendarmerie en compagnie de Franck Labrosse (équipe B).

Malassi occupe une chaise et Raybert, le banc.

Oui, il se nomme bien Gabin Raybert, trente-cinq ans, et confirme son adresse et ses horaires de travail (il se penche en avant pour nouer ses lacets et en profite pour serrer les mâchoires, fermer les yeux et prier Dieu qu'Il lui donne la force). Le mardi 16 avril 2024, il n'a rien remarqué d'anormal, hormis l'absence du directeur signalée par la secrétaire peu après son arrivée à 9 heures. Elle était embêtée, oui, certainement, parce qu'elle est en poste depuis récemment et qu'elle avait besoin d'informations et d'instructions précises. Raybert rappelle son ancienneté au lieutenant Malassi. Oui, il connaît bien l'entreprise. Monsieur Snout vient en voiture ou à vélo. Raybert a déjà aperçu ce vélo, oui, sur le parking, mais ce mardi 16, il n'en a pas le souvenir. Il n'a pas le souvenir d'avoir vu le vélo, non. Peut-être qu'il y avait le vélo, peut-être pas (il sent des fourmis dans ses doigts de pieds puis ses chevilles). Monsieur Snout arrive entre 8 h 30 et 9 heures. Il descend rarement dans les salles d'abattage, fait sa pause déjeuner vers midi et quand il revient, la deuxième équipe a pris le relais. La plupart du temps, il est au premier étage, oui.

Chez le capitaine Obrisky, Franck Labrosse charge l'équipe du matin (il est assis, dos droit, bras croisés, sourire figé). Ce sont des bons à rien. On ne peut pas leur faire confiance. C'est pour cela que monsieur Snout a modifié les équipes aux alentours du 20 mars. Il voulait améliorer la qualité du travail (Labrosse passe le plat de sa main sur son crâne chauve). Un désavantage pour le collègue Zachary Pinoche qui s'est retrouvé de nuit. Son remplaçant s'appelait Romonde. Non, ce n'était pas agréable de travailler avec lui, il ne sait rien faire et peut-être même qu'il ne veut rien faire. (Satisfait, Labrosse attend la question suivante.)

Dans le vestiaire, l'interrogatoire aborde les relations entre les hommes de l'entreprise. Avec le directeur, Raybert n'a jamais rencontré de problème. Raybert connaît son travail et monsieur Snout a confiance en lui. Avec les membres des autres équipes ? Ceux de la nuit : rien à signaler. En revanche, il informe le lieutenant d'une altercation avec

Franck Labrosse (équipe B). Fin mars. Labrosse a maltraité Gustave Romonde qui avait été muté dans l'équipe B. Raybert dirait même torturé, sans vouloir exagérer. L'altercation ? Une brève bousculade. Raybert pense que monsieur Snout a bien remarqué que ça ne collait pas alors il a changé à nouveau Romonde de poste et tout est redevenu comme avant.

De son côté, Franck Labrosse se plaint d'une agression de la part de Raybert. Le 28 mars. Un souvenir très net. Une agression sans motif apparent, froidement, en complicité avec Romonde, évidemment, parce que le directeur avait placé ce dernier dans l'équipe B et que cela ne convenait pas à môssieur comme quoi il n'était pas bien intégré et que ce serait de leur faute, à Labrosse et à Kevin Declerk (il lève les yeux au ciel). Kevin Declerk est un collègue, oui, mais aussi un ami. Et bosseur, ça, là-dessus, rien à dire. Le genre d'agression ? Eh bien, une gifle, monsieur l'agent. Une gifle et une seconde gifle. Oui, deux gifles, c'est ça. Non, il n'est pas allé chez le médecin pour si peu, mais il certifie qu'il a eu mal pendant trois jours.

Les prétendues tortures subies par Romonde ? Labrosse, aidé de Declerk, lui aurait enfoncé la tête dans un bac de boyaux. Oui, c'est Romonde qui l'a dit à Raybert. Non, il n'a pas été témoin ; les faits lui ont été rapportés par la victime. C'est pourquoi le directeur a pensé bon de réintégrer Romonde à l'équipe A. Par ailleurs, Raybert juge anecdotique le départ de madame Moreau. À propos de la nouvelle secrétaire ? Rien à déclarer.

Et peut-être qu'il y a eu de la vengeance dans l'air… (Le capitaine Obrisky ménage un laps de silence sans quitter

Labrosse du regard. Puis, petit rappel : tout ce qui est dit ici est consigné. Toute déclaration mensongère ou calomnieuse peut se retourner contre le témoin.) Non mais c'est rapport au changement d'équipe de Romonde par le directeur. De la vengeance de qui ? Ben de Romonde. Contre qui ? Ben, monsieur Snout… juste une supposition… et donc… Romonde… l'était pas à sa place. Non, c'est lui qui pensait qu'il n'était pas à sa place. Au début, Labrosse et Declerk l'ont accueilli comme un collègue, ni plus ni moins. Pardon ? Que c'est à cause de cette nouvelle affectation que Romonde aurait assassiné monsieur Snout ? Bien sûr que non, Labrosse n'a jamais rien dit de cela. Zachary Pinoche ? Oui, il a été transféré dans l'équipe de nuit. Par monsieur Snout, oui.

Côté abattoir, c'est au tour de Joseph Troquet, qui doit être à deux grammes. (Il roule une cigarette. Sa tension est normale. Il connaît son texte par cœur.) Il ne sait rien, travaille ici depuis longtemps, le patron est un patron comme les autres. Romonde ? Il a remplacé Meydan. Oui, il s'est bien adapté. Pourquoi il a été changé d'équipe ? C'est le directeur qui décide.

À la gendarmerie, Zachary Pinoche répète pratiquement mot pour mot le texte de Labrosse (il est habillé pour la circonstance : chaussures de sport blanc et noir, pantalon de survêtement, veste de survêtement, casquette américaine à longue visière). Le travail de nuit, c'est vraiment difficile. Si Romonde aurait pu subir des intimidations de la part de Labrosse ? (Il ne saisit pas la question, fronce les sourcils.) Pourquoi ? Ils ont rien intimidé du tout. Et toute façon, Pinoche, il était pas là. Ah, oui, il aurait préféré rester avec ses collègues de l'équipe B. D'ailleurs, il l'avait dit à monsieur Snout. Et alors ? Il n'avait rien voulu savoir. On obéit aux ordres. C'est à cause de Romonde, en fait.

Que pense Troquet de son collègue Raybert ? Ah, alors là, Gab, c'est un type comme ça (il pointe un pouce vers le plafond). Il le connaît depuis toujours, on peut compter sur lui et, dans le boulot, y a pas, il est… rectiligne. Il n'a pas d'avis sur la question de savoir si monsieur Snout avait des ennemis dans l'entreprise (il tire sur sa cigarette pincée entre index et pouce). Peut-être, ces derniers temps, il y aurait le p'tit Pinoche qui lui en aurait voulu de l'avoir inscrit dans l'équipe de nuit, mais sinon, il assure que le directeur était plutôt apprécié.

Pinoche confirme que monsieur le directeur change les équipes comme bon lui semble. Non, ce n'est pas Romonde qui a… oui, c'est monsieur Snout, oui. Donc ? Non, ce n'est pas de la faute de Romonde, mais c'est quand même lui qui a pris sa place. Sur les ordres du directeur, oui. Par rapport à l'agression de Labrosse, Zachary Pinoche n'a pas vu grand-chose… Ah oui, il a vu la gifle, mais de loin. Raybert est une brute et pis c'est tout. Le chef de l'équipe B ? Franck Labrosse.

Le portable du lieutenant lui signale un texto du capitaine : Raybert aurait giflé Labrosse par deux fois. Motifs ? Témoins ?

Monsieur Troquet serait-il au courant d'une altercation entre monsieur Raybert et monsieur Labrosse ? Oui, bof, dans un abattoir, y a souvent des bagarres. Il en a vu, des mecs qui se tailladent à coups de couteau pour un oui pour un non. On est sous tension. A-t-il été témoin d'une gifle donnée par monsieur Raybert ? Une gifle ? Troquet rigole sans retenue. Ben mon vieux ! Y a de quoi tomber de l'armoire ! Rien qu'une pichenette derrière la tête, oui ! Ah ben dis donc, des gifles comme celle-ci, il aurait bien aimé en recevoir dans sa jeunesse à la place des branlées de son père au tisonnier ! Une gifle !... C'est parce que Labrosse s'en est pris à Romonde et puis voilà. Heureusement, le directeur a tout changé à nouveau. Romonde, il est trop gentil, il sait pas se défendre et, ici, pour se faire respecter, faut avoir une grande gueule. Alors les Labrosse et Declerk, ils en ont profité, voilà tout.

Kevin Declerk répond à la question du capitaine Obrisky sur l'absence du directeur avec les mots de son mentor. Monsieur Snout est un type réglo. Pas de problème.

Gustave Romonde a pris la place de Troquet sur le banc. (L'anxiolytique que lui a donné Gabin en fin de matinée produit ses effets, car il ne se sent pas trop mal.) Il a commencé à travailler le 4 mars. Ça se passait très bien. Il suppose qu'il a été changé d'équipe pour des raisons d'organisation et de formation. Oui, c'est ça, expérimenter. Apprendre. La saignée, la découpe, le désossage. Le vélo ? Il ne sait pas. Il vient d'arriver et il ne connaît personne alors il essaie de s'intégrer comme il faut. Oui, les collègues de 14 heures l'ont un peu bousculé. Maltraité, oui, on peut dire ça. Est-ce que Franck Labrosse lui aurait enfoncé la tête dans un bac à boyaux ? (Un temps de silence pendant lequel Malassi remarque l'agitation du témoin. Son visage est blanc, ses yeux cernés de fatigue, une larme apparaît au bord d'une paupière.) Romonde bégaie un *oui* honteux. Donc, il aurait subi ce genre de mise à l'épreuve ? Oui. Mais c'était pour plaisanter. Non, monsieur Snout n'était pas au courant.

Kevin Declerk affirme que Romonde n'est qu'un feignant. Fallait le secouer pour qu'il comprenne. Le secouer comment ? Lui expliquer que… lui faire montrer les bons gestes… Pour qu'il comprenne comment on travaille ici. Et que c'est quand même de sa faute si Zachary Pinoche a été relégué chez les migrants. Les migrants ? Oui, ceux de la nuit, équipe C. Non, monsieur Snout a toujours été correct.

Gustave Romonde dit au lieutenant Malassi qu'il n'est pas allé se plaindre au directeur parce que ça ne valait pas le coup. Oui, monsieur Snout a vu que Romonde avait du mal à s'intégrer à cette équipe. Comment s'est-il rendu compte de cela ? Parce que… (Gus fait une pause ; que dire, déjà ? il a un trou de mémoire.) Parce qu'il lui a dit qu'il ne se sentait pas bien dans cette équipe et qu'avec Raybert et Troquet, il apprenait plus vite. Non, il n'est pas allé se plaindre à monsieur Snout, il lui a seulement dit qu'il ne se sentait pas très bien. Non, il ignore si monsieur Snout a été mis au courant de l'agression de monsieur Labrosse par monsieur Raybert. (Malassi observe Romonde. Son corps si faible, cette maigreur, ses os saillants, ce teint blafard…)

Texto de Malassi à Obrisky : Romonde torturé par Labrosse/Declerk.

Concernant les relations entre le directeur et ses employés, Kevin Declerk atteste que monsieur Snout avait des soucis avec l'équipe du matin. D'ailleurs, il a licencié l'Arabe pour ça. Quel Arabe ? L'Arabe qui était là avant Romonde. Non, Declerk ne connaît pas le motif du licenciement, mais bon… Mais bon ? Ben, c'était un Arabe, quoi. Qui a décidé de changer les équipes ? Monsieur Snout, c'est normal, c'est le directeur. Où est monsieur Snout ? Kevin Declerk n'en sait rien... disparu, parti en vacances... Disparu ? Comment ça disparu ?

Oui, Gustave Romonde a sympathisé avec Gabin Raybert, qui est devenu un bon camarade de travail. (Il essuie une larme. Le lieutenant a pitié de ce pauvre gars.) Pourquoi monsieur Romonde a été embauché ? Fonction du profil, sûrement... L'entretien avec monsieur Snout ? Très bien. Des ennemis de monsieur Snout ? Aucune idée... Monsieur Snout ? Où il est ? Aucune idée. La dernière fois qu'il l'a vu, c'était... il ne se souvient plus.

Élodie Moreau est entrée dans le bureau du capitaine Obrisky avec une forte intention de neutralité. L'autre soir, au théâtre, elle était assez remontée, mais aujourd'hui, elle préfère ne rien remuer, jouer le flou, rester distante afin de ne pas être convoquée une deuxième fois. Plutôt que licenciement, elle préfère le terme de démission. Les raisons ? Des projets professionnels différents. Le secrétariat de l'abattoir, elle en avait fait le tour en trois semaines. Snout ? Rien à dire. Il partait souvent. Des journées entières. Chez des clients. Des ennemis ? Pas à sa connaissance. Une engueulade avec ceux de l'équipe B ? Oui, ils avaient enfermé Romonde dans les toilettes. Une sorte de bizutage. Elle leur avait dit et s'était fait insulter. Oui, c'est à cette période qu'elle a décidé de partir.

Le lieutenant Malassi est au premier étage, chez la secrétaire Timothée Nochère, qui décline son identité en se tournicotant les doigts d'angoisse. Elle se sent très bien dans ce nouvel emploi, c'est intéressant et l'ambiance est agréable.

Le vélo de monsieur Snout ? Non, elle ne voit pas. Elle ignorait même que le directeur venait à vélo. Le 16 avril, elle a cherché monsieur le directeur partout, en vain, et le 17, pareil, et le 18 aussi… Elle a eu madame Snout au téléphone. Très aimable. Inquiète, oui.

Et donc, Élodie Moreau, elle en a eu assez de cette ambiance un peu lourde. Alors elle a pris sa décision. Monsieur Snout ne s'est pas formalisé. C'est un univers d'hommes, ici. Ce n'est pas facile d'être une femme dans un univers d'hommes. Madame Snout ? Non… Oui, les établissements Snout sont connus dans la région, mais ils demeurent une entreprise assez artisanale.

La dernière fois que Timothée Nochère a vu monsieur Snout, il lui a paru dans son état normal. C'était la veille… Lundi ? Oui, c'est ça. Oui, monsieur l'agent peut bien entendu entrer dans le bureau de monsieur le directeur.

Le capitaine et son lieutenant font le point sur les informations glanées auprès des témoins et doivent bien admettre qu'il n'y a pas matière à s'affoler. De plus, les interrogatoires de Coucoune, Zarbi et Marcia, les employés de l'équipe de nuit, qu'Obrisky a menés un peu par-dessus le képi, n'ont rien donné. Coucoune a déclaré qu'il avait été fort bien accueilli par ceux de l'équipe A.

Le capitaine reste persuadé que Snout s'est fait la malle avec la personne de son choix, qu'on n'est pas près de le retrouver, qu'il est inutile de perdre son temps, son énergie et sa salive à questionner les salariés des autres bâtiments, boucherie et charcuterie, et qu'asticoter madame Snout serait certainement plus propice à l'émergence de la vérité. Malassi note cela sur son calepin (« rdv Odile S. »). Obrisky et son lieutenant peignent de concert un portrait peu flatteur du sieur Labrosse Franck, un tortionnaire en puissance, un abruti boule à zéro, un type à surveiller. Malassi suggère de le convoquer pour le lendemain. Obrisky y consent.

Le mercredi 24 à 9 heures pile, Franck Labrosse est posé sur une chaise face au capitaine Obrisky. Maintien vertical, bras croisés sur la poitrine, aspergé d'un après-rasage qui incommode les fonctionnaires, chaussures de ville à bouts carrés, jean, chemise à rayures grises rentrée dans le pantalon, veste pétrole, le convoqué se demande pourquoi il se trouve présentement dans les locaux de la gendarmerie.

Eh bien, on va lui expliquer. Monsieur a, semble-t-il, dirigé des opérations de bizutage caractérisé sur la personne de Gustave Romonde, que monsieur Snout, directeur de l'établissement et garant de la sécurité des salariés, a été contraint de changer d'équipe. Que s'est-il passé exactement avec cet employé dans les derniers jours de mars 2024? questionne le lieutenant Malassi, appuyé d'une fesse sur un coin de bureau, comme dans les séries télévisées.

Comment ça, bizutage? se gonfle Franck Labrosse avec cet air offusqué des grands lâches. Romonde a été accueilli comme… on lui a tout expliqué… mais il voulait rien comprendre.

Obrisky regarde Labrosse d'un œil terne. Il en a assez. Il a mal dormi. Ses enfants n'ont pas voulu échanger un mot avec lui au téléphone hier soir. Il n'en peut plus. Alors il laisse le champ libre à son lieutenant. Il prend son gobelet et boit une gorgée de café sucré.

Par son attitude, Malassi exprime une belle confiance en lui. Il est en train de progresser. Labrosse l'horripile, le dégoûte même. Il rappelle que la loi sur l'interdiction du bizutage est claire : le fait pour une personne d'amener autrui, contre son gré ou non, à subir ou à commettre des actes humiliants ou dégradants, dans les milieux scolaire, sportif, socio-éducatif ou professionnel, est puni de six mois d'emprisonnement et de 7 500 euros d'amende.

Bizutage, bizutage… C'est la tradition, quoi ! Pour l'intégration des nouveaux, c'est normal…

Donc, le respect des lois de la République, ça ne lui dit rien ?

Tout le monde y passe…

Passe à quoi ?

Des amusements, des petits chahuts… pas des actes de dégradation…

Obrisky demande à Labrosse – « sans vouloir vous interrompre, lieutenant » – s'il considère que la Gendarmerie nationale est une association de connards.

Les yeux reptiliens du type font la navette entre les deux hommes en uniforme. Il a la chique coupée.

Non… pas du tout…

C'était juste pour savoir. Pardon d'avoir interrompu le lieutenant Malassi, qui peut reprendre.

On dit que monsieur Romonde aurait subi des actes de maltraitance…

De maltraitance ? Alors là, c'est vraiment exagéré, monsieur l'agent…

… et de torture.

De quoi ?

Torture.

Labrosse décroise les bras. Consterné. Il n'a pas de mot pour qualifier ces accusations, plaque ses paumes sur ses cuisses, ne sait par quel bout commencer. Alors, si on va par là, bien sûr… Labrosse ignore ce que les gendarmes voudraient qu'il réponde à cela… si on peut dire tout et n'importe quoi…

Le lieutenant Malassi lève une main pour que le témoin ne se fatigue pas trop. Question simple : est-ce que monsieur Franck Labrosse a enfoncé la tête de monsieur Gustave Romonde dans un bac d'intestins de bovins jusqu'à la limite de l'étouffement ? Acte qui aurait pu entraîner la mort de monsieur Romonde.

Une chaleur visible à l'œil nu monte au visage de l'interrogé, qui lève les yeux au ciel. C'est du grand n'importe quoi. Pour prouver ça, va falloir se lever de bonne heure, risque-t-il.

Malassi quitte sa position, s'approche de Labrosse, se penche sur lui, positionne son visage à vingt centimètres du sien. Obrisky, toujours immobile, présume qu'il assistera sous peu à des violences policières. Ça lui rappellera sa jeunesse.

Les mâchoires du lieutenant se resserrent peu à peu. Il invite le serpent à bien écouter, à nouveau, la question simple : est-ce que, oui ou merde, ce putain de Labrosse a enfoncé la tête de monsieur Romonde dans des putains de boyaux pourris pleins de merde ? Oui ou non ?

Obrisky ressent une légère déception. Une petite torgnole pour ponctuer, ça n'aurait pas trop fait désordre. C'est pas qu'on cogne pour se faire plaisir, mais ça soulage. Faut pas bouder les bénéfices.

Labrosse répond que… voudrait répondre que… ne peut se résoudre à… tenterait bien une envolée, mais… estime que mentir sera plus… alors, il prononce un *non* un peu vicié… avec un soupir, ça va les… même pour plaisanter, ce serait… et encore un petit *non*… des blagues entre collègues, ça arrive… mais ça, non… et il aimerait bien savoir qui l'accuse de… parce que lui aussi, il pourrait…

Labrosse peut s'arrêter là. On a suffisamment de matière. Labrosse va lever son cul de cette chaise et se diriger vers la sortie. Labrosse est un lâche, un menteur, un salopard (Obrisky considère que cela frise la grossièreté). Labrosse va dégager d'ici, en restant cependant à la disposition des autorités. Et que ce fils de pute de Labrosse se tienne à carreau, espèce de pauvre merde (Obrisky confirme qu'ayant échappé aux violences policières, nous nous situons résolument dans l'insulte policière, qui constitue aussi, en elle-même, une violence) !

Après le départ de Labrosse, Simon Malassi va s'asseoir sous l'œil attendri de Daniel Obrisky. Il y a des jours où l'on patauge dans le fond de la gamelle.

26

Jardin des Snout

Mercredi 24 avril 2024
19 h 12
(Huit jours après la disparition)

Le lieutenant Simon Malassi est au volant de sa voiture de fonction garée devant la maison d'Odile Snout. En face de celle-ci, le pavillon de cette madame Grifalconi, qui n'est pas, comme de coutume, derrière son rideau à scruter l'entour, puisque cette madame Grifalconi, quatre-vingt-trois ans, est actuellement hospitalisée à la suite d'un malaise cardiaque, mais qu'il serait peut-être utile d'interroger sur ce qu'elle a pu observer le mardi 16 avril entre 7 heures et 8 h 30.

Le fonctionnaire se sent complètement flagada. Cette journée n'en finit pas. Sa matinée dans l'abattoir fut éprouvante ; il n'a rien pu avaler le midi ; il a passé trois heures dans la paperasse ; il a failli casser les dents d'un témoin ; son supérieur lui a conseillé de ne pas prendre cette enquête trop à cœur ; il a attendu la dernière minute pour se rendre chez Odile Snout, ou, plus précisément, pour stationner devant son domicile ; il est célibataire depuis plusieurs années ; sa vie sexuelle est un néant contre lequel la masturbation n'est qu'un piètre remède et, pour tout dire, l'expression d'une forme d'impuissance à combler sa solitude ; il vit seul dans un logement de fonction avec vue sur cour, chauffage collectif, double vitrage, électricité refaite à neuf et il a parfois le désagréable sentiment que ce gourbi finira par lui servir de cercueil; la dépression chronique de son capitaine lui dépeint par anticipation un avenir peu réjouissant au sein de la gendarmerie; la disparition d'Hervé Snout lui apparaît, de jour en jour, comme un avantage, car, autant voir les choses en face sans se la voiler, Simon Malassi pense à Odile Snout le jour, la nuit et jusque pendant la cérémonie d'enterrement de son père au funérarium de la commune le lundi 22 à 16 heures, seule date disponible dans son agenda; alors, ça va moyen.

Il n'a pas encore bougé de sa voiture. Si Odile avait la bonne idée de sortir sur son perron, enfin, sous l'auvent, ou d'aller nourrir le chien ou il ne sait quoi encore, étendre du linge, repeindre les volets, il pourrait l'interpeller, lui dire qu'il passait par là… non… qu'il avait l'intention de la contacter pour lui demander un nouvel entretien dans le cadre de l'enquête administrative sur la disparition de son mari (de son époux, comme elle dit) et qu'il profite de l'occasion, puisqu'il passe par là, pour justement.

Elle ne daigne même pas apparaître à sa fenêtre. Si ça se trouve, elle l'a vu et elle se cache. Ou elle est à table avec les enfants et ce n'est franchement pas le moment. Snout n'est pas réapparu depuis huit jours; doit y avoir une ambiance là-dedans… Et puis avec sa Peugeot bariolée de bandes rouges et jaunes et alourdie du message blanc sur bleu marine : Gendarmerie – *notre engagement, votre sécurité*, tu parles d'une entrée en matière!

Ah, tiens! La porte s'ouvre. C'est elle. C'est Odile Snout.

Une tenue d'intérieur toute simple, une paire de chaussons blancs, un pantalon large écru sans poches, un débardeur rouge délavé, ses cheveux blonds détachés. Elle se dirige vers le garage, sur sa gauche. Elle porte un saladier empli de quelques déchets de nourriture pour le chien, qui attend, là-bas, attaché à sa niche.

Simon Malassi sort de son véhicule et s'approche du portail. Odile Snout l'a entendu, elle tourne son visage vers lui. Il la salue en allant pincer de deux doigts la visière de sa casquette souple imperméable portant le sigle de la gendarmerie. Son pantalon est un Guardian marine mat, son polo un classique bleu ciel siglé et écussonné de l'insigne à deux barres blanches, son blouson est un trois couches marine imperméable et respirant avec cordons de resserrage et double fermeture, ses chaussures sont des Lynx basses 3.0 noires totalement non magnétiques avec zone d'absorption des chocs au talon.

Pour l'instant, la réciprocité des sentiments des deux protagonistes reste un lointain horizon. Pour Simon Malassi, Odile Snout est immensément séduisante, mais pour Odile Snout, Simon Malassi est essentiellement gendarme.

Elle vient vers lui. Elle s'approche, mais s'arrête cependant à une certaine distance, son débardeur rouge délavé n'étant pas le haut le plus adéquat pour un échange, qui plus est impromptu, avec un représentant de l'ordre.

« Vous désirez ? » demande Odile sur un ton qui ne signifie pas « mais bien sûr, entrez donc, on va s'en jeter un p'tit ».

Pour résumer, Malassi convoque madame Snout à un second entretien, qui peut d'ailleurs se faire à son domicile, si cela convient mieux à madame.

Oui, elle préférerait chez elle plutôt que de se déplacer encore. Elle n'en peut plus, elle est éreintée (cela est visible sur son visage, note Malassi), elle dit qu'elle a l'impression de ne pas avoir fermé l'œil depuis une semaine, d'avoir les jambes qui lui rentrent dans le corps (mais ses traits de fatigue n'empêchent pas Malassi de chavirer). Elle propose vendredi prochain. Vendredi, oui, demain, confirme le gendarme. Non, on est mercredi aujourd'hui, corrige Odile. Ah, oui, alors après-demain, donc ! précise-t-il en soulignant sa phrase par une grimace explicite comme quoi c'est qu'il perd la boule. À 14 heures ? demande Odile. Hein ? Oui, très bien, 14 heures, c'est parfait, oui, répond Malassi, qui a glissé ses mains dans les poches de son pantalon plutôt que de continuer à se les triturer devant son ventre. Il y a du nouveau ? questionne Odile. Après trois secondes de réflexion, le gendarme dit que non, rien de nouveau, hélas, juste pour faire un point, disons, sur comment l'enquête avance et poser deux ou trois questions à madame Snout, si cela ne l'importune. Pas du tout, non, dit-elle. Malassi place un oui hasardeux.

Un silence s'éternise. Une mésange pépie.

Odile est immobile au milieu de l'allée, son saladier à la main. Malassi est toujours en station derrière le portail. Son regard passe des yeux d'Odile à la fontaine qui, comme par magie, s'emplit d'une eau limpide et odorante, puis déborde et se couvre de mousse vert clair et de lichens bruns et dorés alors qu'une nuée de petits moineaux espiègles vient s'y abreuver ; puis de la fontaine à Odile, vêtue d'une robe courte très fluide à manches longues aux imprimés fleuris carmin, verts et mauves, d'un collant noir opaque et de bottines de cuir, à Odile, oui, portant à son bras un panier d'osier empli d'un bouquet champêtre, la chevelure détachée légèrement bouclée façon bohème, dont quelques mèches volettent dans la brise ; puis d'Odile au second plan, un cottage soudainement rustique couvert de vigne vierge sous un soleil de printemps qui dans le couchant s'en va.

Alors à vendredi, conclut Odile.

Pardon ?

Je dis : à vendredi.

Oui, tout à fait, à vendredi, au revoir, madame Snout.

FIN DE LA DEUXIÈME PARTIE

TROISIÈME PARTIE

1

Gendarmerie et autres lieux

Jeudi 25 avril 2024
12 h 16
(Neuf jours après la disparition)

Après un rapide bilan des interrogatoires, le capitaine Obrisky dit à Malassi qu'il peut toujours aller réinterroger Odile Snout comme il a prévu de le faire vendredi 26 puisque, apparemment, ça lui chante, mais cela ne sera d'aucune utilité ; cette affaire n'en est pas une, tout le monde s'en tamponne et, « entre nous », prononce-t-il dans sa barbe, « moi le premier ».

Alors, le lieutenant s'énerve : si rien ne sert à rien, pourquoi le capitaine exerce-t-il encore cette profession ? Il voudrait bien savoir, à la fin ! Parce que si tout le monde se fout de tout, quel est le sens de leur présencc en ces lieux ? On s'rait-y pas en train de flirter avec l'absurde ? Faudrait p't'êt' voir à voir ! Il est quelque part, ce Snout, non ? Chez Raybert et compagnie, que dalle ; Pinoche n'a pas zigouillé le patron sous prétexte que ce dernier l'aurait trimbalé d'une équipe à une autre ; Romonde-le-maigrichon n'est évidemment pas le client idéal vu ses cannes de serin et sa gueule de traviole ; la Nochère, elle pédale dans la choucroute ; la voisine d'en face est en réanimation ; personne n'a vu Snout sortir de chez lui (à part son épouse), personne ne l'a vu arriver à l'abattoir ni repartir ni rien. Alors il est où ? C'est qui ? Qu'est-ce qui s'passe ? On n'est quand même pas là pour regarder passer le Tour de France en mâchant du bubble-gum !

Obrisky lève la main pour signaler à son lieutenant qu'il peut s'arrêter de causer parce que, justement, il vient de mettre le doigt sur la substantifique moelle de l'énigme professionnelle à laquelle se confronte l'ancien depuis des lustres. « Pourquoi ce métier ? » est précisément la question que se pose Obrisky et il n'a toujours pas la réponse. L'étreinte du doute est son pain quotidien. Malassi ne croit pas si bien dire quand il utilise le mot *absurde*. C'est exactement ça. L'a visé dans l'mille.

Alors qu'est-ce qu'on fait? coupe le lieutenant. Si c'est absurde, pourquoi le capitaine est dans ce fauteuil, devant l'écran de cet ordinateur ?

Tout à fait, répond Obrisky. Pourquoi continuer les maraudes nocturnes et verbaliser des poivrots pour état d'ivresse sur voie publique ? Pourquoi continuer à se planquer derrière des arbres, munis de radars ultra-sophistiqués ? Pourquoi tourner dans les allées des fêtes foraines ? Pourquoi prendre les plaintes pour vols de voiture, cambriolages et agressions diverses ? Pourquoi intervenir pour consommation de cannabis quand les jeunes interpellés semblent n'avoir plus que cela à foutre dans cette société qui les a transformés en mollusques addicts ?

La première de ces questions rappelle au capitaine que lui aussi est un poivrot.

Le gros du boulot de flic, c'est effectivement la répression des addictions, les excès de vitesse, les contrôles d'identité, la traque des migrants. Si Malassi rêvait d'autre chose en entrant dans la gendarmerie, il doit aujourd'hui se rendre à l'évidence. En France, la proportion des crimes de sang est très faible. Quand on veut de l'action, on lit des romans policiers avec des cadavres de jeunes filles atrocement mutilés, on postule chez les flics de NYC ou on entre dans la Légion étrangère pour aller faire le barbouze au Mozambique. Snout est parti loin d'ici, il en avait assez de sa langoustine et il a eu bien raison.

Plutôt que de poursuivre ce débat superflu et déprimant, Malassi quitte les locaux, gravit les marches de l'escalier qui mène à son appartement, où il prendra un déjeuner frugal composé d'un cordon-bleu cuisse de dinde et d'une pomme. Il sait qu'il ne peut rien pour son capitaine. Le visage d'Obrisky est jaunâtre. Il suinte la mauvaise bière et la dépression. Il devrait prendre sa retraite dans les plus brefs délais, il est au bord de la dégringolade.

Snout a-t-il plié les gaules de son propre chef comme le prétend le supérieur ? Peut-être a-t-il en effet organisé son départ pendant des mois. C'est plausible. Pour pouvoir déguerpir les mains dans les poches, n'éveiller aucun soupçon sur sa destination, faire croire à une énigmatique disparition, il a acheté des vêtements, des billets de train ou d'avion, une voiture, des chaussures, des valises, a fait expédier cela quelque part, chez un ou une amie, et le tour était joué (va falloir éplucher ses relevés de compte). Le jour J, il lui a suffi d'emporter le minimum, portable, cigarettes, portefeuille, de parcourir, à bicyclette, une distance x jusqu'à un point de rendez-vous, de jeter son vélo dans le coffre d'une auto et de s'évaporer. Et si Obrisky avait raison ?

Malassi ose à peine se l'avouer : la disparition d'Hervé Snout aurait un avantage. Odile Snout passerait du statut de femme mariée à celui de célibataire.

Chez Gustave, au dernier étage de la cité Toits et Joie, ce n'est pas la grande forme. Le jeune homme est au lit, fiévreux, en pleine crise d'angoisse. Il se tortille les doigts, ses yeux pleurent et ses larmes se mélangent à sa sueur. Sans Gabin, il ne pourra pas tenir. Il a besoin de son frère, il faut qu'il l'appelle, quelle heure est-il ? Bientôt 14 heures.

Il ne peut plus croiser son visage dans un miroir, n'en a plus la force. Comment pourra-t-il vivre avec ce poids sur la conscience ? Sa vie est foutue. Complètement foutue. Sa culpabilité sera désormais son oxygène ; elle sera sur sa peau, dans sa voix, son regard, il en sera vêtu pour le restant de ses jours, le calvaire ne fait que commencer. Se rendre à la police reviendrait à jeter son frère en prison pour complicité de meurtre ; il tuerait ses parents s'il leur confiait le drame ; fuir maintenant loin d'ici, ce serait signer ses aveux.

« Gab ? C'est moi. »

Odile est rentrée plus tôt pour déjeuner. Cette matinée a fini de la vider. Marc Garand et ses yeux de crapaud mort d'amour au pied d'une borne lui tiraient d'ostensibles soupirs. Vers 11 heures, elle a informé l'adjoint qu'elle devait s'en aller. Il a dit oui, oui, oui à tout.

Elle s'est laissée choir dans le canapé. Tout était calme. Son portable a sonné. Le prénom de son beau-père s'est affiché sur l'écran. Elle n'a pas répondu. Qu'ils prient tous les deux pour le retour de leur fils. Priez, priez, si cela vous occupe. Puis sa mère. Pas répondu non plus. Nicole est peut-être responsable (en partie) du départ d'Hervé. Si elle n'avait pas débarqué tous les quatre matins pendant quinze ans pour leur livrer une moitié de quiche ou faire un petit coucou, et téléphoné tous les soirs pour ne dire absolument rien, et suggéré qu'on l'emmenât en vacances de temps à autre, rien qu'une semaine, sans vouloir s'imposer bien sûr, car, tout de même, depuis la mort du père d'Odile, Nicole se sent bien seule ; et si Odile n'avait pas cédé à tout, avait su poser des limites, tant contre les envahissements de sa mère que contre les comportements de son époux, la famille Snout n'en serait pas là.

Hervé n'aimait plus Odile (voilà qu'elle se surprend à penser à l'imparfait). Cette évidence vient brusquement de lui sauter à la figure et, aussi paradoxale que cela puisse paraître, de lui rouvrir l'appétit. Les quatre kilos qu'elle a perdus depuis le 16 avril ont créé un tel vide en elle que la faim, à nouveau, réclame de le combler. Non, il ne l'aimait plus. Elle gagne la cuisine, tire la porte du réfrigérateur, attrape l'assiette de fromages, le beurre, la dernière tranche de jambon d'un lot de quatre et s'attable. Depuis combien de temps ne l'aimait-il plus ? Le pain, le beurre et le fromage lui procurent un vrai soulagement. Un enchantement, même. La vie reprend. En revanche, le jambon, ça ne passe pas. Elle essaie pourtant à deux reprises, mais recrache dans l'assiette le mâchouillis rosâtre.

Et elle ? L'aime-t-elle encore ?

Son dégoût est clair et net. Pour la viande, ce n'est plus le moment. Si d'aventure cet aliment était exclu de son régime alimentaire, elle ne s'en porterait pas plus mal.

Tara ne semble pas en manque, elle. C'est même elle qui a la meilleure mine, finalement. Quel caractère, cette petite, pense Odile. Pourquoi s'inquiéter ? Certains enfants prennent tant d'avance sur leurs parents que ceux-ci se sentent proprement largués par le fruit de leurs entrailles. Ce n'est pas le cas d'Eddy, formule Odile pour elle-même.

Quand tarde la réponse à une question aussi cruciale, « est-ce que je t'aime encore ? », le moment où l'on descend la valise de l'armoire est proche.

Odile marche sur les dalles de l'allée qui mène à son atelier. Elle en pousse la porte et va s'asseoir sur son tabouret, face au chevalet où repose une toile en cours. Son dos est voûté comme celui d'une petite vieille, ses mains pendent entre ses cuisses. Un paysage de neige, des arbres menus dont les branches ploient, les sillons noirs des roues de quelque charrette ayant un jour emprunté la rue, des maisons brunes et tordues renfermant peut-être de pauvres âmes endormies. Ses pinceaux, tête en l'air dans les pots, ressemblent à des œillets séchés. Ses couleurs s'empoussiéreront-elles longtemps ?

Quand Gus est entré dans le bistrot, Olga l'a immédiatement pris en charge. Omelette aux champignons, saint-nectaire, crème caramel, eau minérale, café. Gus s'est senti obligé, mais ce repas n'a modifié en rien son teint de déterré.

Gab ne marche pas dans le plat par quatre chemins : Gus doit se rendre au travail comme d'habitude. S'il faut prendre des cachetons, il les prendra. Et pas un mot aux parents. La moindre des reconnaissances sera de les laisser en dehors de tout ça. Gus ne contredira jamais son frère sur ce point ; Nadine et Alain lui ont sauvé la vie ; il les remercie chaque jour.

Les interrogatoires n'ont rien donné, il faut poursuivre sur cette lancée, éviter les attitudes suspectes. Les gendarmes n'ont aucun indice. Est-ce que Gus comprend ? Aucun indice.

Oui, Gus comprend, mais il regrette tant de s'être énervé contre Snout. Cette colère incontrôlable a laissé un stigmate indélébile dans son esprit. Jamais il n'en sera lavé. Jamais.

2

Cour du collège

Vendredi 26 avril 2024
10 h 06
(Dix jours après la disparition)

Au centre du dossier d'un des trois bancs de la cour, avec les gars de sa bande, Eddy est d'un poil plutôt mauvais. Son tatouage ne ressemble à rien qu'une bonne croûte maronnasse autour de son téton gauche.

Jordan, Nashton, Émile et Lucien (ces deux derniers secrètement en train de fomenter une scission) s'appauvrissent le vocabulaire à coups de commentaires numériques sur leurs réseaux favoris.

Sur le banc d'en face, Clothilde d'Axoy, la fille du directeur d'une clinique privée du coin, feint d'ignorer qu'Eddy Snout n'a d'yeux que pour elle. On suppose qu'elle doit échanger de désopilants propos avec ses deux copines pour éclater de rire à ce point.

D'un regard fixe (mais toujours aussi divergent), Eddy appelle Clothilde de ses vœux. Il sait qu'elle se sait observée. Elle sait qu'il sait qu'elle se sait observée et c'est pour cette raison qu'elle regarde ailleurs en faisant jaillir alentour ses hilarités sonores. Eddy est patient, mais il y a des limites à l'insolence. Bras croisés, il attend. Il jette un œil à son portable, mécaniquement, pour se rassurer, montrer qu'il n'est pas, non plus, total accro à cette fille et demeure connecté à la vraie vie.

Malgré son père toujours en vadrouille, il ne modifie en rien son comportement. Eddy tient son rang de petit molosse dans l'enceinte de l'établissement. Si dans une minute, Clothilde ne lui a pas offert un cil, il se lèvera, marchera jusqu'à elle, se plantera là mains dans les poches et lui proposera d'aller causer un peu. Elle y consentira. Elle suivra Eddy dans un renfoncement de mur vers la grille d'entrée, là où il n'y a jamais personne, sous un arbre chétif. Elle s'adossera au tronc, encline à la rencontre. Eddy s'approchera d'elle, avec sa tête de plus et son meilleur sourire et, ni une ni deux, prendra la bouche de la jeune blonde qui, de toute évidence, se laissera faire.

Sauf que voilà le célèbre Gaspard Vinclair, le beau gosse d'Apollinaire, moins baraqué que Snout, mais plus photogénique, qui devance notre héros d'un pas nonchalant trahissant une réelle détermination, parvient au banc des petites, qui se marrent de plus belle, demande s'il peut s'asseoir (pour causer un peu), obtient illico l'autorisation de prendre place à la droite de Clothilde d'Axoy, s'empare d'une main de ladite après trente interminables secondes et de sa bouche à l'issue de la seconde trentaine. Il n'a donc pas fallu plus d'une minute à Eddy Snout pour être humilié, radié, anéanti.

Les quatre de sa bande, qui n'ont pas loupé une miette de l'affront, savent d'ores et déjà qu'il va y avoir de la viande éclatée sur le bitume, ça fait pas un pli. On va assister à un massacre tel qu'il entrera dans les annales de l'inspection académique.

Eddy Snout se lève, traverse la cour, s'arrête aux pieds de Vinclair, qui lui sourit d'un air provocateur et lui fait, narquois, « Quoi ? ». Eddy, pas du genre à discutailler des heures, s'abat sur l'intrépide et le roue de coups de poing. Trois instants lui suffisent pour casser un nez, éclater une arcade, pocher un œil. Un attroupement s'est vite formé autour du banc transformé en ring. Gaspard Vinclair se protège comme il peut des assauts de l'outragé. Le visage en sang, il ne voit plus rien qu'une ombre noire s'agiter au-dessus de lui et souligner chaque coup d'une insulte.

Enfin, un surveillant fend la petite foule et interrompt la rixe en chopant Snout par le col.

Depuis une fenêtre de la salle des professeurs, une brochette d'enseignants vient d'assister au carnage sans bouger le petit doigt. « Il est complètement dingue, ce môme ! » affirme le chargé des cours d'éducation physique. « J'espère qu'il va se faire virer une fois pour toutes ! » déclare un professeur de chimie en blouse. « Il y a des centres fermés, maintenant, pour ce genre de cas. Encadrés par des militaires », enchérit un autre fonctionnaire. « La répression, il n'y a que cela qu'ils comprennent », appuie le suivant. « C'est le gamin dont le père a disparu. C'était dans le journal, ce matin. » « C'est pas une raison. » « Une raison pour quoi ? » « Pour foutre la merde ! »

En état de choc, Gaspard Vinclair est accompagné à l'infirmerie par Clothilde d'Axoy, tandis que le surveillant traîne Eddy jusqu'au bureau de madame Véronique Altamont, principale du collège.

Depuis leur poste d'observation, le troisième banc de la cour, Tara et Leïla ont regardé la scène comme elles l'auraient fait d'un incident banal et sans intérêt.

Un trio d'adolescentes se dirige vers elles. L'une des jeunes filles s'adresse directement à Tara sur le ton de l'accusation et, sans nuance, lui demande si elle a conscience de la gravité de l'acte de son frère. Tara la fixe sans ciller. L'élève répète : Eddy Snout est une brute, il a osé défigurer Gaspard par jalousie, Tara n'a-t-elle pas honte d'être la sœur d'un extrémiste ?

Le visage dénué d'émotion, Tara se lève et s'approche de celle qui la pointe du doigt. Cette dernière recule d'un pas. D'une voix à peine perceptible, l'œil toujours enfoncé dans celui de la procureure en herbe, Tara réplique : depuis quand elle devrait se considérer comme responsable de son frère et des agissements de celui-ci ? La jeune fille aux lèvres pincées cherche une réponse tout en déviant son regard vers ses deux camarades. Après un temps de silence, Tara renouvelle sa question : en quoi est-elle responsable de son frère et de ses agissements que, par ailleurs, elle réprouve ?

Toujours pas de réponse ? Elle suggère à l'accusatrice d'aligner quelques arguments pour que sa proposition tienne debout. Par exemple : que les liens du sang suppriment toute indépendance dans la fratrie, pour des raisons qui restent mystérieuses, mais c'est comme ça ; que l'acte répréhensible de l'un entache forcément l'autre du fait qu'ils portent le même nom. Quoi encore ? Que l'autre est par nature solidaire ? Qu'il ne jouit d'aucune autonomie, qu'il est dans le même bain, que les comportements barbares du frère font de la sœur une non moins barbare. Théorie fumeuse. Alors ?

La diffamatrice est séchée. Elle hausse les épaules et s'éloigne.

Debout, mains dans le dos, Eddy fait face à la principale. Véronique Altamont est navrée. Une ambulance est en route pour le collège. Gaspard Vinclair s'en va à l'hôpital. Points de suture, radio, examen de l'œil. Est-ce qu'Eddy se rend compte de ce qu'il vient de faire subir à cet élève ? Pas de réponse de l'intéressé, tête baissée. Sait-il que les parents de Gaspard vont certainement porter plainte ? Que cette histoire peut aller très loin ? Jusqu'à l'exclusion pure et simple ?

Il est 10 h 32, madame Altamont appelle madame Snout, lui esquisse un tableau de la situation et l'invite à venir, toute affaire cessante.

Madame Altamont, qui n'a pas lu la gazette du jour, demande à Eddy s'il rencontre des problèmes actuellement. L'adolescent ne réagit pas. Des soucis, des difficultés, des inquiétudes ? Pas mieux. La moyenne d'Eddy est d'environ cinq sur vingt, il y a des retards, des absences injustifiées, des insolences envers les professeurs et, maintenant, des violences inacceptables. Eddy a-t-il une idée des mesures qui pourront être prises contre lui ? Non ? Toujours pas un mot ? Alors : exclusion (comme évoqué plus haut) temporaire ou définitive ; conseil disciplinaire avec son lot d'avertissements et de sanctions ; amende pour les parents, tribunal, obligation de soins en structure fermée. C'est ça qu'il veut ?

Eddy demeure mutique.

La principale laisse tomber ses avant-bras sur sa pile de dossiers. Elle ne sait pas. Cela dépasse ses compétences et la fonction même de l'établissement qu'elle dirige. Elle est désolée, mais son collège est conçu pour des enfants… normaux ; des enfants qui savent s'adapter au rythme, aux exigences de l'apprentissage, aux règles, aux contraintes ; des adolescents qui comprennent que leur avenir est en jeu et qu'ils sont à l'heure des choix.

Elle remarque les yeux humides d'Eddy. Une larme déborde de sa paupière gauche et coule doucement sur sa joue. Une autre larme depuis l'autre œil emprunte un chemin parallèle et d'autres larmes encore suivent le sillage des premières.

Eddy n'espère plus rien. Les pensées suivantes lui traversent l'esprit : son père ne reviendra pas ; il sera exclu du collège ; son tatouage est une merde sur son cœur ; sa famille est détruite ; sa sœur le méprise et il méprise sa sœur ; sa mère ne trouve plus les mots ; le contact ne s'établit plus entre lui et le monde ; si le surveillant n'était pas intervenu, il aurait tué Vinclair ; les matières enseignées au collège ne l'intéressent plus du tout ; il n'aura plus aucune nouvelle de son père en l'hommage duquel il s'est creusé la poitrine ; Clothilde d'Axoy ne voudra jamais de lui ; son père, un jour, lui a dit : « Tu seras un tueur, mon fils » ; il voulait parler de tuer des vaches dans un abattoir, mais si le surveillant n'était pas venu le séparer de Vinclair, il lui aurait fracassé le crâne contre le dossier du banc ; et puis, les filles, ces salopes, elles n'aiment pas son visage, ses yeux bizarres ; sa sœur est une gouine, ça lui fait honte ; sa mère ne dit rien, elle est enfoncée dans ses angoisses, mais ses angoisses à lui, personne ne les voit ; maintenant, il a un tatouage raté sur la poitrine, infecté, dégueulasse, on ne voit même plus le S de Snout et puis, de toute façon, il l'avait écrit à l'envers alors, finalement, l'infection est tombée à point ; sa mère, à l'hôpital, elle n'arrêtait pas de soupirer et, lui, il avait mal ; sa grand-mère aussi, c'est une connasse ; s'il est exclu juste une journée, il ne reviendra plus, il s'en ira ; de toute façon, tout le monde s'en fout ; sauf Maeva peut-être, mais il n'a pas osé aller la voir et lui parler ; il s'est rabattu sur Clothilde d'Axoy, mais c'était surtout pour dire à Vinclair d'arrêter de se la péter devant tout le monde ; non, son père, il ne le verra plus, on ne sait pas où il est et les gendarmes, ils s'en tapent ; ses parents ne savent pas que sa sœur est une gouine, ils ne voient rien et son père ne verra plus jamais rien de ce qui se passe dans cette maison parce que soit il est mort soit il s'est tiré avec une autre femme soit il a disparu mystérieusement, comme le tatouage ; personne ne sait rien parce que tout le monde regarde ailleurs ; alors ce collège de merde, c'est fini, il ne reviendra plus, il préfère apprendre un métier sur le tas avec de vraies gens qui savent ; ça fait longtemps que son père est parti ; il a bien remarqué qu'à l'hôpital, sa mère pensait à autre chose qu'à son fils blessé, elle soupirait, elle se levait et faisait les cent pas dans le hall d'entrée, elle jetait des regards étranges sur lui parce qu'elle l'aurait préféré mort ; s'il avait osé parler à Maeva, il n'en serait pas là ; Maeva aurait certainement accepté de l'embrasser, elle ne le regardait pas de l'œil dédaigneux des autres, peut-être qu'elle aurait posé la main sur sa joue, comme ça, doucement ; l'amour, c'est pourri, il vaut mieux s'en aller.

3

Entrée de la maison des Snout

Vendredi 26 avril 2024
14 h 40
(Dix jours après la disparition)

Odile est rentrée avec son fils exclu du collège pour quinze jours. Ils n'ont pas échangé un seul mot dans la voiture.

Elle est consternée. Qu'a-t-elle fait pour mériter cela ? Qu'a-t-elle raté ?

Eddy est monté dans sa chambre, a enfilé un jogging et un nouveau T-shirt, a rempli un petit sac à dos de son portable, son chargeur, sa tablette, sa paire de jumelles Bushnell, son couteau de poche Zéro Tolérance Framelock USA, est redescendu, s'est fait un casse-dalle au rôti de porc, a pris une bouteille d'eau minérale de 33 centilitres et, sans en informer sa mère, est sorti de la maison, a enfourché son vélo et a pédalé très vite jusqu'au bout de la ruelle, le vent poussant ses larmes vers ses tempes.

Odile n'a pu avaler qu'une tomate à la croque au sel, les yeux humides et le poids de la fatigue sur la nuque. Elle a pris un antalgique pour venir à bout de sa migraine. Elle est allée s'habiller de manière plus accueillante et s'est assise sur le canapé pour attendre le lieutenant Malassi.

Ce dernier a sonné au portail à 14 heures pile. Après avoir appuyé sur le bouton de l'interphone, Odile s'est postée sur le seuil de la porte d'entrée, sous l'auvent. C'est-à-dire que Simon Malassi a dû parcourir une vingtaine de mètres sous le regard d'Odile Snout, vêtue d'un legging blanc, d'une paire de Mustang blanches sans lacets et d'une tunique courte bleutée à large col. C'était un beau jour d'avril sans nuage, le soleil avait quitté la façade pour commencer à enjamber la toiture et aller chauffer le volet électrique de la piscine que l'on n'avait pas encore remise en service. Les boutons de l'hibiscus étaient formés, la pelouse aurait eu besoin d'une première tonte, l'eau de la fontaine coulait d'une vasque à l'autre, des primevères déjà rouges, blanches et jaunes, bordaient l'allée de gravillons.

Simon Malassi a emprunté cette allée et a secrètement regretté qu'elle fût gravillonnée, car chacun de ses pas, avec ses grosses chaussures de sécurité, a produit un écrabouillis sonore un peu ridicule à son goût. Odile Snout l'a observé marchant vers elle, avec un voile de tristesse sur le visage et, cependant, un sourire. Un sourire que Simon Malassi a remarqué bien évidemment sans pouvoir le qualifier avec précision. Était-ce un sourire de courtoisie, un signe de bienvenue, une hypocrisie de circonstance, un geste inconscient de savoir-vivre, un mouvement mécanique sans signification particulière, une invitation à la détente ? Lui, Simon Malassi, jeune gendarme dans l'exercice de ses fonctions, n'a pas regardé uniquement Odile Snout pendant sa traversée du jardin ensoleillé. Il a aussi regardé la maison, comme ça, comme on balaie un paysage sans s'arrêter sur des points précis ; il a regardé ses chaussures et les gravillons ;

il a regardé Odile Snout, bien sûr, mais sans excès et, pour tout dire, pas autant qu'il le désirait ; il a jeté un œil furtif à la fontaine, au chien là-bas couché sur le ciment, au garage ouvert, aux deux pots de lavande de part et d'autre de l'entrée, enfin, à tout ce qui pouvait le divertir du spectacle d'Odile Snout, immobile sur le pas de la porte, dans ses petites chaussures de toile blanche et ce pantalon de tissu si mince épousant jusqu'à la plus imperceptible des courbes de ses longues jambes et cette tunique qui, à mesure qu'il s'approchait, lui parut piquée de myosotis et cette chevelure épaisse et blonde, détachée sur ses épaules, la naissance de sa poitrine et tout autour de son visage, chevelure aux légères ondulations s'amusant à frôler une tempe ici, une pommette là, et ses yeux de lagune aux poissons d'argent soulignés de ses cils en apostrophes, et son nez droit et petit et sa bouche charmante, car oui, Odile Snout était à elle seule un spectacle, la représentation sans nuance d'une beauté insolente, presque agressive malgré la douceur de ses traits.

Après les salutations d'usage, Odile a invité le lieutenant à prendre place sur une chaise du salon et a proposé, d'entrée et de façon assez originale, un café, un thé, quelque chose ? Un café.

Simon Malassi a brièvement fait le point sur l'enquête. Rien de nouveau, donc, au dixième jour de la disparition de monsieur Snout. Il en a été désolé pour madame. Il n'a pas osé lui demander un sucre. Odile boit son café sans sucre, a-t-il constaté. Odile est une femme de caractère, en a-t-il déduit. Une femme qui apprécie les choses authentiques. Elle estime peut-être qu'un morceau de sucre dans le café est une hérésie et que, pour jouir de la véritable saveur du breuvage, il le faut boire pur, sans rien que ses qualités propres. C'est pour cela que Malassi n'a pas réclamé de sucre et a siroté sans grimace. Ce détail ne lui a rendu Odile que plus désirable encore. Odile est une femme éprise de vérité, a-t-il pensé. Et tout découlera de cette vertu première : l'intégrité, la droiture, l'attention à autrui. La vérité, s'est dit Malassi, n'est-elle pas le fondement même de son engagement, l'origine de son choix professionnel ? Le lieutenant vécut cette question comme une révélation : Odile et lui avaient ce goût commun pour la vérité. Cette découverte déclencha en lui une réelle tempête de joie, un vent de liberté et d'audace qui repoussa au lointain le motif même de sa visite, sa conscience professionnelle et la déontologie et, sans à l'instant mesurer la valeur de son geste, il retira sa casquette bleu marine et l'accrocha au dossier de la chaise voisine.

En conséquence de quoi (l'absence d'éléments nouveaux dans l'enquête), les recherches se poursuivent et c'est l'objet de sa présence aujourd'hui, a conclu le lieutenant. Puis il a terminé sa tasse de café sans sucre en silence et la gorgée de liquide lui a gentiment ébouillanté le tube digestif, mais c'était bon, si bon.

Odile a évoqué ses enfants. Elle a avoué qu'elle ne savait plus comment s'y prendre avec eux. Quoi dire ? Quel comportement adopter ? Surtout avec Eddy qu'elle voyait dépérir jour après jour. Elle prendrait bientôt rendez-vous chez un psychologue ; elle ne pouvait pas le laisser s'enliser dans la dépression. Puis elle a remarqué que le lieutenant ne l'écoutait pas. Il la regardait avec une fixité dans les pupilles propre à générer quelque étonnement, la bouche entrouverte, les mains jointes derrière la tasse vide. Ce jeune homme auquel elle donnait la trentaine à peine dépassée était, certes, agréable à l'œil, fort poli et, somme toute, assez élégant malgré son uniforme, mais Odile ne se sentait pas particulièrement attirée. Sa fatigue n'était pas pour rien dans cette anesthésie. Elle avait d'autres préoccupations. Que lui voulait le lieutenant ?

Malassi, tourneboulé, lui a posé les mêmes questions que pendant l'entretien précédent. Les horaires, les détails vestimentaires du disparu, ses objets emportés, son attitude au matin du 16, les signes avant-coureurs. Pas de dispute ? Pas de message ? Pas de lettre ?

Oh, il y a bien eu cette feuille de papier qu'Hervé Snout avait laissée sur la table de la cuisine ce matin-là.

Une feuille de papier ?

Oui, l'époux d'Odile y avait tracé quelques mots qu'elle ne pourrait répéter de mémoire.

Malassi a fait remarquer à Odile que, lors de sa déclaration du mercredi 17 avril, elle avait répondu par la négative à cette même question.

Odile a hésité. Oui, peut-être, elle n'en a aucun souvenir, cela lui avait paru sans importance, ou elle avait oublié…

Mais avait-elle au moins un vague souvenir du contenu de ces lignes ?

Des choses sur le couple qu'ils formaient, elle et lui…

Positives ?

Pas vraiment… Que restait-il de leur amour, le temps ne l'avait-il pas délabré, enfin, des questions parfaitement inhabituelles de la part d'Hervé.

Ah. Malassi a plissé les sourcils d'un air inspiré. Et la tempête en lui a repris de plus belle. Plus léger qu'un bouchon, il a dansé sur les flots. Le capitaine Obrisky avait peut-être raison. Un départ volontaire de monsieur Snout paraîtrait-il saugrenu à madame Snout ?

Odile a répondu qu'elle ne savait plus, qu'elle avait pendant ces dix derniers jours et dernières nuits étudié tous les cas de figure, imaginé toutes les raisons de l'absence, qu'elle ne pouvait se résoudre à l'hypothèse du lieutenant, mais que, désormais, elle ne l'excluait plus.

Madame Snout pouvait-elle fournir cet élément aux autorités ?

Odile n'a pas compris la question ou ne l'a pas écoutée, prise qu'elle était dans la pensée de cette supposition nouvelle pour elle. Hervé avait peut-être prémédité sa fuite. Oui. Ses mots griffonnés à la va-vite ayant trait à leur couple en ruine avaient introduit le dernier acte de leur mariage. Il n'y avait donc plus rien à espérer. L'avenir était désormais tracé. Fournir ?

Cette feuille de papier.

Chiffonnée. Elle l'avait chiffonnée.

Odile Snout et Simon Malassi sont dans l'entrée de la maison. Il a tendu la main et, par conséquent, celle d'Odile est dans la sienne. Le lieutenant salue d'un *au revoir* réglementaire et ajoute qu'il ne manquera pas de revenir vers elle dès qu'il aura des éléments nouveaux. Elle répond qu'elle est impatiente d'en savoir plus et le remercie.

C'est la première fois que Malassi entre physiquement en contact avec Odile (en lui, le prénom de madame Snout tourne en boucle, le parfume et lui procure des frissons qu'il n'aurait pu imaginer à une semaine de là ; Odile, Odile, et encore Odile sur tous les tons et comme une injonction à confier bientôt l'enchantement dans lequel il est pris). La main droite d'Odile est dans la sienne. Il ne peut qu'y croire, ce branchement est réel, il dure. Rien ne sera plus comme avant.

Surprise par la longueur de cette poignée de main, Odile ne trouve rien à dire, hormis un merci supplémentaire qui fuse d'entre ses lèvres et augmente l'heureux malaise de Malassi. Il va falloir que le lieutenant la lâche ou bien elle sera contrainte de retirer sa main avec des *s'il vous plaît*, des *mais enfin* ou, en dernier recours, des *qu'est-ce qui vous prend?* Et en arriver là serait regrettable. Monsieur Malassi est un homme consciencieux, aimable, il exerce parfaitement bien son métier, un métier difficile, ingrat, et Odile n'a aucun reproche à formuler à ce sujet; il est sûrement très sincère, ce garçon, et le sentiment qu'elle commence à circonscrire au fil des secondes s'avère plutôt agréable à vivre (séduire toujours malgré sa mine blafarde est plutôt une bonne nouvelle), mais cela ne justifie pas que sa main doive rester prisonnière plus longtemps. Il y a d'autres méthodes, d'autres signaux susceptibles d'énoncer à peu près la même chose. Bon, alors, que lui veut-il précisément?

Mon lieutenant, il faudrait faire quelque chose pour débloquer la situation parce que madame Snout va perdre patience. Dire un mot, s'excuser et s'en aller séance tenante, par exemple. Ou alors se mettre à table, mais cette alternative, vous serez contraint d'en assumer toutes les conséquences. Par exemple, si vous dites : madame, je ne dors plus, je ne pense qu'à vous, votre image me poursuit... ce genre de choses... cela risque de complexifier votre affaire, de vous plonger dans une confusion que vous serez forcé de clarifier un jour ou l'autre. Tandis que si vous lâchez cette main et partez comme si rien n'avait eu lieu, ce serait plus simple. Enfin, chacun verra midi à sa porte et les vaches, elles seront bien gardées.

C'est Odile qui brise la glace (il faut bien que quelqu'un s'y colle) – comme si elle n'avait que cela à penser en ces temps de désordre –, elle est désolée, mais… non… elle ne peut pas, elle n'est pas disponible à l'heure actuelle, c'est une période très compliquée…

Notez que Simon Malassi lui tient toujours la main.

… ce n'est pas possible… ce serait trop… Elle cherche les mots les plus justes. Elle n'a pas la tête à…

Simon Malassi se réveille en sursaut. Oui, pardon ? (Que se passe-t-il ? Ah, oui ! La main ! Il s'excuse platement.) Il comprend, se demande ce qui lui a pris, il est bien évident que, comment a-t-il pu dépasser le cadre de cette enquête, rien ne l'autorisait à, que ce geste inconsidéré n'entame en rien leur collaboration dans les recherches engagées pour la découverte de la vérité et que madame ne s'offusque point, et que pardon.

Simon lâche la main d'Odile en y laissant la moiteur de son transport.

Odile regarde le lieutenant traverser le jardin en sens inverse dans les gravillons, franchir la grille et s'éloigner doucement au volant de son véhicule de fonction.

Dans le salon, en s'emparant des deux tasses à café, elle s'aperçoit que Simon Malassi a oublié sa casquette bleu marine.

4

Bureau du capitaine Obrisky

Vendredi 26 avril 2024
14h56
(Dix jours après la disparition)

Il est 14h56 à la pendule du bureau du capitaine Daniel Obrisky quand le coup de feu retentit. Dans les locaux de la gendarmerie, l'on s'agite et l'on questionne la déflagration.

Le capitaine a utilisé son arme de service. Installé dans son fauteuil ergonomique, il a sorti le SIG Sauer de son étui, en a vérifié le chargeur, a engagé une balle dans la chambre et, chien armé, a introduit le canon dans sa bouche en l'inclinant vers le haut. L'extrémité du canon est entrée en contact avec la voûte de son palais.

Il a attendu une minute et quatre secondes avant de presser la détente. Le pour et le contre ayant été préalablement pesés, les pensées de Daniel Obrisky eurent d'autres objets que le suicide et ses raisons. Ses enfants lui apparurent ainsi que ses deux épouses dans le jardin d'une maison de caractère (celle de ses propres parents). Les gosses étaient juchés sur de petits tracteurs en plastique, des balançoires, ou s'apprêtaient à plonger dans la piscine en réclamant l'attention des adultes. Viviane et Mélanie occupaient chacune

une chaise, fumaient leur cigarette, observaient les enfants, jetaient des regards désolés à Daniel. Il vit son cercueil, pensa un instant à la cérémonie de son enterrement, aux mots du curé, au cimetière.

Il bascula la tête en arrière et ne ferma point les yeux. Une mouche explorait la surface du néon. Le marteau percuta la cartouche. L'ogive de neuf millimètres de diamètre pour un poids de huit grammes fut expulsée du canon à une vitesse de quatre cent soixante-quatre mètres par seconde. Tandis que la cavité buccale de Daniel Obrisky était instantanément carbonisée, la balle pulvérisa l'os du palais, effaça les sinus, anéantit le canal optique, se faufila entre les deux hémisphères cérébraux en brûlant tout sur son passage et fit exploser l'os pariétal sur un diamètre d'environ dix centimètres, emportant trente-deux pour cent du cerveau.

La conscience étant moins véloce que le projectile, Daniel Obrisky fut privé du spectacle de sa mort. Elle fut immédiate, avantage objectivement incontestable.

C'est le lieutenant Malassi qui pénètre en premier dans la pièce à 15 h 04 (il lui a donc fallu vingt bonnes minutes pour parcourir en voiture la distance qui sépare le domicile d'Odile Snout et la gendarmerie. Piètre performance puisque 1,45 kilomètre en vingt minutes équivaut à une vitesse moyenne de 4,35 kilomètres à l'heure. Mais, ne l'oublions pas, le gendarme venait de quitter Odile Snout, il était dans une sorte d'état d'ivresse émotionnelle qui diminuait ses facultés d'attention, il a été bien inspiré d'être prudent sur la route). Le capitaine Obrisky a lâché le pistolet qui gît à ses pieds. Le fauteuil a reculé d'un demi-mètre.

Le corps de l'homme paraît désarticulé. Ses bras pendent par-delà les accoudoirs, son fessier a glissé sur le devant du siège, son menton repose sur sa poitrine, le cratère de son crâne s'offre sans pudeur aux témoins, le sang goutte de ses lèvres noires, ses yeux révulsés et ouverts sont teints de rouge carmin et les éclaboussures de cervelle et d'os n'ont épargné ni le dossier du fauteuil, ni le mur de derrière, ni le plafond. La mort permet d'atteindre le degré ultime de la désinvolture.

Sur le clavier, il y a une enveloppe blanche à l'attention de Simon.

Ce dernier est pétrifié de terreur ; c'est la première fois de sa vie qu'il constate le décès d'un homme tué par balle. Dans sa course vers les toilettes, le temps lui manque. Il vomit dans le couloir. Un adjudant vient lui tendre l'enveloppe.

« Simon,

Je me demande comment j'ai fait pour exercer ce métier de merde pendant tant d'années. Est-ce que j'étais trop con pour faire autre chose ? Ou trop lâche ? Simon, je te conseille de te barrer avant qu'il soit trop tard. Tu perds ton temps et ton énergie. Fais quelque chose de plus constructif. Ce n'est pas grâce aux flics qu'il y aura moins de violence, moins de drogués, moins de truands, moins de viols. On ne sert à rien d'autre qu'à traiter les effets. Les responsables des causes courent toujours. On vide un bateau qui coule à la petite cuiller. Ceux qui nous ordonnent d'éteindre le feu sont les pyromanes. Il n'y a rien à espérer dans ce boulot. Je te souhaite bon vent, Simon. Réfléchis bien. Moi, j'ai réfléchi trop tard et j'ai tout perdu. Prends soin de toi. D. »

L'événement fera les gros titres de la presse régionale et un entrefilet dans un quotidien national déplorera la perte d'un serviteur de la République et l'inaction gouvernementale face à la vague sans précédent de suicides au sein des forces de police. Une véritable promotion des métiers, et ce dès le collège, un soutien sans faille de la population, une formation plus adéquate, l'embauche de milliers d'agents sembleraient être les mesures les plus sensées, selon le journaliste, pour stopper l'hémorragie. Cet articulet passera sous silence la lettre de la victime.

Les enquêtes en cours seront interrompues jusqu'à nouvel ordre. La gendarmerie assurera toutefois la gestion des affaires courantes.

Lors de la cérémonie, le préfet rendra un vibrant hommage au capitaine Daniel Obrisky, homme d'exception, gendarme modèle, dont le dévouement et le courage…

5

Appartement de Jo

Samedi 27 avril 2024
22 h 04
(Onze jours après la disparition)

Le fauteuil qu'occupe Jo est une épave rapiécée avec des carrés de velours, de cuir, de laine mitée. Une pile de bouquins de brocante remplace le pied avant droit. Autour des accoudoirs, les coutures défaites laissent s'échapper des poignées de filasse. L'assise est un cratère à l'étrange fumet, mélange de graisse, de poussière, de vieilles mouches crevées et de pets que Jo se garde bien de retenir, ce laisser-aller constituant un des avantages du célibat. Le meuble semble avoir été moulé autour des formes du corps de Jo tant il en épouse chaque courbe. Rondeurs des hanches, cambrure des lombaires, bosse du dos et S de la scoliose trouvent leurs parfaites répliques en négatif dans les tissus.

À droite du fauteuil, le plateau d'une table ronde de bistrot supporte un verre à moutarde, une bouteille de pastis, une bouteille de vodka. À gauche, le chien mal peigné est allongé sur un bout de moquette incolore.

Jo feuillette un album inachevé de photographies de passantes, toutes baptisées du prénom de Natacha dans les légendes. Natacha et le monument aux morts ; Natacha au jardin des Buis.

Jo tourne les pages doucement en poussant des soupirs de mélancolie. Sa main tremble. Les flots d'alcool dans son sang créent des tourbillons glacials qui diminuent la température de son corps, perturbent sa fréquence cardiaque et inhibent son fonctionnement neuronal. Jo ne pourrait quitter son fauteuil s'il en avait l'idée. Ses paupières sont lourdes et seule Natacha aurait le pouvoir de le tirer de là. Mais Natacha est loin et Jo vise la bouteille de pastis. Il s'en saisit après un long tâtonnement et remplit son verre au premier tiers. Il parvient à reposer la bouteille, attrape celle de vodka et noie son pastis jusqu'au bord.

Natacha et les choses ; Natacha à la terrasse de la Clôture.

Qu'il est long le chemin des regrets et du temps perdu.

L'ampoule nue du plafond éclaire pauvrement la misère. Jo tourne les pages et boit. Il boit à chaque image de sa Natacha et remplit son verre et reboit. La mixture transforme sa chair en éponge. Plus rien ne l'intéresse. Pas même le dernier verre qui est celui vers lequel toute sa consommation d'alcool est tendue. Jo boit pour abolir sa pensée. Pour atteindre l'état limite dans lequel il n'aurait plus qu'une unique pensée : Natacha.

Natacha dans une espèce d'espace ; Natacha la Revenente ; Je me souviens de Natacha.

Parvenir au dernier verre est un risque que prend Jo depuis plusieurs années déjà. Or, voici un ou deux mois qu'il prend celui de dépasser ce dernier verre. D'aller aux suivants. Les verres de la perdition. Les verres du néant.

Il tourne une page de plus et se ressert. Le rideau de ses paupières est à moitié baissé et, par un malheureux hasard, l'ampoule s'éteint avec un bref grésillement. La faible lueur d'un quartier de lune parvient à détacher son verre de la pénombre. Jo s'en empare en tremblant et le vide entièrement en trois gorgées. Après le verre suivant, il vient de boire le verre de trop.

Jo perd connaissance. Ses pieds glissent sur le carrelage, l'album tombe au sol. Il cesse de respirer. Son cœur s'arrête. Jo est mort.

Le chien, que Jo appelait le chien, ne réagit que faiblement. Il lance un regard vide à cette chose humaine qui vient de s'éteindre.

6

Chambre de Leïla

Lundi 29 avril 2024
17 h 04
(Treize jours après la disparition)

Leïla est très belle. La plus belle fille du collège. C'est ce que pense Tara. Leïla est indiscutablement la plus belle fille du collège, et de la ville et, en toute logique, du monde. Les yeux de Leïla sont d'un bleu clair cerclé de brun et piqués en leur centre d'une pupille noire. Hypnotiques. Tara admire le contraste créé par l'écart entre la peau claire du visage de Leïla et sa longue chevelure noire comme une crinière d'obsidienne, épaisse et ondulée. Tara aime se baigner dans le poème charbon des cheveux de Leïla. Elle aime y enfoncer ses doigts écartés. Quand Leïla se laisse coiffer par Tara, celle-ci en profite pour plonger le nez dans ses cheveux et s'enivrer de leur parfum. « Tu sens bon », elle dit.

Les deux adolescentes ont quitté Apollinaire à 16 h 30. Tara n'est pas rentrée chez elle. Elle a accepté l'invitation de Leïla à venir passer un moment dans sa chambre et à rester dormir si elle le souhaitait. Tara n'a pas prévenu sa mère.

La mère de Leïla toque à la porte et propose aux filles quelques gâteaux marocains pour le goûter. Il y a deux baklavas imbibés de miel et deux cornes de gazelle à la fleur d'oranger. Habiba referme la porte.

Le miel se colle à leurs doigts, les pistaches concassées emplissent leur bouche, la pâte d'amande fond sur leur langue, le sucre glace leur fait des moustaches. Leïla rigole. Elle dit que sa mère consomme trop de gâteaux. Tara réplique que la sienne devrait en manger un peu plus.

Tara ne pense pas à son père aujourd'hui. Leïla ne se permet pas d'aborder la question. Elle connaît la douleur de son amie. Ou, du moins, elle croit que leurs douleurs respectives sont comparables. Pourquoi les pères s'en vont ? Pourquoi les pères meurent-ils ? Elle n'en sait rien. Elle n'est pas dans le secret des dieux ni dans celui des pères. Ça ne sert à rien d'en parler. On a déjà fait mille fois le tour du problème. Ils s'en vont parce que c'est plus confortable là-bas, là-haut, sous terre, et leurs filles restent ici comme des cartables oubliés sur le quai. Pour ces enfants-là, c'est toujours un peu l'hiver.

Elles s'allongent en travers du lit. Leurs pieds pendent dans le vide et leur tête repose sur le même oreiller. Chacune a un écouteur branché sur le même portable. Le fil passe entre leurs épaules et se sépare en deux.

Tara se sent si bien aux côtés de Leïla, réconfortée par sa joie, son élégance, son charme. Et Leïla porte en elle, aussi, une part de son amie, la révolte de Tara, l'endurance de Tara, son intransigeance et sa fidélité.

Elles écoutent une chanson en boucle. Une chanson de filles, par des filles, pour les filles. La chanson date un peu, mais Tara dit qu'elle aime bien quand même. Elle l'écoute souvent en courant autour du stade. Leïla, elle, ne court pas. Elle grimpe. Elle pratique l'escalade. L'une se déplace à l'horizontale, l'autre à la verticale. Elles sont l'abscisse et l'ordonnée de leur courbe amicale.

Au refrain, elles battent la mesure en se regardant. Elles se sourient. C'est leur chanson. Les yeux de Leïla, avec leur pupille noire et l'éclat de lumière en plein milieu, leur iris bleu clair s'en allant vers le blanc comme une eau incandescente, transpercent ceux de Tara, les petits yeux vert clair de Tara.

Le volet de la fenêtre est descendu, mais le jour passe entre les lattes disjointes. Des points lumineux s'éparpillent sur leurs vêtements. Elles ont replacé leur tête de manière à ne voir que le plafond et peut-être que, maintenant, elles ferment les yeux.

À trois centimètres de distance, le bras gauche de Leïla voisine le bras droit de Tara. Leurs bras dépliés le long de leur corps, parallèles, reçoivent chacun une infime dose de chaleur. Leur propre chaleur qui emplit l'espace entre elles, une mince bande de vide de trois centimètres. La musique se termine et reprend au début. Trois notes de piano, une cymbale, une voix et le grave d'une contrebasse pour creuser un peu la surface. Elles connaissent les paroles par cœur. Elles fredonnent ensemble.

La mince bande de vide diminue. Cette diminution a pour effet d'augmenter la température de l'espace. Leïla et Tara décèlent nettement la modification. Ce discernement a des conséquences sur leur rythme cardiaque. Elles espèrent en secret que leur chanson ne prendra jamais fin. L'espace se réduit encore et bientôt s'annule à l'endroit de leurs mains. Au contact de leur auriculaire, un seul frisson les parcourt et cela leur suffit. Qui prendra l'initiative suivante ?

Tara et Leïla ont cessé de chantonner. Elles laissent la musique courir dans le fil en n'y pensant plus. L'on ne sait si c'est le doigt de Tara qui est passé sur celui de Leïla ou celui de Leïla qui s'est glissé sous le doigt de Tara. Mais le fait est. Maintenant, nulle excuse ne pourrait faire passer ce geste pour un malheureux accident, nul éclat de rire ne le rangerait du côté des espiègleries. Alors c'est le silence. Et l'immobilité totale. La musique joue-t-elle encore ?

Tara, comme plongée dans le noir des nuits de grandes étoiles, tient enfin sa fuite. Elle ouvre les yeux. Leïla aussi. Le monde nouveau vient à elles.

Dès lors, l'absence des pères leur semblera plus légère. Un peu plus légère.

De la pulpe de sa dernière phalange, Tara caresse l'ongle du petit doigt de Leïla.

7

Bar du Kahoua

Mercredi 1er mai 2024
18 heures et des poussières
(Seize jours après la disparition)

Gus entre dans le bistrot, une boîte à chaussures sous un bras. Les récents événements, la fatigue accumulée pendant des nuits d'insomnie, la peur et la culpabilité ont creusé dans son visage des entailles noires. Olga et Gab constatent même chez Gus des difficultés à mettre un pied devant l'autre. À cette fébrilité s'ajoute la tristesse provoquée par la mort de Jo.

Gus avance vers le bar et grimpe sur un tabouret, en face de Gab. Il pose sa boîte et soupire. Olga, qui ferme le triangle, sert des panachés bien blancs. On trinque sans prononcer une parole. On sait bien qu'on boit à Jo. On boit au travailleur qu'il était et dont c'est la fête aujourd'hui ; on boit à l'ami ; on boit à l'enfant perdu.

C'est Olga qui brise le silence en disant que l'enterrement est pour demain. Elle s'est occupée de tout, Jo n'avait personne. Ses quelques économies ont payé le cercueil et une partie de la cérémonie. Pour le reste, les fleurs, la plaque, Olga a avancé l'argent. Demain matin, Jo ne retournera pas au turbin, c'est toujours ça de gagné. Le chien, lui, est au

coin du bar, devant sa gamelle de flotte, et ronfle, l'œil mi-clos, patraque.
Gabin aussi est blanc de fatigue et d'angoisse. L'enquête semble piétiner ; pas de nouvelles des gendarmes. Cependant, le traumatisme, commun aux deux frères, érode le moindre espoir, abolit la joie de vivre, fait de chaque journée une passerelle de cordes au-dessus du vide entre deux pics rocheux. Le passé s'est tout entier transmué en un point sommital inatteignable et, à l'opposé de ce point, quel que puisse être l'angle d'attaque, l'avenir est une banquise sans horizon. Gab est aux anxiolytiques, les soins d'Olga s'annulent dès que prodigués. Gus perd cinq cents grammes par jour. Et malgré l'accablement, il faudra continuer à travailler, abattre des vaches et découper des cochons par dizaines. Peut-être, un jour, dans six mois, dans un an, on pourra envisager la démission. Il faudra alors l'organiser. Dans quel ordre ? Avec quelle solution de repli, quel objectif, quel motif ? Pour le moment, silence, profil bas, ponctualité, irréprochabilité. Olga insiste sur la notion d'habitude. On ne dévie pas d'un pouce, on se fait oublier. Est-ce que le suicide du capitaine Obrisky, annoncé dans la presse locale, peut constituer un avantage ? Ni Gus ni Gab n'ont d'avis sur la question. On verra par qui il sera remplacé. À l'heure actuelle, aucun signe d'une ouverture d'enquête judiciaire. Alors (Olga enfonce le clou), l'habitude, rien que l'habitude. On ne soupçonne pas l'habitude. La routine est une attitude d'innocent. Qu'un changement de comportement se produise dans un cadre surveillé et c'est le branle-bas de combat. Moralité : on respire, on serre les fesses et on patiente. Plus tard, peut-être,

on sera tranquille. Et elle se reprend sur-le-champ : on apprendra à vivre avec.

Sur ce, Gus tend la boîte à chaussures à Olga. Il croit savoir qu'Olga, « qui est un peu artiste aussi, pour ainsi dire », sera sensible à ce qu'elle contient. Un cadeau ? Elle soulève le couvercle et en sort une sorte de poupée confectionnée dans un agencement de tissus grossièrement cousus, de branches sèches, de morceaux de métal pris dans les coutures. Haute comme une bouteille rondouillarde, la poupée dit quelque chose à Olga. Oui, évidemment, c'est Jo. Le portrait de Jo, avec sa tignasse en embrouillaminis noueux de vieux cordages échoués sur une plage, avec sa figure en vrac et son gros bide.

Gus croit utile de préciser qu'il s'agit de Jo. Et Gab croit astucieux d'ironiser sur la vague ressemblance, réaction inattendue de sa part. Olga l'envoie balader et s'en va accrocher la poupée au mur de la salle en face du bar entre deux tableaux de fleurs. Cela fait, Olga rejoint sa place en lançant à l'intention de son compagnon : « Tu vois, Jo est encore là. Ça sert à ça, les artistes. »

Demain après-midi, sous le soleil d'un mai sans pitié, nous nous rendrons à la cérémonie. Nous serons seuls ou presque. Gab, Olga, Gus, le chien, et Meydan. On aura mis nos fringues les moins pourries. Olga aura suffisamment d'élégance pour nous quatre. Elle déposera un bouquet sur le cercueil. Une marionnette téléguidée dirigera ce moment de recueillement avec trémolos dans la voix, silences idoines, morceau de piano liquide.

Ensuite, nous irons au cimetière. On espère qu'il fera beau. Les cercueils sous la pluie augmentent le scandale. Celui de Jo sera descendu dans le trou par deux types en costumes et chaussures cirées. Nous resterons un temps au-dessus de la fosse. Nous penserons qu'ils l'ont eu. Dans ce *ils*, nous empilerons, pêle-mêle, ses parents, l'école, le boulot, et on évitera d'y mettre l'amour pour qu'il y croie encore. Nous nous en irons, tandis que les employés priveront Jo de lumière avec quelques pelletées provisoires.

Dimanche, nous reviendrons ensemble rectifier le tas de terre sableuse et nous y planterons du lierre, des coquelicots, des marguerites sauvages. On dira à Jo qu'on l'aimait bien.

Le reste, on en parlera moins. Et puis, on n'en parlera plus. Jamais.

FIN DE LA TROISIÈME PARTIE

QUATRIÈME PARTIE

1

Cuisine des Snout

Dimanche 21 avril 2024
19 h 16
(Cinq jours après la disparition)

Eddy est enfermé dans sa chambre, allongé sur son lit défait, la couette froissée aux pieds. D'un ongle, il perce un bouton d'acné sur son menton. Il ne s'est pas encore rasé la tête, mais cela ne devrait plus tarder. Le crâne lisse, il sera plus convaincant. Le niveau de respect, dont il jouit déjà dans la cour du collège, sera augmenté. Une boule à zéro, ce sont des regards en plus.

Son visage est sombre. Sa céphalée s'aggrave à vive allure. Pas de nouvelles de son père depuis six jours. Quelques mots échangés avec sa mère ne suffisent pas à calmer ses angoisses. Sur sa poitrine, son tatouage est en train de bouger. Il sent des picotements, une intense chaleur, un poids sur son cœur. Il remonte son T-shirt pour évaluer l'état de la cicatrisation. Le S est un sillon noir et rouge environné d'un halo violâtre tirant par endroits sur le vert. Cette zone infectée est entourée d'une masse cramoisie préoccupante. Eddy penche sa tête vers la droite afin de lire ce fameux S et il est envahi d'un doute. La préoccupation sanitaire se double d'une question typographique : la lettre aurait-elle été tatouée à l'envers ? De ses doigts, il tire sur la peau de son sein pour faire pivoter légèrement le tatouage. La douleur est aiguë. Avec l'index de sa main droite, il dessine la lettre en suivant le sillon à distance, répète ce geste plusieurs fois, qui lui révèle, en toute logique géométrique, que l'initiale de son patronyme a bien été gravée à l'envers. Dans le miroir, c'était à l'endroit, mais les miroirs renvoient une reproduction inversée de la réalité.

Sa bouche se crispe. Il tape du poing sur le matelas. Il ne pourra plus jamais se promener torse nu. La honte l'étreint. Son initiale ressemble à un 2 à base arrondie, un Z majuscule sans angle, c'est n'importe quoi ! Comment va-t-il assumer ce truc ? Et pour couronner le tout, c'est purulent. Ça prend le chemin le plus sûr pour la septicémie. Que va-t-il dire aux garçons de sa bande qui lui demanderont des nouvelles de son tatouage ? « Le premier qui rigole, j'le défonce. » Et à son père ? Quelle sera la réaction de son père quand il constatera que son fils n'est pas capable d'écrire un S dans le bon sens ? Eddy passera pour un abruti. Son père le jaugera avec mépris, il aura honte de son fils.

Tara est rentrée de son entraînement, a pris une douche et regagné sa chambre, où elle échange des textos avec Leïla.

Pour le moment, et jusqu'à preuve du contraire, les autres et la vie sont représentés par son amie Leïla. Cette amitié et la course à pied sont les deux réalités qui permettent à Tara d'imaginer l'avenir. Sans cela, elle sombrerait comme son frère. Elle sait que les autres et la vie trouveront leur expression idéale et concrète dans la fuite qu'elle prévoit. Peut-être avec Leïla. Elle est trop jeune pour s'en aller, bien sûr, elle le concède, mais un jour elle connaîtra la liberté. Et sa pensée ajoute : la liberté libre. Cela lui vient dans un sursaut, d'accoler l'adjectif libre au mot liberté. Cela l'étonne. Y aurait-il une liberté non libre ? Ses parents sont-ils libres, comme ils le prétendent, avec leur belle maison et leurs salaires confortables ? Eddy est-il libre avec ses certitudes et sa brutalité ? Y a-t-il des libertés qui n'en sont pas ?

Tara non plus n'est pas libre, empêtrée qu'elle est dans son existence d'adolescente. Elle sent que la vie n'est pas ici, que la liberté libre sera son domaine quand elle aura fui. Tara, c'est déjà le mouvement, c'est déjà l'ailleurs, et tant pis pour le reste. On ne grandit pas enraciné sous la contrainte.

C'est pour cela que Leïla.

Chaque mot de Leïla.

Chaque regard de Leïla comme un rempart contre l'enracinement de Tara.

C'est aussi pour cela que la course. Précisément ce moment préféré de Tara entre tous : cette fraction de seconde, dans la foulée, où aucun de ses pieds ne touche le sol.

Dans sa barquette de polystyrène, le filet mignon du rayon Viandes d'ici a effectué un trajet distrayant, ponctué de rencontres et de contacts avec des matériaux variés. Depuis le fond du chariot, il a d'abord voyagé dans les allées du magasin. Un sac de champignons de Paris lui est tombé dessus ainsi qu'une botte d'oignons blancs, et des tomates, des échalotes, de l'ail, du thym, des petites pommes de terre de Noirmoutier, de l'huile d'olive, du piment d'Espelette. Ensuite, il a été débarqué sur le caoutchouc d'un tapis roulant et une hôtesse de caisse l'a transféré du tapis au bassin et il a été jeté dans un sac de jute un peu rêche et, de nouveau, dans un chariot. Puis il a connu le coffre de la voiture d'Odile Snout, la chaleur, l'odeur de gasoil, les cahots, les virages. Il a été transporté vers la cuisine et placé dans le réfrigérateur pendant quarante-huit heures, où il s'est un peu affermi. Ce dimanche, vers 17 h 50, il a été extrait du froid, libéré de sa barquette et de son film de cellophane, posé sur une planche à découper et tranché en une dizaine de morceaux.

Maintenant, il frémit dans la sauteuse, environné d'ingrédients et de saveurs mêlées.

Odile est debout devant la cuisinière. De sa main gauche, elle vient de soulever le couvercle ; de la droite, elle remue ce qui mijote à la cuiller de bois.

Sa mère, Nicole, est arrivée peu après 18 h 45 et, à peine maquillé d'une empathie diplomatique assez méprisable, son air de se foutre royalement de la disparition d'Hervé excède Odile au plus haut point. Oui, Odile a conçu deux enfants avec Hervé, oui, n'en déplaise à Nicole. Celle-ci préfère ne rien répondre. Nicole aurait-elle préféré qu'Odile demeurât une vieille fille dépressive qui part en vacances avec sa maman ? C'est leur truc, aux névrosés, de jouir de la névrose des autres. Par exemple, Nicole s'enferre dans son mutisme ; eh bien, cela revient au même, pense Odile, autant dire la vérité. Et les vérités de sa mère, elle les pratique depuis sa plus tendre jeunesse. Alors, aujourd'hui, elle en a jusque-là.

Odile remet le couvercle sur la sauteuse, pose sa cuiller en bois sur le plan de travail, sort cinq assiettes, heu, non, quatre assiettes, des couverts, des verres, remplit une carafe

(Nicole veut bien aider. Non ? Bon, très bien), coupe du pain et se ressert un verre de vin, elle a besoin de se détendre.

Et qu'est-ce qu'ils disent, les gendarmes ?

Rien ! Ils disent rien, les gendarmes. Là.

Elle éteint le feu sous la viande et diminue le volume de la télévision.

Sa mère suit du regard ses faits et gestes. C'est insupportable. Odile boit une gorgée de vin. Elle prévoit de raccompagner Nicole après le dîner. Elle aurait préféré une soirée tranquille, sans personne, dans le silence de ce premier dimanche sans Hervé. Tout à l'heure, peut-être. Quand les enfants seront couchés. Quand elle n'aura plus à supporter les sous-entendus de sa mère, ses clichés et ses leçons de morale.

Au calme, la fenêtre entrouverte sur cette nuit du 21 avril 2024, Odile se reposera de la terrible semaine qu'elle vient de subir. La circulation aura cessé dans la rue de la résidence. Quelques pépiements d'oiseaux lui parviendront. Plus tard, le silence sera total. Un goût résiduel dans la bouche persistera peut-être, un fragment de viande entre les dents. Hervé ne reviendra plus. Odile ne saura jamais ce qu'il est devenu. Sera-t-il mort ? Sera-t-il vivant, quelque part ? Elle profitera de ce moment de solitude pour imaginer son avenir. Avec Hervé, s'il revient sain et sauf, ils pourront saisir l'occasion de cet événement pour, ensemble, faire le bilan de ces quinze dernières années et esquisser quelques perspectives, prendre des résolutions, se faire des promesses, enfin, se parler. Sans Hervé, que deviendra Odile ? Et les enfants ? Et la maison ? Et sa vie tout entière, son mode, son rythme, sa géographie ? Aucune réponse ne poindra à l'horizon. Ce n'est pas de son canapé qu'elle pourra envisager un autre monde. Mais qu'importe, elle aura la nuit de dimanche à lundi pour penser. Peut-être trouvera-t-elle suffisamment de réconfort dans les bras de Martin Blach, dans les regards si désirants de Marc Garand ou dans l'amour d'un autre homme qui saura l'aimer, au-delà de tout, pendant la quarantaine d'années qui lui reste à vivre.

Mais Hervé reviendra et tout rentrera dans l'ordre.

Odile sort de la cuisine, traverse le salon et se poste en bas de l'escalier.

« Les enfants ! À table ! »

2

Cuisine des Snout

Dimanche 21 avril 2024
19 h 48
(Cinq jours après la disparition)

Tara a catégoriquement refusé, en positionnant ses deux mains en rempart au-dessus de son assiette, qu'Odile lui serve un morceau de viande ; même pour goûter, oui. Nicole a levé les yeux au ciel ; à cet âge-là, il est fondamental d'avoir une alimentation équilibrée, on est en pleine croissance. Et depuis quand les enfants décident de tout ? C'est un monde !

Odile a demandé à sa mère de ne pas intervenir puis s'est tournée vers Tara et l'a incitée à prendre, tout de même, un petit morceau de filet mignon. Une tranche toute fine. Peine perdue. Tara a désigné les quartiers de pommes de terre, là, dans la sauce, ça ira très bien. Sous la pression de Nicole, dont les silences étaient des jugements, Odile a insisté. Tara a réaffirmé son végétarisme. Odile s'est fâchée. Qu'est-ce que c'est que cette lubie ? Elle est végétarienne depuis la disparition de son père ! C'est quand même étrange ! Ça va durer longtemps ?

Le plus longtemps possible, a répondu la jeune fille avec un aplomb sidérant. Et il n'y a rien d'étrange. Son nouveau régime alimentaire n'a rien à voir avec la disparition de son père ; c'est juste une coïncidence ; elle y pensait depuis des semaines, précisément depuis le jour du conflit autour de la cervelle d'agneau.

« C'est quand même de la viande des établissements Snout ! C'est la viande de ton père, pratiquement ! »

Mais Tara a dit sur un ton qui ne supposait aucune négociation possible qu'elle n'avait pas envie de manger la viande de son père. Ni celle de son père ni celle d'un autre. Elle avait évolué, avait changé, était assez grande pour savoir ce qui était bon pour elle. Elle n'avait pas à donner davantage d'explications (Nicole poussa un *oh* d'indignation), si les gens ne comprenaient rien à sa décision, tant pis pour eux (indignation répétée de la grand-mère), la viande morte, c'était fini. Soixante mille cochons tués par jour en France, cela ne leur paraissait pas un peu exagéré ? Odile a capitulé et servi Eddy, qui n'a pas craché pas sur une double portion.

La mère d'Odile se régale. Elle en redemande. Odile n'en mange qu'une part, sans appétit, pour donner l'exemple. Eddy lui trouve un drôle de goût, à cette viande, mais cela ne l'empêche pas de l'absorber goulûment. Odile est d'accord avec son fils, tandis que Nicole s'inscrit en faux : non, elle est très bonne, cette viande, délicieuse même. Ce n'est pas la première fois que sa fille cuisine un filet mignon. Maintenant, elle a le coup de main. « Du talent, ma chérie ! » « Maman, je t'en prie. »

Tara savoure ses petites patates rondelettes nappées de sauce à la tomate et au thym.

Bruits de couteaux qui coupent, de fourchettes glissant sur l'émail des assiettes, bruits des mastications et des déglutitions.

Tara demande à sa mère des nouvelles de son père. Odile soupire. Aucune pour l'instant. Nicole avale sa dernière bouchée de viande et la fait glisser avec une gorgée de vin. Tara aimerait savoir si l'enquête des gendarmes aboutira bientôt. Odile n'en sait rien. Des gens de l'abattoir vont être interrogés cette semaine. Odile espère que papa reviendra bientôt. On doit faire preuve de patience.

Eddy a terminé son assiette. Son mal de crâne s'est estompé, mais il perçoit, sous son T-shirt, la température de son tatouage qui augmente d'heure en heure. Une seconde part de viande sera ingurgitée par le garçon, avec deux pommes de terre et beaucoup de sauce.

Jusqu'à quand ? dit Tara, qui sent sourdre en elle deux désirs contradictoires : d'une part, celui de continuer sa vie d'adolescente au sein d'une famille « normale » et ainsi d'être considérée comme une jeune fille « normale », sans signe particulier, sans douleur à cacher, sans devoir d'explication, et vivre comme ça, simplement, comme tout le monde, sa petite vie invisible, être accompagnée au stade par son père, aller acheter des chaussures avec sa mère, manger tous ensemble au restaurant et enchaîner avec le cinéma, rentrer en voiture, la nuit, et rire des grimaces d'Eddy, se coucher rassasiée et dormir d'une traite jusqu'à midi ; d'autre part, celui d'être l'égale de Leïla qui, elle aussi, a perdu son père, celui d'être en fuite avec sa seule amie, de prendre le large, d'être séparée de cette famille fissurée de partout, d'être en perpétuel mouvement intellectuel et physique, décollé du présent. Demain, elle parlera de cela avec Leïla. Leïla comprendra tout.

Jusqu'à quand ?

Odile n'en a aucune idée.

Est-ce qu'Odile est triste ?

La réponse parvient illico aux oreilles de Tara : évidemment. (Nicole émet un infime glouglou de la gorge que nul ne remarque sauf peut-être Odile, mais celle-ci n'en prend pas ombrage, elle a présentement assez de chats à fouetter pour ne pas donner du crédit aux doutes de sa mère.) Comment cela pourrait-il être autrement ? Ce qui arrive est terrible, mais il ne faut pas perdre espoir. Elle ne sait pas quoi dire d'autre. Elle fond en larmes et sort de la cuisine.

Lors de ce repas, à l'insu de tous, Hervé Snout avait bel et bien disparu.

Il fait nuit maintenant. Odile est allongée sur la méridienne. Elle a laissé la fenêtre entrouverte et entend quelques oiseaux. La nuit est tombée. Il fait frais dans le salon. Les enfants sont couchés. Cela va mieux.

Odile est seule. Jamais elle ne s'est sentie aussi seule. À cet instant, pendant une poignée de minutes, comme à nul autre moment depuis mardi dernier, elle peut respirer.

Son cœur bat au ralenti. Elle, pas de doute, elle est vivante.

FIN DE LA QUATRIÈME ET DERNIÈRE PARTIE

ÉPILOGUE

2024-2025

Le 26 mai 2024 à 8 heures précises, sous des températures incendiaires, le capitaine Serge Valène, quarante ans, prit ses fonctions au sein de la gendarmerie en remplacement de Daniel Obrisky, dont le départ provoqua de vives tensions entre le lieutenant Malassi et ses collègues de la brigade. En effet, Malassi fut accusé de ne pas avoir suivi son supérieur dans ses analyses, d'avoir utilisé l'enquête sur la disparition d'Hervé Snout pour prendre du galon et, pompon sur le gâteau, d'avoir profité de son statut de fonctionnaire pour entrer en contact avec madame Snout de manière plus qu'ambiguë. Cela ne regardait personne, mais la prestigieuse corporation à laquelle appartenait le lieutenant était également une grande famille.

Serge Valène avait donc été dépêché sur le terrain pour faire le ménage du sol au plafond, ce qu'il fit avec un autoritarisme déconcertant. Tant et si bien que Simon Malassi présenta sa démission en bonne et due forme à sa hiérarchie un mois tout rond après la nomination du nouveau chef. Il quitta son logement sans âme pour un studio de la vieille ville, s'y installa sommairement et, tout bien réfléchi, plutôt que d'ouvrir ses cartons, il referma un sac de voyage sur l'essentiel et prit un avion pour l'île Chatham (Nouvelle-Zélande).

Le 27 mai, madame Grifalconi, la seule personne ayant vu Hervé Snout sur sa bicyclette le mardi 16 avril vers 8 h 30 prendre la direction de l'abattoir, mourut d'un arrêt du cœur dans son lit d'hôpital.

Début juillet, Timothée Nochère, qui n'en pouvait plus d'assurer l'intérim, décida toute seule d'embaucher une seconde secrétaire. Heureuse initiative qui divisa par deux sa masse de travail et fit des établissements Snout une entreprise autogérée par ses salariés.

À la même période, Franck Labrosse tua sa femme de vingt-quatre coups de couteau entre la poire et le fromage d'un dîner trop fade à son goût. Il lesta son corps de deux parpaings et l'alla jeter dans un étang à soixante-douze kilomètres de son domicile. Une enquête assez classique et somme toute enfantine permit au capitaine Valène de procéder à l'arrestation de Labrosse, unique suspect dans l'affaire du quatre-vingt-huitième féminicide de l'année.

Toujours en juillet, les fameux Jeux olympiques de Paris 2024, historiques tant par l'ampleur de leur organisation que par leur faramineux budget (presque dix milliards d'euros), se déroulèrent comme prévu. Au tir à la carabine, le Saint-Marinais Marinus Rimini resta invaincu et remporta la médaille d'or sur la distance de cinquante mètres. Malheureusement, une affaire de dopage, historique par son ampleur, entacha le prestige de l'événement.

Au mois d'août, Gus posa une semaine de congé sans solde. Il resta cloîtré dans son appartement pendant quatre jours au terme desquels il avala trois plaquettes d'antalgiques qu'il fit glisser avec soixante-quinze centilitres d'une mauvaise vodka. Il se réveilla à l'hôpital sous les regards désolés de Nadine et Alain qui lui demandèrent pourquoi il n'avait rien dit, on serait venu le chercher, on se serait occupé de lui, on était encore là pour ça, tout de même. Gus s'excusa, fondit en larmes et Nadine vint lui sécher sa figure avec un mouchoir en tissu qui sentait bon comme avant. Alain dit que Gus allait venir habiter à la maison un petit moment, pour se retaper, reprendre du poids, retrouver bonne mine et le boulot, on verrait ça plus tard, le docteur lui ferait un arrêt. Nadine abonda dans le sens du père en précisant que la chambre de Gus était toujours là, il n'y avait qu'à faire le lit. Sauf son accord, Gus n'eut pas grand-chose d'autre à donner. « Ça nous suffit bien », pensa Nadine.

Gab et Olga vinrent dîner plusieurs fois dans l'été. Gus reprit des forces dans le hamac du jardin et se remit doucement à la couture.

En septembre, de retour de son périple dans le Pacifique, Simon Malassi alla sonner chez Odile Snout. Elle ouvrit la porte sous l'auvent, étonnée de cet impromptu et ignorant tout des bouleversements professionnels opérés par le lieutenant. Elle constata sans rien en conclure que le gendarme était en civil (chemise maorie, jean, baskets). Il traversa le jardin (fontaine, gravillons, soleil et chien) et tendit sa main à Odile. Il lui annonça la nouvelle de sa démission comme celle d'un acte libératoire. Odile ne sut comment réagir. Alors il fit mine de prendre les choses à la légère, énonçant, désinvolte, que, parfois, dans la vie, il faut avoir le courage de prendre des décisions radicales, mais conformes à sa vision du monde. Cela lui avait permis de voyager, de faire le point, de réfléchir vraiment. On ne prend jamais le temps de réfléchir vraiment à ce qu'on désire au fond de soi. Tout va tellement vite, trop vite ; c'est le système, il est fait comme ça, comme un piège qui se referme sur nous lentement ; sauf que, des fois, on atteint la limite et il faut faire quelque chose pour sauver sa peau. Donc, il était parti plusieurs mois à l'autre bout du monde et ce fut tout à fait dépaysant. Mais Simon présenta ses excuses : comment se portait madame Snout ?

Eh bien, comment dire ? Tout était encore un peu flou… son époux était porté disparu depuis maintenant six mois et la vie était totalement… Odile produisit un geste de la main gauche à hauteur de sa tête, un geste vague qui voulait signifier que son existence était indéfinissable.

Simon Malassi assura Odile Snout de son entière solidarité. Il était de tout cœur avec elle et lui promit que, en cas de besoin, si elle jugeait utile de le solliciter, il saurait répondre pour venir lui apporter toute l'aide nécessaire qu'il ne faudrait pas hésiter une seule seconde à lui demander si bien sûr madame Snout estimait qu'il pourrait lui être utile…

L'ex-lieutenant s'aperçut que la main d'Odile était toujours dans la sienne.

Pour des raisons de santé, Gus refusa un second renouvellement de son contrat à durée déterminée. Il empocha son salaire, sa prime de précarité et ses congés payés. Il ne retournerait plus à l'asile. Il se reposa encore quelques mois chez ses parents puis rejoignit l'équipe des jardiniers d'une commune voisine qui bichonnait ses espaces verts. Alain l'accompagna chaque matin jusqu'à ce que Gus obtienne enfin son permis de conduire et que le paternel lui dégote une modeste automobile.

Gab démissionna six mois plus tard (mars 2025). Sur une proposition d'Olga, il fit ses premiers pas en cuisine (le Kahoua servait un menu unique le midi seulement), mais cela dura peu. Gab ne pouvait plus se servir d'un couteau. Découper un poulet, éplucher des patates provoquait chez lui d'insupportables nausées.

Alors, on transforma progressivement l'établissement en bistrot à chansons. On aménagea une petite scène dans le fond, on planta trois projecteurs.

Alain consentit aux examens. On décela une tache sur son poumon droit.

Après de multiples fugues, Eddy Snout fut inscrit à l'internat d'une école d'hôtellerie à la rentrée de janvier 2025.

Sa sœur, Tara, vécut l'année de ses quinze ans entre chez elle et chez son amie Leïla. À seize ans révolus, elle saisit un juge des tutelles et déposa une demande d'émancipation. Une courte enquête eut lieu à son domicile. Odile ne s'opposa point et Tara obtint gain de cause.

Elle inaugura son entrée au lycée en s'installant chez Leïla.

C'est en avril 2025, le 18, qu'Odile reçut un certificat de vaines recherches délivré par la gendarmerie. Le juge des contentieux désigna sans hésiter Odile Snout comme personne chargée de la gestion des biens du disparu. Elle put dès lors procéder à la succession et mettre en vente la maison ainsi que l'entreprise. Elle fit l'acquisition, cinq mois plus tard, d'un bel appartement du centre-ville au dernier étage d'un immeuble de standing avec cent mètres carrés de terrasse arborée.

Elle se remit doucement à la peinture. Ses toiles devinrent de plus en plus abstraites. Les couleurs pures, sorties des tubes, s'y chevauchaient avec vivacité.

Le bilan des établissements Snout fut déposé en décembre. Pinoche et Declerk, de nouveau au chômage, et dont le profil s'avéra incompatible avec n'importe quelle autre profession, s'abîmèrent résolument dans l'alcool. Un soir de grande beuverie avec des anciens de l'abattoir, la voiture de Pinoche conduite par Declerk s'encastra sous la cabine d'un trente-cinq tonnes. Le châssis du poids lourd cisailla les deux corps à hauteur du sternum, emportant les éléments supérieurs vers le coffre arrière. Le loquet de la porte de la remorque du camion sauta, libérant une trentaine de vaches limousines qui s'égaillèrent dans les champs environnants.

Les bouchons gigotent dans les vaguelettes, se penchent dans le courant et s'en vont vers l'aval. L'eau du Désir est lente sur la pente douce. Gus et Gab sont assis sur leur siège pliant à l'ombre d'un saule. Des libellules frôlent la surface comme pour s'y mirer. Parfois, l'une d'entre elles se pose au bout d'une canne. L'eau translucide a un parfum d'herbe et de sable. Les poissons laissent deviner leurs errances. Ils tournent autour des hameçons sans goûter aux appâts. Peut-être ont-ils découvert le subterfuge.

Les pêcheurs ne disent rien, n'expriment aucune irritation à l'encontre des ablettes et de leur fine bouche, n'attendent rien de la rivière ni des poissons. Ils regardent le temps passer. Cela leur suffit d'être au bord de l'eau, reliés à l'eau par un fil de nylon, environnés de silence, de pépiements d'oiseaux, d'odeurs d'écorce humide. Ici, point de clapotement furieux ni de tohu-bohu. Simplement les murmures. Le vrombissement d'une abeille de passage. Un souffle bref sur les feuilles du saule.

FIN

« Si les abattoirs avaient des murs en verre,
tout le monde serait végétarien. »

Paul McCartney

Rappel de quelques-uns des noms propres rencontrés dans cette histoire

(Le chiffre renvoie à la page
où le nom apparaît pour la première fois)

Liste des quelques œuvres de Georges Perec évoquées, d'une manière ou d'une autre, dans ce livre

Les Choses

Quel petit vélo à guidon chromé au fond de la cour ?

Un homme qui dort

La Disparition

L'Augmentation

Les Revenentes

La Boutique obscure

Espèces d'espaces

W ou le Souvenir d'enfance

Je me souviens

La Vie mode d'emploi

La Clôture et autres poèmes

L'Éternité

« 53 jours »

Lieux

Quelques hommages se sont glissés
dans les pages suivantes

Page 12 : Buster Keaton.

Page 113 : Michel Strogoff.

Page 114 : Cyrano de Bergerac.

Page 144 : Sacha Guitry.

Page 168 : Jean-Paul Sartre.

Page 272 : Lino Ventura.

Page 273 : Louis Jouvet.

Remerciements

Véronique Bordaçarre, pour son indéfectible soutien, ses conseils, ses idées et son inspiration.

Georges Perec, pour tout. (En modeste hommage, ce roman ne comporte pas un seul w!)

Robi, pour la visite de l'abattoir au repos.

Anne-Sophie Reinhardt, pour son documentaire *Les Damnés, des ouvriers en abattoirs.*

Mauricio Garcia Pereira, pour son livre *Ma vie toute crue*, Éditions Plon.

Joseph Ponthus, pour son livre *À la ligne, feuillets d'usine*, Éditions La Table Ronde.

Jack London, pour son livre *Quiconque nourrit un homme est son maître*, Éditions du Sonneur.

Lucie Louis, pour le tatouage *La Vie C'est chaud mais on se laisse pas Faire.*

Émile Zola, pour les deux extraits de *L'Assommoir.*

Victor Hugo, pour l'ongle du petit doigt de Leïla.

Arthur Rimbaud, pour toujours.

Talya Chaumont, pour sa lecture enthousiaste et la finesse de ses commentaires, son écoute toujours renouvelée et son aimable conversation.

Pierre Astier, pour sa présence et sa courtoisie.

Table

DEUXIÈME PARTIE

TROISIÈME PARTIE

QUATRIÈME PARTIE

Composition : Utibi.
Achevé d'imprimer par Grafica Veneta S.p.A.
à Trebaseleghe (Pd), en décembre 2023.
Dépôt légal : janvier 2024.

ISBN 978-2-207-17867-6 / Imprimé en Italie.

612683